2035 SF 미스터리

천선란
한이
김이환
황세연
도진기
전혜진
윤자영
한새마
듀나

나비클럽

차례

천선란

옥수수 밭과 형

우리의 본거지는 옥수수 밭에 있던 개잎갈나무로, 높이 45미
터에 23년을 산 녀석이었다. 그 녀석은 4헥타르 옥수수 밭 한
가운데에 자리 잡고 있어 마치 옥수수 병장들을 다스리는 장
군 같기도 하고, 때로는 성스러운 신 같기도 했다. 실제로 우
리 부모님은 매해 개잎갈나무에 제사를 올렸다. 올해에도 큰
사고 없이 지나가기를 바라며 술을 뿌리기도 했으니, 어쩌면
개잎갈나무는 정말 드넓은 옥수수 밭을 보살피는 대단한 존
재였을지도 모른다. 옥수수에게나 부모님에게나 무척 필요한
존재.

겉씨식물로 소나뭇과의 삼록교목인 개잎갈나무는 히말
라야산맥이 고향이며 주로 그 부근이나 아프가니스탄 동부
지역에 분포하고 있다. 잎은 짙은 녹색이며 끝이 뾰족하고,
겨울철 눈이 내리면 수평으로 퍼진 나뭇가지에 눈이 내려앉
아 흰 뱀을 얹고 있는 것처럼 보인다. 이걸 나에게 말해준 사
람은 형이다. 형은 나를 목말 태운 채 "푸코는 한번 들으면
잊지 않으니까, 지금 내가 말해주는 것도 잊지 않을 거잖아.
그치? 이해하지 못해도 기억해놨다가 나중에 찾아봐" 하고
말했다.

나는 형의 말처럼 그 말을 잊지 못한다. 아니, 그 말뿐만

아니라 그날 형이 입었던 하늘색 체크 남방과 진청색 바지, 나이키 로고가 들어간 신발, 왼쪽 손목에 차고 있던 시계와 묵주 팔찌를 비롯해 그날 형이 한 모든 말과 행동을 기억하고 있다. 의지와 상관없이 내 기억은 매 순간의 모든 것을 빠짐없이 그림으로 그려 보관해둔다. 망각과 상실이 없는 보관함에.

우리가 본거지에서 했던 일은 대단하지 않았다. 피크닉 매트를 나뭇가지에 걸어두는 것이었다. 개잎갈나무의 잎사귀는 널찍하지 않아 차양의 역할을 해주지 못했으므로 우리는 나뭇가지에 걸어둔 피크닉 매트를 가지고 개잎갈나무를 둘러싼 옥수수 밭으로 들어갔다. 지금도 마찬가지지만 그때는 키가 더 작았기에 피크닉 매트를 깔고 앉아 형과 책을 읽으면 옥수수 밭은 내게 꼭 숲처럼 보였다.

언젠가 형은 지금까지 읽은 책을 전부 기억하고 있느냐고 물었다. 나는 그렇다고 대답했다. 책의 내용뿐만 아니라 그 책에 나왔던 인물의 이름, 지명, 삽화가 들어간 페이지까지 전부 기억하고 있었다. 형은 힘들지 않느냐고도 물었다. 대체 뭐가 힘들다는 걸까? 나는 오히려 어제 본 드라마 내용을 다음 날 아침이면 까먹는 아빠가 이상하고, 이메일을 보내기 위해 주소록을 뒤지는 엄마가 신기했다. 잊는다는 건 매번 봐야 한다는 것인데, 그게 더 힘들고 귀찮은 일처럼 보였다.

우리는 옥수수 잎이 바람에 스치는 소리를 가만히 들으며 한참 동안 피크닉 매트 위에 누워 있다 해가 저물 즈음 자리에서 일어났다. 형은 언제나 나를 업고 옥수수 밭을 걸었다. 옥수수나무는 형보다 키가 컸고 어떤 건 형이랑 비슷했다. 나는 형의 어깨를 끌어안고, 얼마나 나이를 먹어야 형만큼 키가 클 수 있을지를 자주 생각했다. 형도 어렸을 때는 나만큼 작았을까. 왠지 형은 태어날 때부터 형일 것 같았다. 형이 나처럼 작은 아이였다는 게 잘 상상이 가지 않았다. 그런 궁금증을 오래도록 품고 있다가 언젠가 물었다.

"형도 어릴 때가 있었어?"

그 말에 형은 웃음을 터뜨리더니 고개를 저었다.

"형은 어릴 때 없었어. 형은 태어날 때부터 이랬어."

물론 장난이었지만 나는 어쩐지 형이 태어날 때부터 형의 모습이었다고 상상하는 게 더 좋았다.

초등학교 첫 등교 날 자폐아라는 단어와 천재라는 단어가 내 이름 앞에 수식어처럼 붙었다. 고등학생이던 형은 수업을 듣다 코피를 쏟으며 병원에 실려 갔다. 아마도 학교 선생님이 우리 집 옥수수 밭을 예로 들어 우리가 먹고 있는 식품 대부분이 개량된 품종이며, 우리는 식량난 시대에 살고 있다고 설명할 때, 형은 정밀검사를 받고 부모님과 함께 의사에게 진단 결과를 들었을 것이다. 나는 그날 학교에서 집으로 돌아오자마자 인터넷으로 품종 개량에 대해 찾아봤다. 그다음에 검색한 것은 백혈병이었다. 형의 병명이었다.

나는 학교에서 배운 것들을, 그리고 집에 와 홀로 찾아본 많은 것들을 형에게 말해주고 싶었지만, 형은 학교도 그만둔 채 새벽에 부모님과 병원에 갔다. 하루도 빠짐없이. 집에 혼자 있는 시간이 많았지만 괜찮았다. 나는 모든 전자기기 사용법을 알고 있었으며, 웬만한 조리 식품은 봉투에 쓰인 대로 따라 하면 되었다. 가끔 옥수수 밭에서 부는 바람 소리가 귀신 울음처럼 들릴 때 빼고는. 그렇게 몇 해가 흘렀다.

옥수수수염처럼 무성했던 형의 머리카락은 어느 순간 전부 사라졌고, 형은 매일 모자를 쓰고 다녔다. 덕분에 집에 모자가 늘었고 나도 날마다 모자를 골라 쓸 수 있게 되었다. 아픈 건 형인데 미안함을 느끼는 쪽도 형이었다. 형은 내가 모자를 쓴 모습만 봐도 금방이라도 울 것처럼 굴었다. 나는 그런 형을 이해할 수 없었고 나만 보면 슬퍼하는 형이 싫어 나중에는 형을 필사적으로 피했지만 그것도 잠시였다. 나는 친구들보다 형이 더 좋았다. 형과 이야기하는 게 더 즐거웠다. 친구들은 내가 하는 말을 흘려듣거나 지겨워하거나 재수 없어 했는데, 형은 내 이야기를 흥미롭게 들어주었다. 나는 하는 수 없이 형에게 가야만 했다. 내 말을 전부 들어주는 사람에게.

병원에서 살다시피 하던 형은 어느 순간부터는 병원에 가지 않고 늘 집에만 있었다. 나는 학교 수업이 끝나면 곧바로 집으로 달려왔다. 같이 놀자는 친구도 없었지만, 누가 붙잡을세라 뒤도 안 돌아보고 뛰었다. 나는 매일 형과 시간을 보냈다. 형 방에서 하루 종일 영화를 볼 때도 있었고, 옥수수밭에 들어가 종일 책을 읽을 때도 있었다. 나의 직감이랄지 촉이랄지 하여튼 내 안에 불행을 감지하는 무언가가 알아차린 것이다. 형과 함께할 시간이 얼마 남지 않았다는 것을. 갈색으로 변해 떨어지는 옥수수 잎처럼 검게 말라가는 형을 보며 언젠가 떨어질 것임을 일찌감치 알아차린 거였다.

그날도 학교를 마치자마자 형에게 달려갔다. 열한 살 새 학기가 시작된 날이었다. 첫 교시에 본 시험에서 백 점 맞은 시험지를 들고 형 방에 들어갔을 때, 형은 침대에 앉은 채 코피를 흘리고 있었다. 이불이 온통 붉게 변할 정도의 양이었

천선란

다. 나는 급성골수성 백혈병의 원인과 증상을 읊으며 119에 전화해야 한다는 사실과 빨리 부모님한테 알려야 한다는 마음이 겹쳐 이도 저도 하지 못했고, 그런 나 자신이 싫어 머리를 때렸다. 많은 양의 정보들이 흘러넘치는데 그 안에서 형을 살릴 수 있는 것이 무엇인지 모르는 게 서글펐다. 조각조각 나뉘어 우박처럼 떨어지는 문장 속에 파묻힐 것만 같았다. 다행히 나는 늦지 않게 병원에 전화를 걸었고, 형은 그렇게 실려 갔다가 별 조치 없이 다음 날 집으로 돌아왔다.

다음 날 형은 내가 학교에서 돌아오자마자 책을 챙겨들고 옥수수 밭으로 가자고 했다. 형은 병원에 다녀와서 아프지 않다며 나를 업고 옥수수 밭을 걸었다. 나는 형의 어깨를 끌어안고 말했다.

"우리 집 옥수수는 품종 개량 옥수수야. 유전자가 다 똑같아. 형제나 친척이 아니라 옥수수가 복제된 거야. 우리는 옥수수 하나를 키우는 것과 다르지 않아."

그러자 형이 물었다.

"그런 건 어디서 배웠어?"

"학교에서."

"와, 나는 그거 고학년이 되어서야 배웠는데. 되게 빠르게 배운다."

사실 배운 건 아니었다. 선생님은 우리가 먹고 있는 식량이 얼마나 귀중한 것인지 말해주려고 억지를 부려 어려운 내용을 살짝 가미해 지나가듯 설명한 것이었고, 내가 그걸 기억하고 있는 것뿐이니까. 형은 천천히 옥수수 밭을 거닐다 나지막이 내게 속삭였다.

"그런데 다 같지는 않을 거야. 기억이 다르니까. 저 끝에 있는 옥수수와 반대편 끝에 있는 옥수수의 기억은 다르잖아. 그러니 같은 옥수수라고 할 수 없어. 정말 중요한 건 기억이야. 푸코와 아무리 똑같아도 푸코의 기억을 가지고 있지 않으면 그건 푸코라고 할 수 없어."

" …그럼 반대는?"

"반대?"

"응. 사람은 다른데 똑같은 기억을 가지고 있으면?"

형은 곧바로 대답하지 않았다. 못한 걸지도 모른다. 어쨌거나 형의 고민은 우리 앞에 드리운 그림자처럼 길어졌다. 말문을 막은 것 같아 대답하지 않아도 된다고 말하려 했지만 그 순간 형이 입을 열었다.

"그래도 같은 사람이지."

나는 이미 그 문제에 관심이 없어져 심드렁하게 고개를 끄덕였지만 형은 계속해서 말을 이었다.

"형이 상상해봤는데, 만약 푸코랑 다르게 생긴 애가 본인이 푸코라고 하면서 푸코의 기억과 똑같은 기억을 가지고 있다면 나는 그 애를 푸코라고 생각할 거 같아. 사람이든 로봇이든 강아지든 기억이 같으면."

그 말을 듣고 나는 까무룩 잠에 들었다. 형은 그날 나를 업고 두 시간 동안 옥수수 밭을 돌았다. 내가 깨지 않게 느리고 다정한 걸음으로. 나중에 그 사실을 알게 된 엄마의 얼굴에는 걱정과 화가 스쳐 지나갔다. 엄마는 나를 끌어안고 함께 놀아주지 못해 미안하다고 말했다. 집에 아픈 사람이 생긴 후로 우리 가족은 부쩍 서로에게 자주 사과했다.

해충에게 속이 파 먹혀 죽은 개잎갈나무를 뽑은 다음 날 새벽, 문득 옥수수 밭에서 불어오는 바람 소리에 잠이 깼다. 무서워서 베개를 들고 형 방으로 간 나는 침대에 누워 편안히 잠든 형의 얼굴을 보았다. 그러니까 형의 죽은 얼굴을. 평안히 감긴 두 눈을.

형이 죽었다. 누가 말해주지 않아도 자연스럽게 알 수 있었다.

숨 쉬지 않는 형 옆에 누워 아직 따뜻한 몸을 끌어안았다. 그러다 잠에 들었다. 아빠가 나를 떼어놓고 안아줄 때까지 나는 그렇게 죽은 형 옆에 누워 잠을 잤고, 형과 옥수수 밭에 누워 책 읽는 꿈을 꿨다. 행복해서 꿈에서 깨고 싶지 않았다.

동이 틀 무렵 검은색 자동차 한 대가 집 앞에 조용히 멈춰 섰다. 곧이어 하얀 천으로 덮인 바퀴 달린 침대가 현관을 빠져나갔다. 엄마는 아빠의 어깨에 기대어 손으로 입을 틀어막았다. 나는 내 방 창문에서 그 모습을 조용히 지켜봤다. 형의 마지막 모습. 해충에 썩은 개잎갈나무를 트럭이 싣고 나갔던 것과 똑같아 보였다.

하지만 나는 곧 형의 죽음이 꿈일지도 모른다고 의심하기 시작했다. 해가 뜬 오후, 부모님의 모습이 평소와 별반 다르지 않았기 때문이다. 나는 여느 때와 마찬가지로 제 일을 하고 있는 부모님을 바라보다 형 방으로 달려갔다. 침대는 깨끗하게 정돈되어 있었고 형은 없었다. 집에도, 옥수수 밭에도 형의 모습은 보이지 않았다. 부모님은 여전히 일에 몰두하는 중이었다. 형만 감쪽같이 사라진 느낌이었다.

나는 그날 저녁 아빠에게 형이 어디 있느냐고 물었다. 순간 아빠의 얼굴에 드리운 그 표정은 어떤 감정이었을까. 서글픔이나 절망감 같기도 했고 두려움 같기도 했다. 그 감정들은 워낙 비슷해서 구분하기 힘들었다. 아빠는 형은 금방 올 테니 걱정하지 말라고 말했다. 1분도 아니고, 5분도 아니고, 20분 동안 숨 쉬지 않는 형 옆에 누워 있던 사람이 나였는데. 20분 동안 숨 쉬지 않고·살아 있을 수 있는 사람은 없다. 그러니 형은 죽은 게 맞는데. 아무리 불러도 대답 없던, 차갑고 딱딱해져가는 형의 손을 꼭 붙잡고 긴긴 새벽을 보낸 사람이 나였는데.

부모님이 불쌍하면서도 치사하다는 생각이 들었다. 형의 죽음을 받아들이지 못해 장례도 치르지 않는 것일까. 인사하지 않으면 이별은 유예되니까.

그렇지만 나는 형과의 이별을 마냥 미루고 싶지 않았다. 형은 떠나기 몇 주 전, 내게 이런 말을 했다.

"떠나야 하고 소멸되어야 할 인간을 계속 붙들고 있는 건 가장 잔인한 일이야. 그런 식으로 이별을 미뤄봤자 영원히 살 수 있는 것도 아닌데. 물론 떠나는 사람은 신경 쓸 일이 아니지만. 그러니까 푸코, 너는 보내야 할 사람이 있다면 바로 보내줘. 그게 떠나는 사람을 배웅하는 거니까."

형은 부모님이 자신을 보내주지 못할 거란 걸 알고 있었을까? 형이라면 알고 있었을지도 모른다. 아픈 이후로 형은 부쩍 눈치가 늘었다.

나는 형과 이별하기 위해 옥수수 밭으로 향했다. 그곳은 내가 생각해낼 수 있는 가장 적당한 장소였다. 언젠가 책에서 읽었다. 누군가와 이별한다는 것은 그 사람과의 추억도 함께

천선란

떠나보내는 거라고. 빠짐없이 기억하는 형과의 추억에서 단연 독보적인 장소는 옥수수 밭이었다. 그곳이 아니면 영영 형과 이별할 수 없을 것 같았다.

뜨거운 태양의 열기가 꺾인 늦은 오후, 노을빛에 옥수수밭이 노랗게 물든 그 시간에 나는 형과 가장 많이 읽었던 책 한 권과 형이 제일 좋아했던 비스킷을 챙겨 옥수수 밭으로 갔다.

키 큰 옥수수 사이를 헤치며 형과 함께 떠나버린 개잎갈나무가 있던 자리를 찾아가는 동안 나는 추억을 떠나보내는 것이 무엇인지를 조금씩 깨달았다. 스치는 옥수수 잎이 마치 내 몸에 붙어 있던 형과의 기억을 하나씩 지우려는 것 같았다. 내 머리는 한번 담은 것은 영원히 잊지 않기에 완전히 빼앗기는 대신 흐려졌다. 형과 함께했던 모든 순간의 장면들이 물에 번진 수채화 물감처럼 퍼졌다. 물감을 퍼지게 만든 그 물은 몸속에 계속 차오르더니 기어코 눈을 통해 흘러넘쳤다. 이제는 옥수수 밭에 함께 갈 형이 없다는 사실이 슬펐다. 아니, 실은 형의 차가운 몸을 끌어안고 있던 새벽부터 울고 싶었지만 부모님이 울지 않아 참고 있었을 뿐이다. 나는 형이 그리웠다. 떠난 지 고작 하루가 조금 넘었을 뿐인데 벌써 1년 같았고 그리움은 억겁처럼 느껴졌다. 아무리 기다려도 형을 만날 수 없다는 사실이 받아들여지지 않았다. 그건 잊지 못한다는 것과 다른 거였다.

운다고 형이 돌아오는 건 아니다. 울면 울수록 더욱 사무칠 뿐이다. 그래서 울고 싶지 않은데 왜 눈물은 참을수록 더 많이 흘러내리는 걸까? 입술을 깨물어 새어나오려는 울음소리를 삼키려 했지만 아무 소용이 없었다. 옥수수 밭 어디를 가도 형이 나를 반기지 않는다는 것이 슬퍼 그렇게 하염없이 울었다. 이 드넓은 옥수수 밭에 나 혼자라는 문장을 떠올렸을 때는 기어이 목 놓아 울었다. 세상 어느 누구도 나를 달래줄 순 없을 터였다. 형이 아니라면 불가능했다. 형이 아니라면.

내 울음소리가 너무 커서 옥수수 잎이 스치는 소리를 듣지 못했다. 그러다 어렴풋이 들었지만 바람에 흔들렸다고 생각했다. 그렇게 한정된 곳에만 바람이 불 리가 없는데. 어쨌거나 나는 울고 있어 정신이 없었기에 소리가 어디에서 어떻게 나는지, 그리고 점점 가까워지고 있다는 걸 알아차릴 겨를이 없었다.

형이 나를 부르기 전까지.

"푸코."

나를 부르는 목소리를 들었지만 현실처럼 느껴지지 않아 듣지 못한 척 계속 울었다. 손이 나를 붙잡아 돌려 세울 때까지.

"푸코!"

나를 붙잡은 사람은 형이었다. 형은 나를 보자마자 웃으며 끌어안았다. 나는 형에게 안긴 채 무릎 꿇고 앉은 형의 다리와 옥수수 밭을 맨발로 걸어 더러워진 발바닥을 보았다. 형의 커다랗고 따뜻한 손이 내 뒤통수와 목덜미를 쓸었다.

"기다리고 있었어."

형이 말했다. 나는 기뻤고 동시에 의아했다. 형은 분명 죽었는데, 왜 옥수수 밭에서 나를 기다리고 있었던 거지? 분명 형이 하얀 천에 덮인 채 검은색 차에 실려 떠나는 모습을 봤는데.

내가 아무런 반응도 하지 않자, 형은 끌어안고 있던 내 몸에서 떨어져 얼굴을 마주 봤다. 내 앞에 있는 사람은 분명 형이었다. 하지만 지난밤에 본 형의 마지막 모습과는 달랐다. 머리카락을 민 이후로 형은 줄곧 모자를 쓰고 다녔는데 지금 앞에 있는 형은 이마와 뒷덜미를 다 덮을 정도로 머리카락이 풍성했다. 아프기 전의 형처럼.

형이 두 손으로 내 볼을 감쌌다. 따뜻한 손으로.

"놀랄 것 없어, 푸코."

내가 잘 아는 형의 목소리였다.

"뭐가 됐든 나는 네 형이야."

형의 볼을 손가락으로 어루만졌다. 조금 까슬까슬했지만 그건 피부였고, 형의 얼굴이었다. 천천히 형의 코 밑으로 손가락을 가져갔다. 손가락에 뜨거운 숨이 느껴졌다. 숨 쉰다. 숨 쉬고 있다. 나는 형을 도로 끌어안았다. 목이 막힌다며 컥컥댔지만 아랑곳하지 않았다.

형이 죽은 이틀 후, 나는 옥수수 밭에서 형을 만났다.

엄마는 식전기도를 마치고 내게 오늘은 뭐 하며 보낼 거냐고 물었다. 평소였으면 아무렇지 않게 느꼈을 질문인데 나는 그만 어설프게 숟가락을 떨어뜨리고 말았다. 엄마의 얼굴이 순간 어두워지더니 떨어진 숟가락을 주워주며 나를 꼭 끌어안았다. 엄마는 내가 감춰두었던 슬픔을 들켜 그러는 줄 아는 모양이었다. 어제였다면 분명 그런 이유였겠지만 오늘은 아니다. 등을 어루만지는 엄마의 손길을 느끼며 나는 내뱉고 싶은 말을 삼켰다. 형과의 약속을 지키기 위해.

　나는 저녁밥을 다 먹은 후 엄마에게 빵과 잼을 챙겨달라고 부탁했다. 엄마는 식탁이 아닌 다른 공간에서 음식을 먹는 걸 몹시 싫어했지만 이번만큼은 군말 없이 들어주었다. 나는 일부러 침울한 표정을 지은 채 음식을 가지고 방으로 들어갔다. 그리고 가방에 빵과 잼, 우유를 넣고 부모님이 침실로 들어갈 때까지 기다렸다. 이윽고 거실 불이 꺼지자 조용히 방을 나왔다. 깨금발로 거실을 지나 운동화 한 켤레를 손에 들고는 소리가 나지 않게 아주 천천히 현관문을 열고 닫았다. 문을 닫은 후에도 이상한 낌새를 눈치채고 거실로 나오는 기척이 없는지 확인하고 나서야 신발을 신고 옥수수 밭으로 뛰어갔다.

　밤에 옥수수 밭을 찾은 건 처음이었다. 해가 지면 옥수수 밭으로 들어가지 않는 게 규칙이었다. 달빛이 아무리 밝아도 한번 길을 잃으면 옥수수 밭을 빠져나올 수 없기 때문이었다. 하지만 나는 단 한 번도 어두운 옥수수 밭을 두려워해본 적이 없었다. 내가 어디에 있든 형이 나를 찾으러 왔으니까. 형은 옥수수 밭의 파수꾼, 혹은 안내자처럼 모르는 길이 없었다. 아주 어릴 때 공을 찾으러 옥수수 밭으로 들어갔다가 길을 잃었는데, 그때도 형은 단번에 나를 찾았다. 내가 여기 있는 줄 어떻게 알았느냐고 묻자, 형은 내 몸에 추적기를 달아놨서 내가 어디에 있든 찾을 수 있다고 말했다. 한때 그 말을 믿기도 했다. 형은 정말 언제 어디서나 나를 한 번에 찾는 마법을 부렸으니까.

　이번에도 마찬가지였다. 내가 어둠을 헤치며 옥수수 밭

　　　　　　　　　　　　　　　천선란

을 가로지를 때, 뒤에서 "푸코!" 하고 부르는 형의 목소리가 들렸다. 빼곡하게 자란 옥수수나무 사이에 조그맣게 생긴 빈터에 형이 앉아 있었다. 나는 웃으며 형에게 다가가 가방에서 램프와 음식을 주섬주섬 꺼냈다. 형은 며칠 굶은 사람처럼 빵과 우유를 먹었고, 나는 그런 형의 모습을 얌전히 지켜보았다.

신발을 신지 않은 형의 발바닥은 여전히 새까맸다. 형이 다 먹으면 함께 챙겨온 양말도 주려 했다. 형을 챙긴다는 것에 나는 형용할 수 없는 설렘을 느꼈다. 나를 챙기는 건 항상 형의 몫이었으므로. 더러워진 형의 발을 응시하다, 발목에 희미하게 새겨진 숫자를 발견했다. '9.' 흰 잉크로 문신을 새긴 것 같았다. 형의 발목에 저런 게 있었나? 내 기억에는 없지만, 나 모르게 새겼을 수도 있다. 하지만 굳이 눈에 띄지 않는 문신을 새길 이유가 있을까. 그리고 숫자 9는 무슨 의미일까. 우리 가족 중에 생일이나 전화번호에 9가 들어가는 사람은 없었다. 형에게 9는 어떤 의미일까? 묻고 싶었지만 그럴 수 없었다. 내 시선을 눈치챈 형이 바지를 끌어내려 감추었다. 그건 내게 보여주고 싶지 않다는 의미였다. 형이 싫어하는 건 하고 싶지 않았다. 형이 또 죽어서 나를 떠날 것 같았다.

형에게 물어보고 싶은 게 많았지만 쉽게 꺼낼 수 없었다. 아주 사소한 실수로도 눈앞에 있는 형이 부서져 바람에 흩어질까 두려웠다. 형의 무릎에 앉아 램프에 몰려드는 날벌레들을 관찰하며 물었다.

"왜 집에는 안 와?"

"갈 거야. 근데 지금은 못 가."

고개를 돌려 형을 봤다. 불빛과 날벌레의 그림자로 형의 얼굴은 얼룩덜룩했다.

"왜?"

"시간이 더 필요해. 조금만 있다가 갈 거야."

집에 가는데 도대체 어떤 시간이 필요하다는 걸까 궁금했지만, 어쩌면 묻지 않아도 알 것 같았다. 진짜 시체처럼 하얀 천에 덮여 실려 갔으니까. 하지만 그건 죽은 형이 맞는데. 힘없이 떨어진 손이 분명 형의 손이었으니까. 그때를 떠올리다 보니 또다시 궁금해졌다. 형은 그날 죽었는데 어째서 옥수수 밭에서 나를 기다리고 있었던 걸까.

밤새 램프 불빛 옆에서 책을 읽어주던 형은 까무룩 잠든 나를 집 앞까지 업어 데려다주었다. 형은 현관 앞에서 손을 흔들었다. 학교 잘 다녀오고 내일 밤에 보자고 말했다. 그리고 검지를 입술에 갖다 대면서 "형 만난 건 비밀이야"라고 다시 한번 강조했다.

집에 돌아왔을 때 엄마는 주방 식탁에 홀로 앉아 술을 마시고 있었다. 새벽에 들어오는 걸 들킬까 봐 깜짝 놀랐지만 술 몇 병을 비운 엄마는 내가 들어오는 것도 모르는 눈치였다. 연신 감기에 걸린 사람처럼 코를 훌쩍이던 엄마는 손바닥으로 눈가를 훔치고 식탁에 안주처럼 놓아둔 사진을 들었다. 형의 사진이었다. 유년 시절부터 병원에서 찍은 사진까지. 엄마는 사진을 보며 굵은 눈물을 후드득 떨어뜨렸다. 슬픈 영화를 볼 때도 손수건으로 눈물 몇 방울 훔치는 게 고작이던 엄마였다. 그러나 지금 엄마는 형의 사진을 보며 슬퍼하고 있다. 나는 당장이라도 엄마에게 옥수수 밭에 형이 있다고 말해

천선란

주고 싶었다. 그럴 수 없다는 게 답답해서 화가 났다. 형이 엄마를 봤어야 했다. 그럼 시간이 더 필요하다는 말 따위는 하지 않았을 텐데.

학교에 가서도 줄곧 형만 생각했다. 수업에 집중하지 못했고 선생님이 다섯 번이나 불렀는데도 듣지 못했다. 선생님은 나를 교무실로 불렀다. 그러고는 요즘 무슨 일이 있느냐고, 며칠 전에는 결석하더니 학교에 나와도 통 집중을 하지 못하는 모습이 걱정된다고 했다. 나는 우물쭈물하다가 입을 열었다.

"형 때문이에요."

정확히 말하자면 옥수수 밭에 있는 형 때문이지만 그건 말할 수 없었다. 이렇게 말해도 선생님은 내가 형을 잃어 슬퍼하는 것으로 알아들을 게 분명했다. 하지만 그런 예상은 빗나갔다. 선생님은 고개를 갸웃거리며 물었다.

"형이랑 싸웠니?"

대답을 망설이다 어영부영 고개를 끄덕였다. 분명 엄마가 선생님한테 학교에 빠진다고 전화를 했었는데. 그때 형이 죽었다고 말하지 않은 걸까?

"푸코 형이 조금 아프다 그랬지? 그러니까 형 말 잘 들어야지. 속 썩이면 안 돼."

엄마가 형의 죽음을 말하지 않았다는 것이 추측이 아니라 사실이 됐다. 어쩌면 엄마도 옥수수 밭에 형이 있다는 걸 알고 있을지도 모른다는 생각이 들었지만, 이 생각은 오래가지 않았다. 알았다면 엄마는 지난 새벽 형의 사진을 보며 눈물을 훔치지 않았을 것이다. 나는 몇 가지 의문을 품은 채 교무실을 나왔다. 형은 정말 죽었을까? 형이 그날 죽은 게 아니라면 내가 끌어안고 있던 그 차가운 시체는 무엇이었을까? 그날 죽은 게 형이 아니라면 왜 가짜 형이 그곳에 있었던 것일까. 만일 그날 죽은 게 정말 형이 맞는다면 옥수수 밭에 있는 형은 무엇이고, 왜 엄마는 선생님에게 형이 죽었다고 말하지 않았을까?

나는 결국 남은 수업 시간에도 집중하지 못한 채 집으로 왔다. 냉장고에서 샌드위치와 주스와 쿠키를 꺼내 가방에 넣으면서도 어제처럼 설레지 않는다는 걸 느꼈다. 옥수수 밭에 있는 형은 진짜 형일까? 만일 진짜가 아니라면 그 형은 누구지? 그렇게 똑같이 생긴 사람이 존재할 수 있을까. 그러다 문득 형이 쌍둥이였을지도 모른다는 생각이 들었다. 물론 내게 쌍둥이 형이 있다는 말은 들어본 적이 없지만.

형은 피크닉 매트에 누워 낮잠을 자고 있었다. 형이 깨지 않게 조용히 가방을 바닥에 내려놓았다. 무릎을 꿇고 앉아 형의 얼굴을 천천히 뜯어보았다. 왼쪽 뺨과 목에 난 점도 그대로였고, 눈썹의 흉터 자국도 똑같았다. 그 흉터는 내가 낸 거였다. 아빠가 택배 상자를 뜯고 무심코 바닥에 둔 가위를 가지고 놀고 있었는데, 형이 발견하고 뺏으려 했다. 나는 빼앗기지 않으려고 손을 마구 휘젓다 형에게 상처를 내고 말았다. 지금은 1센티미터도 안 되는 작은 흉터지만 그 당시에는 다섯 바늘이나 꿰맬 정도로 상처가 컸다. 흉터의 위치와 길이도 정확하게 기억하고 있다. 이건 완벽히 똑같다. 비슷한 자리에 난 흉터가 아니라, 형이 아니면 있을 수 없었다. 그래도 아직 형이라고 단정 짓기에는 의심스러운 점이 많았다. 그중 하나가 손등

천선란

과 팔에 있던 흉터가 사라졌다는 점이다. 형이 병원을 드나들던 무렵부터 형의 팔과 손에는 주사 자국이 생기기 시작했고, 가끔은 퍼렇게 멍이 들었다. 멍 든 부분에 진물이 난 적도 있었다. 그래서 형은 더운 여름에도 언제나 소매가 긴 옷을 입었다. 물감을 칠한 것처럼 파랗고 노랗게 얼룩덜룩해진 형의 두 팔. 침대에 죽어 있던 형의 팔에도 남아 있던 그 푸른 흔적. 흰 천 사이로 떨어졌던 형의 손에도 피어 있던 투쟁의 꽃. 그 얼룩이 지금 내 앞에서 낮잠을 자고 있는 형에게는 없었다. 어떻게 며칠 만에 흉터가 싹 사라질 수 있는지 궁금했다.

형은 샌드위치를 허겁지겁 먹어치웠다. 어제 헤어진 후로 계속 굶은 것 같았다. 나눠 먹으려고 가져온 쿠키도 형에게 다 주었다. 무릎을 끌어안고 그런 형을 지켜봤다. 형은 손에 묻은 초콜릿을 혀로 핥다가 나를 보며 의아하다는 표정을 지었다.

"왜 그렇게 불편하게 앉아 있어?"

"나?"

"어, 너."

"나 지금 편해."

형은 믿지 않는다는 눈으로 나를 쳐다보았다.

"왜 형한테 거짓말해? 형이 불편하니? 너 지금 나를 의심하고 있구나."

나는 얼른 고개를 저었지만 늦었다. 형은 휴지로 손을 닦고 자신의 무릎을 톡톡 쳤다. 무릎에 앉으라는 말이었다. 어제처럼, 그리고 예전처럼. 내가 어제처럼 선뜻 다가가지 못하고 망설이자 형은 웃으며 덧붙였다.

"너 어렸을 때 형한테 안겨야 안 울었잖아. 그래서 엄마도 속상해하고. 잊지 마. 다 커서 징그러워도 업어달라고 했던 건 너야. 물론 네가 잊었을 리 없겠지만."

"그걸 어떻게 알고 있어?"

나도 모르게 내뱉었다. 그리고 곧 그 말을 내뱉은 걸 후회했다. 내가 가지고 있던 어떤 의심과 불안이 제멋대로 날뛰었다.

"아니, 그러니까 내 말은 그렇게 오래된 대화를…!"

"역시 날 진짜 형으로 생각하지 않는구나."

형이 웃었다.

"그렇게 느낄 수 있어. 당연한 거지. 어쨌든 푸코가 알고 있는 형은 죽었잖아."

바람이 불면서 옥수수 잎이 스치는 소리가 들렸고, 형의 앞머리도 옥수수수염처럼 힘없이 흩날렸다.

"하지만 푸코, 잘 생각해봐. 형은 푸코가 다섯 살 때 말벌에 쏘여 죽을 뻔한 것도, 여섯 살 때 엄마 화장대를 쓰러뜨려 둘이 조용히 처리했던 것도, 우리가 개잎갈나무에 매트를 걸어두었다가 옥수수 밭을 찾을 때마다 썼다는 것도 알고 있어. 푸코가 학교에서 배운 내용과 선생님이나 친구가 한 농담까지 형에게 빠짐없이 말해준 것도. 푸코만큼은 아니지만 형도 잘 기억해. 그러니까 형을 낯설어하거나 두려워하지 않아도 돼. 푸코가 알고 있던 형과 나는 다르지 않아. 우리는 같아."

형이 하는 말은 달콤하고 씁쓸했으며, 환상적이고 무서웠다. 형은 내 대답을 차분하게 기다렸다. 그것마저 형 같았다. 형은 나에게 화를 내거나 재촉한 적이 단 한 번도 없었다.

천선란

한참이 지나도 내가 아무런 말도 하지 않자 형이 그제야 말을 이었다.

"형은 너를 겁주거나 협박할 마음이 없어. 그저 언젠가 네가 형을 떠올려 이 옥수수 밭에 올 거라고 믿었고, 그렇게 너를 기다리고 있었던 것뿐이야. 네가 다시 형을 보러 오지 않는다고 해도 형은 널 붙잡지 않을 거야. 가. 대신 형을 만났다는 얘기는 아무한테도 하지 말아줘."

나는 슬그머니 자리에서 일어났다. 형은 정말로 나를 붙잡을 마음이 없는 듯했다.

"그렇지만 푸코, 형은 너와 함께했던 시간을 모두 기억하고 있어. 내가 다르지 않다는 것만 알아줘."

옥수수 밭을 뛰었다. 뒤도 돌아보지 않고 집을 향해 달렸다. 형이 쫓아오지 않고 있다는 건 뒤에서 옥수수 잎이 스치는 소리가 들리지 않는다는 것만으로도 알 수 있었다. 그럼에도 나는 쫓기는 사람처럼 쉬지 않았다. 형이 아니구나. 형과 똑같지만 형이 아니구나. 그럼 형은 그때 차갑게 죽은 게 맞았다. 저 사람이 우리 형이 아니라는 걸 알았으니 돌아갈 이유 따위는 없는데, 왜 자꾸 다리가 무거워질까. 이상했다. 무언가가 나를 붙잡고 있었다. 내 기억 중 하나가. 그리고 나는 어렵지 않게 그 기억이 무엇인지 찾아냈다. 옥수수 밭이 끝나는 경계에서 걸음을 멈췄다. 한 걸음만 더 내딛으면 빠져나올 수 있는데 발이 떨어지지 않았다.

— 응. 사람은 다른데 똑같은 기억을 가지고 있으면?

— 형이 상상해봤는데, 만약 푸코랑 다르게 생긴 애가 본인이 푸코라고 하면서 푸코의 기억과 똑같은 기억을 가지

고 있다면 나는 그 애를 푸코라고 생각할 거 같아. 사람이든 로봇이든 강아지든 기억이 같으면.

한 걸음을 내딛는 대신 뒷걸음질을 쳤다. 왔던 길을 되돌아 달렸다. 상처 받은 형이 그 사이에 떠나지 않았기를 간절히 바라면서.

다시 그곳에 도착했을 때 형은 여전히 피크닉 매트에 앉아 책을 읽고 있었다. 나는 무작정 형을 끌어안았다. 그건 형이었다. 나와의 모든 추억을 가지고 있는 형.

그 후 나는 틈만 나면 옥수수 밭으로 향했다. 부모님에게 말하지 말아달라는 비밀은 일주일 넘게 지속되었다. 형에게 말하면 안 되는 이유 따위는 묻지 않았다. 내게 중요한 건 그런 이유가 아니었다. 형이 굶지 않도록 낮과 밤, 두 번씩 음식을 싸갔고 이따금 형 옷장에서 옷을 꺼내 가져다주었다. 부모님은 내가 무엇을 하고 다니는지 크게 관심을 갖지 않았다. 그럴 겨를이 없어 보였다. 두 분은 언제나 바빴으니까. 형이 죽었다고 해서 하던 일을 멈출 순 없는 거였다. 그래서 나는 마음 편히 형과 어울렸다.

우리는 옥수수 밭을 거닐며 많은 이야기를 나누었다. 형은 이전처럼 아프지도 않아 나를 업거나 목말을 태워주기도 했다. 그 행복은 예전에 형과 함께했을 때 느꼈던 행복과 다르지 않았다. 나는 아주 잠시 슬펐을 뿐, 금방 되돌아왔다. 이전으로.

형은 저주에 걸려 결계를 넘지 못하는 용사처럼 항상 옥수수 밭 경계에서 멈췄다. 조심히 들어가라며 머리를 쓰다듬어주는 형에게 물었다.

천선란

"근데 형은 언제 집에 와? 다그치는 건 아니야. 그냥 궁금해서. 곧 추워지잖아."

"그래, 이제 돌아갈 때가 됐지."

형이 무릎을 굽혀 눈높이를 맞췄다.

"대신 형이 집에 갈 때 푸코가 해줘야 할 게 있어."

"그게 뭔데?"

"나중에 알려줄게. 그때 형이 부탁하면 꼭 들어줘야 돼. 내가 푸코의 두 번째 형이잖아."

두 번째.

"두 번째는 첫 번째 다음으로 특별해. 그렇지?"

그 말은 마치 세 번째도 있고, 네 번째도 있다는 말처럼 들렸다. 하지만 형의 말이 맞았다. 두 번째는 첫 번째 다음으로 특별했다. 나는 고개를 끄덕이며 형이 내민 새끼손가락에 손가락을 걸며 약속했다.

그날, 나는 집으로 들어가 부모님과 함께 나를 기다리고 있던 형을 만났다. 세 번째 형이었다.

식탁 맞은편에 앉은 부모님의 표정은 난해했다. 입은 웃고 있었지만 눈에는 측은함과 서글픔이 묻어 있었다. 엄마의 눈에 눈물이 그렁그렁 매달렸다. 형이, 그러니까 세 번째 형이 휴지를 뽑아 엄마에게 내밀었다. 눈물을 닦으라고 내민 것일 텐데 엄마는 휴지를 받으며 더 크게 울음을 터뜨렸다. 아빠는 애써 웃으며 엄마의 어깨를 어루만졌다. 나는 멀뚱히 그런 부모님을 쳐다봤다. 엄마는 몇 분간 눈물을 떨어뜨리다 숨을 고르고 차분히 입을 열었다. 그리고 이렇게 말했다. 푸코, 당황스럽겠지만 형이야, 형이 맞아. 엄마는 뱉은 말을 스스로 감당할 수 없다는 듯, 혹은 버겁거나 벅차다는 듯 숨을 크게 몰아쉬며 아빠에게 기댔다. 얼굴에서 서글픔이 조금씩 거둬지며 엄마의 표정은 곧 완전한 행복으로 뒤덮였다. 형이 내 머리를 쓰다듬었다. 나는 목석처럼 굳어 아무런 반응도 하지 않았다.

형이 여기에도 있고, 저기에도 있다. 혹시 옥수수 밭에 있던 형이 나를 놀래주려고 장난치는 건 아닐까 싶어 집에 있는 형을 뚫어지게 지켜보기도 했지만 침실에 든 순간까지 형은 내게 장난치거나 아는 체하지 않았다.

첫 번째 형과는 같았지만, 두 번째 형과는 달랐다.

침대에 누워 문을 바라봤다. 새벽이 올 때까지 잠들지 못했다. 집은 적막에 휩싸였다. 아무런 기척도 느껴지지 않아 슬그머니 자리에서 일어나 방을 빠져나왔다. 맞은편 형 방을 들여다보았다. 좁은 침대에서 엄마는 형을 꼭 끌어안은 채 잠들어 있었다. 두 사람이 깊게 잠든 것을 확인하고 나는 곧장 집을 나와 옥수수 밭으로 향했다. 동그랗고 노란 달이 내뿜는 빛에 의지해 무작정 두 번째 형이 있는 곳으로 달렸다. 마음이 조마조마했다. 세 번째 형이 나타났으니 두 번째 형이 사라질까 봐. 분명 첫 번째 형과 둘 다 같았는데, 나는 어느새 두 번째 형에게 마음을 준 것이다. 다행히 두 번째 형은 우리가 만나는 장소에 있었다. 형은 기척에 눈을 떴고, 나는 다짜고짜 그런 형을 껴안았다. 형이 왜 그러느냐고 물었다.

"집에 형이 또 왔어. 그래서 형이 사라지는 줄 알았어."

"왔어?"

형이 반색하며 물었다. 끌어안고 있던 몸을 떨어뜨리고 형을 쳐다보며 고개를 끄덕였다. 형이 내 어깨를 쥐었다.

"푸코, 형 이제 집에 갈 수 있어!"

"하지만 집에는….."

"형이 집으로 가기를 바라지? 그렇지?"

붙잡힌 어깨가 아파왔지만 티내지 못했다. 형의 물음에 선뜻 대답하지 못했다. 바라지 않아서가 아니었다. 형의 얼굴이 파리하게 느껴졌다. 그것이 조금 섬뜩했을 뿐이다. 나는 뒤늦게 고개를 끄덕였다. 그러자 기다렸다는 듯 두 손을 붙잡았다.

"그러려면 푸코의 도움이 필요해."

"내 도움?"

"응. 별거 아니야. 정말 쉬워."

"뭔데?"

훔쳐듣는 건 옥수수뿐인데도 형은 누가 들을까 걱정되는지, 아니면 옥수수가 듣는 것도 싫은 건지 내 귀에 바짝 입술을 붙여 속삭였다. 형의 부탁은 어렵지 않았다. 오히려 너무 쉽고 간단해서, 왜 그전에는 들어오지 않고 세 번째 형이 나타나기를 기다렸는지 의아할 정도였다. 나는 집으로 돌아가는 내내 형의 부탁을 되뇌었다.

내일 밤, 세 번째 형이 잠들면 창문 걸쇠를 풀어놓는다. 그리고 기다린다. 형이 문을 열어줄 때까지. 두 번째 형이라는 표식으로 형은 손가락 세 개를 펼 것이다. 그럼 내가 손가락 다섯 개를 펴면 된다. 우리만의 암호인 셈이다. 명심할 점이 있었다. 형이 먼저 문을 열기 전까지 절대 내가 먼저 열어서는 안 된다는 것이다. 형은 신신당부했다. 절대로, 절대로, 절대로 열어서는 안 된다고.

집에 도착하자 세 번째 형이 어디 갔다 왔느냐고 다정하게 물었다. 옥수수 밭에 갔다 왔다고 대답했다. 세 번째 형은 창밖의 드넓은 옥수수 밭으로 시선을 옮기며 말했다.

"원래 저기에 개잎갈나무가 있었는데."

곧이어 우리가 그곳에서 읽었던 책, 나누었던 대화들을 읊으며 앞으로 더 많은 추억을 쌓자고 덧붙였다. 나는 어설프게 고개를 끄덕이고 방으로 도망쳤다.

다음 날도 집에 있는 형에게는 눈길 한번 주지 않고 학교로 향했다. 학교에서도 보물을 숨겨둔 사람처럼 종일 초조해했다. 학교에서 돌아온 후에는 부모님이 특별히 준비한 파티에 응해야 했다. 부모님은 친척들까지 불렀다. 무슨 파티인지 아무도 알려주지 않았지만 형을 위한 파티라는 것을 알 수 있었다. 친척들은 형에게 말을 걸었다가 신기하게 쳐다봤고, 허락 없이 몸을 만졌다. 나는 구석에 숨어 그 모습을 지켜봤다. 세 번째 형은 그 손길들을 뿌리치지 않았는데, 그게 내가 발견한 첫 번째 형과 다른 점이었다. 첫 번째 형은 불쾌하고 무례한 건 그 자리에서 바로 말하는 사람이었다. 그러니 다르다. 역시, 세 번째 형은 첫 번째 형이 아니었다.

손님들은 늦은 밤이 되어서야 돌아갔다. 부모님은 집을 치우는 내내 피곤한 기색을 감추지 못하더니 얼추 정리를 끝내자마자 곧장 잠에 빠졌다. 형도 종일 사람들에게 시달려 피곤했는지 씻고서는 바로 방으로 들어갔다. 나는 침대에 걸터

천선란

앉아 집이 다시 조용해지기를, 조용해지고도 시간이 더 지나기를 기다렸다. 손바닥에 자꾸 땀이 찼다. 바지에 쓱쓱 문지르다, 바람에 옥수수 잎이 스치는 소리가 방 안까지 파고드는 걸 느끼고 자리에서 일어나 형 방으로 향했다.

세 번째 형은 이불에 파묻혀 있었다. 이불이 규칙적으로 오르내리는 것을 보니 완전히 잠이 든 듯했다. 깨금발을 하고 방으로 들어갔다. 정말 잠든 건지 확인하기 위해 침대로 다가가던 중 이불 밖으로 삐져나온 발이 눈에 들어왔다. 복사뼈 근처에 '13'이라는 숫자가 쓰여 있었다. 옥수수 밭에 있는 형은 9였는데, 방에 있는 형은 13이다. 형'들'에게는 모두 숫자가 쓰여 있는 걸까.

그렇다면 첫 번째 형은 정말 첫 번째가 맞았을까.

하지만 이건 아무리 고민한다고 한들 내가 알아낼 수 있는 것이 아니었다. 마음속에 덜 지워진 지문 같은 의문이 남았지만 그것을 밀어두고 옥수수 밭의 형이 시킨 대로 창문 걸쇠를 풀기 위해 창가로 향했다. 두 번째 형은 뜰에 서 있다가 나를 발견하자마자 손을 흔들었다. 다른 손은 뒷짐을 지고 있었다. 무언가를 등 뒤에 숨겨둔 것 같았다. 형이 창문 바로 앞까지 걸어왔다. 창문 잠금장치를 풀었다. 형이 웃으며 고맙다고 소리 없이 입술만 움직여 말했다. 창문을 넘어 들어오는 형에게서는 움직일 때마다 비닐이 바스락거리는 소리가 났다. 뭘 하려는 건지 궁금했지만 나는 형이 당부한 대로 방에서 나가 문을 닫고 기다렸다. 내 방으로 들어가 있으려고 했지만 어쩐지 걸음이 떨어지지 않아 형 방문에 기대어 앉았다. 방에서는 둔탁한 소리가 몇 번 들려왔고 그 후에는 한참 동안 바스락거리는 소리가 들렸다. 낮은 신음도 함께. 작지만 소란스러운 소리들이 한차례 지나간 후에 적막이 찾아왔다. 안에서는 개미 한 마리 지나가는 소리도 들리지 않았다. 문에 귀를 바짝 붙이고 귀를 기울였지만 소용없었다.

한참 후 다시 기척이 들려왔고 곧이어 창문이 닫혔다. 문을 향해 걸어오는 걸음 소리를 듣고 자리에서 일어났다. 문이 열리고 나를 반긴 것은 역시나 형이었다. 하지만 누구인지 알 수 없는 형. 입을 꾹 다문 채 형의 얼굴을 주시했다. 그러다 살짝 고개를 숙여 형의 발목을 바라봤다. '9'라고 쓰여 있었다. 형이 웃으며 내게 말했다.

"도와줘서 고마워. 이제 같이 살 수 있어."

형은 자신의 셔츠 깃에 붉은 점이 생긴 걸 모르는 모양이었다. 그대로 뒀다간 빨아도 사라지지 않을 텐데.

"잘 지내보자, 푸코."

형이 손을 내밀었다. 아직 물기가 묻어 있는 손을 바라보다 천천히 그 손을 맞잡았다. 비린내가 났다.

그 후 옥수수 밭에 가지 않았다. 형이 학교를 다니면서 대입시험을 준비하기 시작했기 때문이다. 언제나 형 곁을 지켰던 부모님도 차츰 일상으로 돌아갔다. 아무것도 바뀌지 않았다. 아주 잠시 공백이 있었지만, 옥수수 밭의 형은 원래 있던 형처럼 우리와 섞였다. 이따금씩 정장을 입은 사람들이 찾아와 부모님과 형을 만나고 간다는 것 빼고는, 아무것도 달라진 게 없었다. 내 삶도 차츰 원래의 자리를 찾아갔고 그렇게 빠른 속도로 무료해졌다. 형이 나와 놀아주지 못하는 것에

서운함을 느끼며 나는 홀로 책을 읽었다. 여느 때처럼 침대에 누워 엄마 서재에서 가져온 전공 책을 읽고 있던 오후, 창밖에서 옥수수 잎이 스치는 소리가 들렸다. 마치 옥수수 밭이 내게 이리 오라고 속삭이는 것 같았다.

책상에 앉아 공부하는 형의 뒷모습을 지켜보다 나는 조용히 집을 빠져나갔다. 책 한 권을 들고 홀로 옥수수 밭으로 향했다. 옥수수 밭에 가까워질수록 바스락거리는 소리가 커졌다. 나는 소리를 따라 걸었다. 여전히 내 키보다 큰 옥수수 줄기 사이를 헤치고 한참을 걷다, 내 앞에 서 있는 맨발을 보고 걸음을 멈췄다. 발목에 '2'라고 쓰여 있었다. 고개를 들었다. 흰색 원피스를 걸친 형이었다. 정수리에서부터 흘러내리다 굳은 피가 이마와 볼에 묻어 있었다.

형이 나를 보고 웃었다. 볼에 경련이 심하게 일어났다.

그날 옥수수 밭에서 네 번째 형을 만났다.

한이

에덴의 아이들

녀석은 평소처럼 주차장의 어두운 그늘 속에 잠복해 있다가 계단을 오르려는 내 발목을 낚아챘다. 시선을 내리자 갈색과 흰색 털이 섞인 꾀죄죄한 고양이가 애처로운 표정으로 올려다보고 있었다. 녀석은 머리를 발목에 이리저리 비비며 울어 댔다. 사람을 잘 따르고 붙임성이 좋은 녀석에게 종종 간식이나 사료를 주는 여자들이 있었다. 아마 내게도 그런 것을 바라는 모양이었다. 나는 녀석을 잠시 내려다보다 멈췄던 발길을 옮겼다. 녀석이 울음소리를 내며 내 뒤를 따랐다. 도도하고 날렵한 걸음이 아니라 뒷다리와 엉덩이가 바닥에 끌리고 있었다. 태어날 때부터였는지 아니면 사고를 당한 것인지 낚싯바늘처럼 꺾인 허리가 오른쪽 왼쪽으로 휘청거렸다. 녀석은 계단을 따라오지 못하고 등 뒤에서 한참을 울어댔다.

3층의 사무실 겸 숙소의 문을 열고 안으로 들어갔다. 창문을 열고 선풍기를 틀었다. 후텁지근한 여름밤의 열기와 함께 취객들의 소음이 빈 공간을 채웠다. 책상 앞에 앉아 낡은 컴퓨터의 전원 버튼을 누르고, 의뢰를 마친 기념으로 사들고 온 700밀리리터 싸구려 보드카 병을 무릎 사이에 끼우고 오른손으로 뚜껑을 열었다. 병째 들이켜자 불덩이 같은 뜨거운 액체가 목을 타고 내려갔다. 숨을 내쉬자 코가 타는 것 같았다.

한참을 드르륵거리던 컴퓨터 화면이 켜졌다. 나는 보고서 양식을 불러와 지난 며칠 동안 대상자를 관찰했던 내용을 시간대별로 작성했다. 보험금 과잉 청구와 관련된 보험사의 의뢰였다. 무인자동차 사고로 왼쪽 다리에 영구 손상을 입었다는 피보험자를 미행 관찰해서 사기성이 있는지 밝히면 되는 통상적인 일이었다. 서른여덟 살의 피보험자는 일상생활에서도 왼쪽 다리를 질질 끌면서 다녔다. 하지만 잠복 사흘째, 골목에서 놀던 아이들이 잘못 찬 축구공이 앞으로 굴러오자 무의식적으로 왼쪽 발로 차서 돌려보냈다. 나는 관련된 사실과 함께 그 모습을 촬영한 동영상을 첨부했다. 보험금으로 시궁창에서 벗어나려고 했던 남자는 여전히 시궁창에서 살게 됐다.

나는 아이들을 향해 멋지게 호선을 그린 축구공과 함께 꿈이 좌절된 남자를 위해 보드카 한 모금을 더 들이켰다. 오래전 하드보일드 소설에 묘사된 탐정은 없다. 그저 기계가 처리하는 것보다 단가가 싸게 먹히는 허드렛일을 하는 자영업자가 있을 뿐이다.

노크 소리가 들린 것은 보드카 병을 서랍에 넣어두고 긴팔 셔츠를 벗으려 할 때였다. 30대 중반의 쥐색 작업복 차림의 남자가 사무실 안으로 들어와 열린 문을 두드리고 있었다.

"영업 끝났소." 내가 말했다.

"불이 켜져 있어서."

사내가 쭈뼛거리며 말했다.

나는 긴팔 셔츠의 단추를 다시 채우며 책상 맞은편에 있는 등받이 없는 의자를 가리켰다. 사내가 엉거주춤 엉덩이를 내려놓았다. 작업복을 입고 있었지만 중키에 날카롭게 찢어진 눈매가 매서워 보였다. 사내의 시선이 책상 위에 올려놓은 내 왼손을 더듬었다. 나는 왼손을 들어 흔들어 보였다.

"의수요."

"죄송합니다." 사내의 얼굴이 약간 붉어졌다.

"그럴 것 없소. 예전에 군대 있을 때 달게 된 거라 티가 많이 납니다. 좀 좋은 걸 달아주지. 그래도 의뢰받은 일을 처리하는 데는 별 지장 없소. 먼저 이름은?"

사내의 얇은 입술이 달싹거리더니 "임준태"라고 대답했다.

"의뢰 내용은?"

"가출한 아내를 찾고 싶습니다."

"아내의 이름은?"

"한소영인데 조선족입니다. 한시아오잉. 결혼 전까지는 중국 선전시에서 살았습니다."

"가출이라고 판단한 이유는?"

지금도 심심치 않게 한국 국적을 취득하기 위해 결혼했다가 일정 기간이 지나면 갑자기 잠적하는 사람들이 있었다. 코로나 사태가 잦아든 이후 한국 시민권의 인기는 날이 갈수록 올라가고 있었다.

"이틀이나 갈 만한 곳이 없습니다. 아는 사람도 없고. 휴대전화도 집에다 놓고 갔습니다."

휴대전화를 놓고 갔다면 위치 추적을 피하기 위해 작정을 했거나 이미 대포폰으로 갈아탔을 공산이 높았다.

"놓고 간 휴대전화는?"

"혹시 몰라서 갖고 오기는 했습니다."

임준태가 바지 주머니에서 꺼낸 휴대전화를 건네주었다. 아직도 눅눅한 습기가 남아 있었다.

"화장실 변기통에 버렸더군요. 헤어 드라이기로 잘 말려서 켜기는 했습니다만 아무것도 없었습니다."

남편이 왜 가출로 단정했는지 이해가 됐다.

아내 사진이 있냐는 물음에 임준태가 여권 사진을 출력한 종이를 내밀었다. 올백으로 넘긴 머리에 야무진 눈매를 하고 있었다. 통상적으로 보아도 미인이라고 할 만한 외모였고, 흔히 면접 프리 패스라고 불리는 인상을 풍기고 있었다. 시민권을 노리고 결혼을 이용할 사람처럼 보이지는 않았지만, 인간의 겉모습이 얼마나 기만적인지를 깨달을 만큼은 이 일을 해왔다.

"다른 특이 사항은 없소?"

"두 살배기 사내아이가 있습니다."

"사진은?"

"없습니다. 아내 휴대전화에 있는데 다 지워버려서."

"집에 놔둔 사진도 없소?"

"아내가 다 태워버렸더군요."

"당신 휴대전화에는?"

"사진 찍는 걸 그리 좋아하지 않아서요."

아들 사진이 하나도 없다는 말에 의구심이 들었지만 더이상 묻지 않았다. 가정마다 말할 수 없는 사정이 있는 법이다.

"아내와 아이를 찾으면 어떻게 하면 좋겠소?"

"그냥 어디에 있는지 주소만 알려주십쇼. 집으로 데려오는 것은 제가 하겠습니다. 제 연락처는….."

나는 임준태가 불러주는 전화번호를 메모하고 나서, 필요한 경비에 대해 말해주었다. 그는 선금으로 일주일치 경비의 절반을 내놓더니 잘 부탁한다는 말과 함께 사무실을 벗어났다. 나는 낡은 작업복과 어울리지 않게 조금도 닳지 않은 임준태의 구두 굽을 물끄러미 바라보았다.

사무실 문을 닫고 비로소 긴팔 셔츠를 벗었다. 위팔뼈를 조이고 있는 끈을 풀고 소켓에서 왼팔을 떼어냈다. 이두근과 전완근은 알루미늄으로 되어 있고, 팔꿈치 관절 부분은 구부릴 수 있도록 금속 띠로 되어 있었다. 손은 실리콘이었는데 임준태처럼 조금만 눈썰미가 있는 사람이라면 금세 가짜라는 것을 알아챌 수 있을 정도였다. 날아간 왼팔 대신 군대에서 달아준 싸구려 보급품이었다. 첨단 알고리즘을 사용하는 감쪽같은 의지 보조기도 많았지만 탐정 수입으로는 까마득한 이야기였다.

나는 발갛게 부어오른 상박을 주물렀다. 여러 번의 신경 수술과 재수술을 받았지만 팔의 기능을 상실한 왼팔은 결국 어깨에서 15센티미터 밑으로 절단할 수밖에 없었다.

서랍에서 꺼내놓은 보드카를 홀짝거리며 블랙마켓에서 구입한 디지털 포렌식 장비를 컴퓨터와 한소영의 휴대전화에 연결했다. 10년 전만 해도 휴대전화나 컴퓨터를 복원하려면 외부 전문가에게 맡겨야 했고 그마저도 복원율이 높지 않았지만, 최근에는 포렌식 기술이 비약적인 발전을 거듭했다. 지금은 담뱃갑 크기의 장비를 연결하는 것만으로도 상당 부분 되살릴 수 있었다. 하긴 나노포어를 이용해서 단 여섯 시간이면 신생아의 유전체 전체 염기 서열을 분석할 수 있는 시대였다.

복원이 진행되는 동안 소파에 앉아 텔레비전을 틀었다. 24시간 뉴스 채널에서 10년 전이나 작년이나 다를 것 없는 내용을 열변을 토하며 방송하고 있었다. 그들의 말에 따르면 대통령은 탄핵해야 할 대상이며, 한반도는 당장이라도 전쟁이 터질 위기 상황이었고, 지구는 멸망 일보 직전이었다. 나는 얼마 남지 않은 서울시장 선거에 J그룹의 삼남이 출마한다는 소식을 끝으로 음악 방송으로 채널을 돌렸다. 오래된 블루스 음악이 흘러나왔다. 어디선가 들었던 〈Blues in My Bottle〉의 가사를 흥얼거리며 술병을 기울였다.

복원이 완료됐다는 신호음이 들렸다. 몇 장 안 되는 사진은 화소가 깨져서 알아볼 수 없었다. 정말 아는 사람이 없는지 문자나 인스턴트 메시지도 없었다. 중국에 있는 친척과 접촉한 기록도 없었다. 소셜 미디어에 접속한 흔적도 없었고, 아이 사진을 올리거나 음식 사진을 올린 것도 없었다. 유일하게 건질 수 있었던 것은 통화 목록이었다. 단 하나의 전화번호가 통화 목록에 남아 있었다. 전화번호를 인터넷으로 검색하니 수입 잡화상이었다. 주소를 메모하고 컴퓨터를 껐다. 벽에 세워둔 접이식 침대를 사무실 한가운데 끌어다 펼치고 누웠다. 어디선가 애처로운 고양이 울음소리가 들려왔다. 나는 마지막으로 보드카를 길게 들이마시고 잠을 청했다.

왼팔 통증 때문에 잠에서 깨어났다. 하지만 왼팔을 움켜잡으려던 손은 허공을 갈랐을 뿐이었다. 십수 년이 지났지만

한이

여전히 팔이 있던 부위가 욱신거렸다. 밤새 열어둔 창문으로 취객들의 소란은 사라지고 출근길을 서두르는 사람들의 부산스러운 움직임이 들려왔다.

오른손으로 샤워를 하고 깔깔한 입안을 헹궜다. 어제와 반대 순서로 왼팔을 착용하고 끈을 단단히 조였다. 오랫동안 사용하다 보니 꽉 묶지 않으면 소켓에서 빠지는 경우가 생겼다. 그런 일로 사람들을 놀라게 하고 싶지는 않았다. 나는 긴 팔 셔츠를 입고 몇 가지 필요한 물건을 챙겨 사무실을 나섰다.

계단을 내려가니 주차장 한구석에서 치즈 고양이 녀석이 캔에 담긴 사료에 얼굴을 처박고 있었다. 누군가에게 애교를 부리고 얻어낸 모양이었다.

"도시에서 살아가려면 사람을 믿지 말아야 해."

나도 모르게 입 밖에 냈던지 녀석이 사료에서 얼굴을 들고 다리를 질질 끌며 다가왔다. 나는 녀석이 발목에 머리를 비비기 전에 서둘러 자리를 피했다.

일을 시작하기 전에 편의점에 들러 싸구려 커피를 내렸다. 플라스틱 뚜껑을 닫기 전에 휴대용 술병을 꺼내 위스키 몇 방울을 떨어뜨리고 후루룩거리며 커피를 마셨다. 간밤의 취기가 씁쓸한 커피와 함께 날아갔다.

지하철을 타고 어제 메모해둔 주소지로 향했다. 낡은 전기차가 있었지만 긴 시간 잠복할 게 아니라면 걸어 다니는 게 편했다. 미행하기도 편했고, 어설프게 CCTV 앞에 주차해뒀다가 발각되거나 경비보다 주차 위반 벌금이 더 나올 수도 있었다. 개찰구를 나가자마자 낯선 향신료 냄새가 몰려들었다. 수십 년 전부터 재한 조선족이 몰려들더니 이제는 중국에 온 것 같은 착각이 들 정도로 바뀌어 있었다. 한국어보다 중국어가 더 많이 들렸다.

휴대전화 내비게이션을 들여다보며 목적지를 찾았다.

청화수입(靑華輸入)이란 간판이 붉은 글씨의 초서체로 쓰여 있었고, 유리창에는 복을 비는 중국의 온갖 부적들이 덕지덕지 붙어 있었다. 안으로 들어가자 향신료 냄새가 코를 찌르는 가운데 중국 술, 과자, 폭죽, 전병, 책 등 온갖 물품들이 뒤죽박죽 쌓여 있었고, 판매대 안쪽에 나이를 짐작할 수 없을 정도로 늙은 여자가 꾸벅꾸벅 졸고 있었다. 자글자글한 주름이 온 얼굴을 덮고 있어서 견종 가운데 샤페이를 떠올리게 하는 여자였다. 샤페이는 내가 들어온 줄 모르는 건지 모른 척하는 건지 알 수 없는 표정을 짓고 있었다.

나는 선반에서 값싸 보이는 고량주 한 병을 집어 들고 샤페이에게 다가갔다.

"얼맙니까?"

그제야 샤페이가 눈꺼풀을 들어올렸다. 그 과정은 마치 잔잔한 호수에 잔물결이 이는 것 같았다. 눈가에서 시작된 주름의 파동이 서서히 얼굴 전체로 퍼져나갔다. 샤페이는 계산기를 들어 가격을 찍어 보여줬다. 나는 돈을 치른 다음 한소영의 사진을 내밀었다.

"최근에 이 사람을 본 적이 있습니까?"

거북이처럼 느릿하게 사진을 들여다보는 샤페이의 얼굴은 변화가 없었다.

"니 칸구워 메이요 쩨이거런? 한시아오잉."

나는 중국어로 다시 한번 같은 질문을 했다.

"징자(警察)?"

"메이요(아니오)."

"본 적 없어."

내가 경찰이 아니라고 하자 샤페이가 한국어로 대답했다.

"다시 한번 잘 보시죠."

"없어. 봤다고 해도 이 나이에 누굴 기억하겠어. 오늘 먹은 아침도 잊어버리는데."

나는 할 수 없이 싸구려 고량주 병을 들고 밖으로 나왔다. 근처 중국 음식점에 들어가 국물이 있는 요리를 주문하고 들고 온 고량주를 마셔도 되냐고 주인에게 물어봤다. 처음에는 안 된다고 하다가 청화수입에서 샀다고 하니까 마지못해 고개를 끄덕였다. 얼큰한 국물에 처치 곤란한 고량주를 처리하고 예의상 시킨 하얼빈 맥주까지 마시고 밖으로 나왔다. 그리고 청화수입으로 다시 들어갔다.

이번에는 샤페이의 의심 섞인 눈길이 바로 꽂혔다.

"왜?"

"깜박 잊고 휴대전화를 놓고 가서요."

너스레와 함께 아까 계산하면서 카운터 옆에 보이지 않게 쑤셔 넣어두었던 휴대전화를 꺼냈다.

"이게 왜 여기 떨어졌지? 어르신 말씀대로 늙으면 자꾸 깜박깜박한다니까요."

샤페이가 주름진 입술을 달싹거렸지만 끝내 아무 말도 하지 않았다. 나는 휴대전화를 주머니에 넣고 고개를 꾸벅이고는 밖으로 나왔다. 조용한 골목길로 들어가 앱을 해제하고 녹음된 내용을 재생했다. 내가 떠난 지 몇 분 되지 않아 버튼

누르는 소리와 함께 샤페이의 목소리가 녹음되어 있었다.

"요런 자오니 잉가이. 시아오신(누군가 널 찾고 있어. 조심해)."

나는 재한 조선족 거리를 돌아다니면서 몇 가지를 확인한 다음 사무실로 돌아왔다.

그로부터 며칠 동안은 지루한 잠복의 연속이었다. 한소영이 재한 조선족 거리 어딘가에 숨어 있다는 것은 확실했다. 하지만 무턱대고 청화수입의 샤페이에게 따질 수도 없는 일이었다. 수십 년의 세월이 흐르면서 재한 조선족 거리는 일종의 치외법권 구역이 되었고, 난민촌과 함께 가장 위험한 곳으로 꼽히고 있었다. 분위기를 보아하니 샤페이는 조선족 거리의 대모 정도 되는 모양인데 그런 사람을 함부로 들쑤셨다가는 이름도 모르는 뒷골목에서 시체로 발견되기 십상이었다.

대신 내가 택한 것은 지루하지만 안전한 방법이었다.

한소영이 누군가 자신을 찾고 있다는 것을 안 이상, 조선족 거리 바깥으로 나가지는 않을 것이다. 나는 조선족 거리를 다니면서 두 살배기 아이를 데리고 있는 부모라면 한 번은 들를 수밖에 없는 곳을 체크했다. 아이들에게는 반드시 필요한 것이 있었다. 기저귀, 분유, 물티슈와 같은 일상 용품과 병원. 일상 용품은 택배로 해결한다고 하지만 병원은 아이를 직접 데리고 갈 수밖에 없다.

나는 마트 몇 군데와 조선족 거리에서 유일한 소아과 병원 입구의 CCTV를 해킹하는 장치를 설치하고 병원 출입문이 보이는 모텔을 빌렸다. 사무실과의 이동 거리도 있고, 카페는 오랜 시간 앉아 있을 수가 없다. 나는 모텔 창가에 앉아 휴대전화 분할 화면과 망원경으로 감시를 시작했다.

탐정 업무의 대부분은 이렇게 카페, 골목 어귀, 냄새 나는 모텔이나 차 안에서 누군가를 지켜보는 지루한 일의 반복이었다. 영화나 소설에 나오는 화려한 활극은 현실의 탐정에게는 최대한 피해야 할 일이다.

나는 가져온 문고본 소설을 읽다가 지겨워지면 이런저런 검색을 하거나 텔레비전으로 유튜브 뉴스를 들었다. 경제 뉴스의 대부분은 J그룹의 소식이 차지하고 있었다. 중국과 합작으로 설립한 'JC 바이오테크놀로지'의 생산 공장이 상하이와 선전에 완공되었다는 소식과 J그룹의 삼남 이승찬이 서울시장 후보를 수락할 가능성이 높다는 소식 등이 지겹게 반복되고 있었다. 당선 가능성이 높게 점쳐지고 있기 때문인지 이승찬의 일거수일투족이 뉴스거리였다. 심지어 쌍둥이 아이 둘과 야구장을 찾은 영상까지 나오고 있었다. 화면에서는 경호원에 둘러싸여 각자 아이를 안은 이승찬과 아내의 모습이 비춰지고 있었는데, 쌍둥이는 일란성인지 얼굴이 똑같았다. 아들인지 딸인지 몰라도 누가 보더라도 감탄할 만한 외모였고, 뉴스 영상 아래에는 질투 섞인 댓글이 주를 이루고 있었다.

병원과 마트가 문을 닫으면 대충 저녁을 때우고 잠자리에 들었다. 침구류에서도 향신료 냄새가 나는 것 같았지만, 잠을 자는 데는 별문제 없었다.

기다리던 변화가 생긴 것은 나흘째 되는 밤이었다.

    문이 닫히기 직전의 병원으로 한 여자가 담요에 감싼 아이를 안고 미친 듯이 달려오고 있었다. 야구 모자를 눌러쓰고 있어서 얼굴을 확인할 수는 없었다. 망원 카메라 렌즈로 담아봤지만 마찬가지였다.

    나는 테이블 옆에 놔두었던 안경을 끼고 서둘러 밖으로 나갔다. 그 사이 여자와 아이는 병원 안으로 들어갔는지 보이지 않았다. 모텔로 돌아가지 않고 골목 모퉁이에서 병원 입구를 지켜봤다. 한 시간 정도 지났을까, 여자가 확연히 느긋해진 걸음으로 병원 밖으로 나왔다. 여전히 아이는 담요로 감싸고 있어서 보이지 않았다. 나는 눈에 띄지 않게 여자의 뒤를 따랐다. 도보로 미행할 경우 최소한 두 명 이상의 인원이 움직이는 것이 이상적이지만 혼자 일하는 처지라 어쩔 수 없었다. 다행히 거리에 술을 마시러 나온 사람들이 북적거리고 있어서 흔적을 감추는 데 어려움은 없었다. 여자가 뒤를 돌아보면 재빨리 취객들의 일행인 것처럼 섞였다.

    여자는 내가 마크해두었던 마트에 들어가 요거트와 과일, 기저귀를 샀다. 그리고 조선족 거리 안쪽에 있는 11층짜리 허름한 아파트 건물로 향했다. 보통이라면 드론을 띄워 여자가 들어간 층과 호수를 확인할 수 있지만, 급하게 나오느라 미처 챙기지 못했다. 어쩔 수 없이 여자를 앞질러 지나쳐서 승강기 버튼을 눌렀다. 아이와 짐을 안고 계단을 걸어서 올라가진 않으리란 계산이었고, 승강기를 타지 않으면 그 나름대로 1층이나 2층 가운데 하나라는 뜻이었다. 승강기 문이 열리자 고개를 숙이고 제일 안쪽으로 들어가 감시카메라의 사각지대에 섰다. 뒤를 따라온 여자가 8층을 눌렀고, 나는 자연

한이

스럽게 9층 버튼을 눌렀다. 사람들이 연이어 들어와 여자는 뒤로 밀려왔다.

승강기가 움직이자 아이가 갑자기 울음을 터뜨렸다. 여자가 담요를 걷고 우는 아이를 어르기 시작했다. 그래도 아이가 울음을 멈추지 않자 야구 모자를 벗고 아이와 눈을 맞췄다. 승강기 거울에 비친 여자는 머리카락을 자르긴 했어도 한소영이 맞았다. 아이를 바라보는 한소영의 눈에는 사랑이 가득 담겨 있었다. 천사처럼 아름다운 아이였다. 하지만 방긋 웃는 미소에도 불구하고 아이의 시선은 어딘가 다른 곳을 헤매고 있었다. 나는 처음 보는 아이지만 어디선가 본 것 같은 기시감이 들었다.

층수가 올라갈수록 사람들이 점점 줄어들었다. 여자가 8층에서 내리고 9층에서 문이 열리자 부리나케 뛰어 나가 계단을 내려갔다. 8층 비상문을 열고 튀어 나갔을 때, 복도식 아파트 중 한 곳의 문이 닫히고 있었다.

8011호였다.

나는 아파트 앞에서 남편에게 전화를 걸었다.

"찾았소."

"거기가 어딥니까?"

나는 주소를 불러줬다.

"감사합니다. 나머지는 제가 알아서 하겠습니다. 잔금은 바로 보내도록 하죠."

"그럼 당신이 올 때까지 기다리겠소. 당신이 오는 사이에 아내가 나가버리면 곤란하니까."

"괜찮습니다. 부끄러운 모습을 보여드리고 싶지 않아서요."

"부담 갖지 말고 애프터케어 서비스라고 생각하시오. 당신이 오면 바로 떠날 거요."

남편이 웅얼거리는 목소리로 알았다고 대답했다.

"참, 아이 말이요."

"네?"

"아이가 정말 사랑스러웠소."

"예에. 감사합니다."

남편은 마음이 다급한지 서둘러 전화를 끊었다.

나는 으슥한 곳에 자리를 잡고 느긋하게 남편을 기다렸다. 하지만 나를 찾아온 것은 격렬한 전기 충격과 뒤이은 뒤통수의 강렬한 통증이었다.

내가 정신을 차린 것은 자정을 넘긴 때였다.

숨을 쉴 때마다 뒤통수가 욱신거렸다. 오른손으로 만져보니 탁구공만 한 혹이 튀어나와 있었다. 셔츠를 들추자 옆구리에 테이저건에 맞은 자국이 화상처럼 남아 있었다. 다행히 피가 나는 곳은 없었다.

안경은 바닥에 떨어져 있었고, 휴대전화는 박살이 나서 나뒹굴고 있었다. 나는 안경과 부서진 휴대전화를 뒷주머니에 챙기고 몸을 일으켰다. 올라오는 욕지기를 간신히 삼키고 휘청거리며 아파트로 되돌아갔다.

승강기에 올라타고 8층을 눌렀다. 승강기가 움직이자 간신히 삼킨 구역질이 다시 치밀었다. 후, 후, 후, 짧은 숨을 여러 번 내뱉으며 목구멍으로 올라오는 쓴물을 삼켰지만 소용없었다. 8층 문이 열리자 계단 구석을 찾아가 속에 있는 것을 게워 내고 말았다. 그래도 속을 비우자 어지러움이 좀 가라앉았다.

8011호의 문은 열려 있었다.

지문이 남지 않게 왼손 의수를 이용해 문을 당겼다.

집 안은 난장판이었다. 아이 기저귀, 이유식, 옷, 대야 같은 것이 엉망으로 어질러져 있었다. 혹시나 하는 마음에 좁은 집 이곳저곳을 둘러봤지만 한소영과 아이는 사라지고 없었다.

비틀거리는 걸음으로 아파트를 벗어나 제일 처음 눈에 띈 편의점에 들어갔다. 작은 병에 든 위스키를 사서 단번에 절반 정도를 들이부었다. 그제야 욕지기가 멈추는 것 같았다.

모텔로 돌아왔다.

그곳 역시도 난장판이었다. 무언가를 숨겼으리라고 여겨진 곳은 갈가리 찢겨 있었고, 카메라는 메모리칩이 없어진 상태로 박살이 나 있었다.

손을 휘저어 대충 몸을 뉠 수 있는 공간을 마련하고 그대로 드러누웠다. 쓰고 있던 안경을 벗어 옆에 놓자마자 곧 지옥처럼 캄캄한 어둠이 찾아왔다.

다음 날 오후가 되어서야 간신히 몸을 일으켰다. 빈손으로 체크아웃을 하며 자초지종을 설명하자 모텔 주인은 흔쾌히 추가 요금 없이 퇴실을 시켜줬다. 아마 문을 열어주는 조건으로 사전에 충분한 대가를 받았을 것이다.

나는 사무실로 돌아가지 않고 새 휴대전화를 개설한 다

음, 컴퓨터를 이용할 수 있는 카페에 들어갔다.

인터넷에 접속해 개인 저장 공간을 불러냈다. 어제 내가 쓰고 있던 안경은 초소형 카메라와 녹화 기능이 있는 것으로, 녹화와 함께 자동으로 가상공간에 저장되도록 설계되어 있었다. 흔들리는 미행 영상은 빠르게 넘기고 승강기 안에서 한소영과 아이가 찍힌 장면만 중점적으로 다시 돌려보았다. 얼마 지나지 않아 내가 느낀 위화감의 정체가 무엇인지 확인할 수 있었다. 영상을 내가 습격당하는 순간으로 돌려보았다. 급격하게 흔들리는 화면 때문에 상대방이 누구인지 확인할 수는 없었다. 하지만 땅에 떨어진 안경이 영상을 계속 찍고 있었고, 굽이 전혀 닳지 않은 구두를 신은 누군가가 멀어지는 모습이 보였다. 나는 검색 엔진으로 관련된 세부 사실을 확인하고 휴대전화에 필요한 것을 저장한 다음 밖으로 나왔다.

새로 개통한 전화로 남편 행세를 한 임준태에게 전화를 걸었다.

없는 번호였다.

임준태의 주인에게 전화를 걸었다. 비서가 받았다. 바꿔줄 생각이 없었지만, "한시아오잉과 아이와 관련된 일"이라고 하자 전화를 연결해주었다.

"한시아오잉이 누군가요?"

수화기 너머의 남자가 물었다.

"당신이 선전시에서 데리고 온 여자."

"무슨 말인지 모르겠군요."

"내가 보여주는 영상을 보면 기억이 날 거요. 어디로 가면 되겠소?"

"유권자의 말은 소중하니까. 제 선거 사무실로 오세요."

나는 택시를 타고 남자가 불러주는 곳으로 향했다.

남자가 알려준 곳에 도착하니 〈이승찬 서울시장 선거 사무소〉란 플래카드가 건물 전체를 뒤덮고 있었다. 사무소로 들어가자 언제부터 준비했는지 빈틈없이 효율적으로 돌아가고 있었다. 경제인 외길만 걷겠다며 후보 수락을 망설이던 모습이 정치적 쇼였다는 것이 여실히 느껴졌다.

"어서 오십시오. 기다리고 있었습니다."

내가 들어가자 이승찬이 손을 낚아채 악수를 하며 반겼다. 누가 보면 죽은 형이 살아 돌아왔다고 믿을 정도였다.

"이쪽으로 오시죠. 손님과 긴히 할 이야기가 있으니 다른 분은 들이지 마세요."

비서에게 지시를 내리더니 내 손을 잡고 안쪽 사무실로 이끌었다.

"그래, 할 이야기가 뭡니까?"

이승찬이 푹신한 소파에 몸을 파묻으며 물었다.

"임준태 씨도 나오라고 하시오. 내가 알고 있는 이름이 맞는다면."

"어떻게 알았습니까?"

이승찬이 빙그레 웃음을 지으며 물었다.

"예전 당신이 중국에 비즈니스차 갔을 때 수행원으로 나옵디다. 그리고 낡은 작업복에 굽도 닳지 않은 구두는 어울리지 않소."

"역시 탐정이라는 건가요. 임 비서, 그만 나와."

안쪽 문이 열리고 남편 역할을 했던 임준태가 말쑥한 양복을 입고 나타났다. 그는 자연스럽게 이승찬의 뒤에 섰다.

"여자하고 아이는 어떻게 했지?"

내가 물었다. 대답은 이승찬에게서 나왔다.

"그건 당신이 알 바 아니에요. 그나저나 어떻게 나에게까지 온 건가요?"

"처음에는 그저 흔한 재벌들의 사생아 문제인가 생각했소. 일일 드라마에 지겹게 나오는 스토리 말이요. 혼외정사로 낳은 아이, 돈으로 무마하려는 재벌, 아이를 데리고 도망친 여자."

"그런데요?"

"아무리 그렇더라도 아이 얼굴 정도는 알려주고 의뢰하는 법인데 남편 역의 임 비서에게는 그런 것이 없었소. 심지어 한소영의 휴대전화에도 없고. 일부러 아이 사진을 찍지 못하게 했다고밖에 생각할 수 없었소. 그렇다면 그렇게까지 아이 얼굴이 알려지지 않아야 하는 이유가 뭘까?"

"뭐라고 생각했나요?"

"아이가 누군가와 닮았기 때문이오."

나는 휴대전화에 담아온 영상을 보여주었다. 승강기 안에서 어딘가 허공을 바라보는 시선으로 천사 같은 미소를 짓는 아이였다. 그다음에는 야구장에서 찍힌 이승찬의 쌍둥이 사진을 보여주었다. 세 아이는 일란성 쌍둥이라고 해도 믿을 정도로 꼭 닮아 있었다.

"닮았군요."

"당신 부부는 얼마 전에야 쌍둥이를 출산한 사실을 알렸

한이

고 공식 석상에도 모습을 드러냈소. 당신 아내도 마찬가지고. 하지만 아무리 찾아봐도 당신 아내가 임신한 모습이 찍힌 건 없었소."

"아내가 부끄러움이 많아서요."

"어쨌든 닮은 사람이 아무리 많다고 해도 이렇게까지 닮을 수는 없는 법이오. 진짜 일란성 쌍둥이이거나 편집된 경우가 아니라면 말이오."

"편집?"

"나는 당신이 중국에 세운 JC 바이오테크놀로지가 어떤 회사인가를 떠올려보았소."

"JC 바이오테크놀로지는 GMO(유전자 변형 농수산물)를 연구 생산하는 곳입니다."

"그것뿐이라면 구태여 한국을 벗어나 중국과 손을 잡을 필요는 없었을 거요. 국내의 GMO 기술은 세계 어디에 내놓아도 자랑스러워할 만한 수준이니까. 당신이 중국과 합작을 할 수밖에 없는 이유가 무엇일까 고민해봤소. 그랬더니 선전시가 유명해졌던 일이 떠올랐소. 허젠쿠이(賀建奎). 세계 최초로 인간 배아를 크리스퍼(CRISPR: 유전자 가위)로 편집하고 체외수정시켜 쌍둥이를 태어나게 한 인물이오. 당시 전 세계에서 비난이 쏟아지기 전만 해도 중국 정부는 허젠쿠이를 국민적인 영웅으로 떠받들었소. 이후에도 허젠쿠이의 실험을 바탕으로 비밀리에 온갖 실험을 해왔을 것이고, 어느 나라보다 발달된 노하우를 갖고 있을 거요. 당신은 그런 중국과 은밀히 손잡고 유전적으로 향상되도록 편집된 GMO 휴먼을 만들고 있었소."

"하하. 흥미로운 이야기이기는 합니다만, 한시아오잉의 아이와 무슨 관련이 있단 거죠?"

"유전자 편집 기술은 완전무결하지 않소. 원하는 타깃 이외의 다른 목표에 작용하는 표적 이탈 효과가 나타날 수 있지. 아마 당신은 체외수정해서 편집한 배아를 여러 명의 여자들에게 이식하고 임신을 기다렸을 거요. 한시아오잉도 그중 하나였겠지. 그리고 아이를 출산한 다음 편집된 기능이 제대로 나타나는지 관찰할 시간이 필요했소. 문제는 두 아이는 성공적이었지만 한시아오잉의 배에서 태어난 아이는 그렇지 못했다는 거지. 얼굴은 똑 닮았지만 당신이 원하는 수준에는 모자랐소. 그래도 엄마인 한시아오잉에게는 사랑스러운 아이였소. 당신으로부터 위협을 느낀 그녀는 급기야 아이를 데리고 도망치기에 이르렀고, 어리석은 탐정은 그녀의 위치를 친절하게 당신들에게 알려준 거요."

"정말 재밌는 소설이군요. 하지만 더 들어주기에는 제 시간이 너무 비싸서요."

이승찬이 자리에서 일어나며 손사래를 쳤다.

"다시 한번 묻겠소. 엄마와 아이는 어떻게 했소?"

내가 한 자 한 자 씹어 뱉듯이 물었다.

이승찬이 입매를 올리더니 대답했다.

"결함이 있는 상품은 어떻게 하죠? 폐기해야죠."

"이 개새끼야!"

내가 내지른 주먹이 녀석에게 닿기도 전에 임준태가 소매를 잡고 바닥에 메다꽂았다. 낙법을 할 틈도 없었던 터라 등짝이 부서지는 것 같았다. 곧이어 어느 틈에 튀어나온 검은 양복들이 나를 찍어 눌렀다. 짐승처럼 울부짖었지만 내가 듣기에도 덫에 걸린 비명으로밖에 들리지 않았다.

이승찬은 내 주머니에서 휴대전화를 꺼내 해당 영상을 삭제했다.

"아무리 삭제해도 소용없어. 다른 저장 공간에 많으니까."

내가 으르렁거렸다.

"오른손 내밀어봐요."

녀석의 지시에 검은 양복들이 내 팔꿈치를 잡고 억지로 오른손을 세웠다. 이승찬이 사무실 구석에 있는 골프백에서 드라이버를 꺼내 손바닥을 툭툭 건드렸다. 나는 온몸에 돋아나는 소름을 느낄 수 있었다.

"당신, 왼팔이 의수라면서요. 오른쪽도 마저 의수를 차면 어떨까요? 요즘에는 좋은 제품도 많던데."

이승찬이 티샷을 날릴 자세를 잡더니 망설임 없이 허리를 틀어 내 손을 향해 드라이버 스윙을 날렸다.

"없어! 휴대전화에 있는 게 전부야!"

골프채는 바람을 가르는 소리와 함께 말아 쥔 주먹 바로 위를 지나갔다.

"당신 같은 하찮은 인간은 내가 추구하는 것을 이해할 수 없어요. 죽었다 깨어나도. 인간은 지금보다 더 개선되어야 해요. 신이 우리를 창조했을 때보다 더. 만약 오늘 이후로 당신의 재미있는 가설 한 자락이라도 듣게 되면 사무실로 찾아갈 거예요. 처음에는 오른팔, 다시 들리면 왼쪽 다리, 다음으로는 오른쪽. 차근차근 바꿔줄게요."

사무실로 돌아오는 길에 비가 내렸다.

황사와 미세먼지를 잔뜩 머금은 비였다.

우산도 없어서 비에 흠뻑 젖었다.

늘 사무실 앞에서 잠복하고 기다리던 녀석이 보이지 않았다. 밥그릇은 누가 발로 찬 건지 주차장 구석을 굴러다니고 있었다. 어디선가 날카롭게 우는 소리가 들렸다.

소리를 찾아 골목을 돌아가니 우비를 입은 청소년 두 명이 모델건으로 녀석을 쏴서 맞히는 놀이를 하고 있었다. 녀석은 앙칼진 소리를 지르며 도망가려고 했지만, 뒷다리를 질질 끌다가 얼마 못 가 다시 표적이 되고 말았다.

"이놈들! 썩 꺼지지 못해!"

내가 소리쳤지만 사내놈들은 눈 하나 깜짝하지 않았다. 오히려 모델건을 나에게 겨누고 쏴댔다. 맞은 부위가 따끔거렸고, 눈에 제대로 맞으면 실명할 수도 있을 것 같았다. 나는 오른손으로 왼팔을 묶고 있던 끈을 풀었다.

툭!

왼팔이 바닥에 떨어졌다.

"으아악!"

헐렁한 소매를 붙잡고 비명을 내지르자 녀석들이 혼비백산해서 줄행랑을 놓았다.

나는 바닥에 떨어진 왼팔과 함께 오들오들 떨고 있는 치즈 고양이를 끌어안았다. 녀석이 가슴에 머리를 비볐다. 아주 작은 온기가 그곳에서 피어나고 있었다. 나는 녀석을 안고 천천히 사무실 계단을 오르며 다른 비상용 클라우드에 백업해 둔 자료에 대해 생각했다. 그리고 녀석에게 말했다.

"너의 이름은 타키라고 하자. 오래전 비열한 거리를 걸어가던 누군가에 대한 이야기를 주구장창 쓰던 남자가 기르던 고양이 이름이야."

김이환

고양이의 마음

아프리카 중서부에 있는 나라 우후루의 국경 지역, 어두운 숲을 달리는 버스 안에서 장 사장은 창문으로 들어오는 바람을 맞으면서도 땀을 뻘뻘 흘리고 있었다. 사바나 기후인 우후루의 열대야 탓도 있었지만, 내전에 휩싸인 국경을 넘어서 안전한 나이지리아로 입국하는, 죽을지 살지 모르는 위험한 여행 중이었기에 긴장한 탓도 있었다.

운전사가 없는 무인 자동 버스는 장 사장처럼 국경을 넘으려는 사람으로 가득 찬 데다 몹시 덜컹거렸다. 버스에는 우후루의 소수 부족인 이보인을 비롯해 다양한 국적의 외국인들이 타고 있었는데, 모두 긴장한 얼굴로 아무 말도 하지 않았다. 숲을 달리던 무인 버스가 갑자기 덜컹 하고 시동이 꺼지더니 다시 움직이지 않았다. 난민을 안내하던 나이지리아 가이드가 버스 운전석의 모니터를 살펴보고는, 사람들에게 내려서 걸어가야 한다고 설명했다. 장 사장은 가장 먼저 내렸다. 그러면서도 이런 곳에 버스를 세운다니 말도 안 된다고 화를 냈지만 가이드는 듣지 않았다. 국경을 넘는 여행을 시작한 후로 그의 말을 듣는 사람은 아무도 없어서 안 그래도 화가 나 있었지만, 그 화를 받아주는 사람도 없었다.

장 사장은 신경질을 내며 중얼거렸다.

"버스를 호텔 앞에 세우면 되잖아. 그게 어려워?"

난민들의 목적지는 엠파이어 호텔이었다. 엠파이어 호텔은 우후루와 나이지리아의 경계에 있는, 아직 군부가 독재 정부로부터 장악하지 못한 지역이었다. 이 때문에 국경을 감시하는 드론이 엠파이어 호텔은 공격하지 않았다. 일단 호텔로 가면 드론에 쫓기지 않고 안전하게 나이지리아로 입국할 수 있었다. 하지만 호텔로 가는 길의 숲은 여전히 드론이 감시하고 있었다.

가이드는 장 사장에게 우후루 정부가 인터넷을 비롯한 모든 통신망을 폐쇄했기 때문에 무인 버스 시스템이 제대로 작동하지 못하고 버스가 멈춰 서는 일이 종종 있다고만 설명할 뿐 더는 상대해주지 않았다. 사람들이 모두 내리자 버스가 움직이더니 방향을 바꿔 왔던 길로 돌아갔다. 이제는 사람들이 걷는 소리와 바람이 낮은 나뭇가지와 마른풀을 스치는 소리만 어두운 숲에 남았다. 장 사장은 등 뒤에서 이보족 엄마가 아이에게 말하는 것을 들었다.

"호랑이가 나오니까 엄마 아빠한테 꼭 붙어 있어."

호랑이는 군사용 드론의 별명이었다. 검은색 몸체에 있는 노란색 사선 문양이 호랑이 무늬 같다고 해서 그렇게 불렀다. 군부 세력의 군사용 드론은 국경을 넘는 난민을 향해 총을 쏘고 있었다. 장 사장은 무거운 가방을 낑낑대고 끌면서 투덜댔다.

"멍청한 드론. 나한테는 총을 쏘면 안 돼. 나는 신분이 확실한 외국인이라고."

멀리 나무숲 사이로 창문마다 환하게 불이 켜진 엠파이

김이환

어 호텔이 보이기 시작했다. 사람들이 걸음을 서둘렀을 때, 비명이 들렸다. 가이드가 어서 뛰라고 소리를 질렀고, 동시에 드론이 날아오는 소리가 들렸다. 사람들이 손을 잡은 채 달리다가 드론이 총을 쏘기 시작하자 사방으로 흩어졌다. 장 사장은 원래 드론의 제작 의도대로 메뚜기 떼를 처리하는 화학약품 탄을 쏘는 건지, 아니면 실탄을 쏘는 건지 알 수 없었다. 알 게 뭔가? 맞으면 국경을 못 넘는 건 똑같았다. 비명과 고함이 사방에서 울렸지만 누가 도와달라고 외치건 말건 그는 그저 앞만 보고 뛰었다.

호텔에 도착했을 때 드론 소리가 더는 들리지 않았다. 호텔 정문 손잡이를 서둘러 잡아당겼지만 잠겨 있었다. 그가 문을 두드리며 열어달라고 외치자 문 너머에서 알아들을 수 없는 대답이 돌아왔다. 장 사장이 한국말로 외치고 있다는 걸 깨닫고, 영어로 열어달라고 말하자 그제야 문이 열렸다.

"사람이 문을 두드리고 있으면 어느 나라 말이든 간에 당장 열어야지!"

장 사장이 문틈으로 몸을 집어넣으며 버럭 소리 질렀지만, 낡고 우스꽝스러운 옷을 입은 벨보이는 신경 쓰지도 않으며 다른 사람들은 어디 있냐고 물었다. 장 사장은 모른다고 말하고 호텔로 들어가 로비에 털썩 주저앉으며 어서 문을 닫으라고 외쳤다. 살았다, 살았어. 장 사장은 중얼거렸다. 그의 뒤를 따라 들어오는 사람은 없었다. 총에 맞았거나 숲에서 길을 잃었을 것이다. 다른 사람이야 어떻게 되건 말건 그가 알 바 아니었다. 호텔 매니저가 다가와 다른 사람은 모르냐고 물었다. 장 사장은 모른다고 말하며 일으켜달라고 손을 내밀었

으나 매니저는 그냥 가버렸다. 장 사장은 화를 냈지만 이번에
도 그의 화를 받아주는 사람은 없었다.

아프리카 중서부 나이지리아와 베냉 사이에 있는 작은
나라 우후루에도 한국의 기업들이 10년 넘게 진출해 있었다.
아프리카 중부에 흉년이 들면서 정세가 불안해지고 우후루에
도 독재 정부와 군부 간의 내전이 벌어지자 교민에게 철수 명
령이 떨어졌다. 의약품 업체에서 일하던 장 사장도 그곳을 떠
나야 했다. 내전은 표면적으로는 흉작으로 인한 식량 부족과
치안 불안, 그리고 우후루의 다수를 차지하는 하우사족과 소
수를 차지하는 이보족의 갈등 때문에 일어났지만, 그 뒤에는
미국, 영국, 프랑스, 네덜란드의 다국적 기업이 얽힌 길고 복
잡한 역사가 있었다. 장 사장은 다른 교민들보다 늦게 피신했
는데, 자신의 안전보다는 회사 창고에 있는 의약품 물류 관리
가 더 중요해서였다. 회사의 이익을 위해 최선을 다했으니 회
사가 자신을 버릴 리 없다고 그는 생각했다. 한국에 안전하게
도착하면 충분히 보상해주리라고 믿었다.

그런데 문제는 회사가 아니라 엠파이어 호텔의 생각 없
는 직원들이었다. 키 크고 마른 젊은 벨보이가 그를 미스터
장이라고 부르자, 장 사장은 버럭 화를 냈다.

"장 사장이라고 불러."

벨보이가 어리둥절한 표정으로 쳐다보다가 말했다.

"무인 트럭은 5일 후에 옵니다."

닷새나? 무인 자동 트럭이 호텔로 와서 난민을 싣고 나
이지리아로 데려다주는데, 그 트럭을 타야 안전하게 갈 수 있

김이환

었다. 벨보이는 5일 동안 복도에서 지내라고 말했다. 복도? 호텔 로비에는 이미 사람들이 우글대고 있었다. 저기 가서 앉아 있으라고? 호텔이면 방을 줘야 할 거 아니냐고 말했더니, 벨보이가 시큰둥하게 대답했다.

"방은 비싼데 괜찮으시겠어요?"

어차피 며칠 후면 떠날 건데 그냥 복도에서 지내며 돈을 아끼라는 뜻이었다. 장 사장은 돈이야 얼마든지 있다고 대답하고, 회사에서 나중에 지불할 테니 영수증이나 잘 처리해달라고 말했다. 벨보이는 이번에도 시큰둥하게 대답했다.

"현금만 받습니다."

벨보이가 손님을 상대하는 태도가 마음에 들지 않아서, 장 사장은 나중에 혼을 내야겠다고 마음먹었다. 알려준 객실로 올라가서 문을 열었더니, 가족으로 보이는 이보족 어른과 아이 여섯 명이 멀뚱멀뚱 장 사장을 쳐다보았다.

그는 내려와서 소리 질렀다.

"방을 잘못 줬잖아."

벨보이는 방이 모자라서 여럿이 함께 써야 한다고 설명했다. 장 사장은 말문이 막혔다.

"그런 호텔이 세상에 어디 있어?"

벨보이가 단독 객실은 비싼데 괜찮냐고 재차 물었다. 장 사장은 가장 좋은 방을 달라고 당당하게 말했다. 깨끗하고 침대가 딱딱해야 하며 흡연이 가능한 방을 달라고 덧붙였다. 벨보이가 안내한 프리미엄 객실로 들어가 짐을 내팽개치고 씻지도 않은 채 누워서 잠을 청했다. 드론의 총소리와 사람들의 비명이 여전히 귀에 들리는 듯해서 쉽게 잠이 오질 않았다.

다음 날 룸서비스를 주문하려고 내선전화를 들었더니 아무도 받지 않았다. 그는 할 수 없이 직접 1층으로 내려갔다. 직원은 하나도 보이지 않았고, 사람들이 레스토랑 앞에서 북적거리고 있었다. 장 사장은 로비 소파에 앉아 무슨 상황인지를 지켜보았다. 옆에 앉아 있던 남자가 한국말로 알려줬다.

"난민들이에요. 대부분 메달이 없거나 돈이 없는 사람이죠. 가족을 기다리는 사람도 있고요."

남자가 말한 '메달'은 정확히는 생체 정보가 담긴 주민증이었다. 둥그렇고 납작한 가벼운 금속으로 된 메달처럼 생긴 것이었는데, 노란색 금속 표면 때문에 금화라고 부르는 사람도 있었다. 앞면에는 우후루의 상징인 태양과 밀이 그려져 있고 뒷면에 이름과 바코드가 있었는데, 그 안에 개인 정보가 담긴 칩이 있어서 신분을 확인할 수 있었다. 메달처럼 생겨서 목에 걸기도 했고, 배지처럼 가슴에 다는 사람도 있었다. 정식 명칭은 주민증이었다.

주민증이 없으면 나이지리아 국경에서 받아주지 않았다. 여권이 있어도 주민증이 있어야 했다. 그래서 엠파이어 호텔에는 주민증이 없는 사람, 돈이 없는 사람, 가족이 호텔에 무사히 도착하기를 기다리는 사람, 아니면 나이지리아로 가지 않고 호텔에 있다가 다시 우후루로 돌아갈 사람 등이 머물고 있었다. 저마다 사정은 딱했지만 그렇다고 무작정 호텔에서 받아주는 것을 보며 장 사장은 답답한 마음에 혀를 끌끌 찼다. 내보낼 사람은 내보내야 돈을 내고 정당하게 호텔에 머무는 자신 같은 손님이 피해를 입지 않는다고 생각했다.

이런 정보를 알려준 사람은 자신을 '최 박사'라고 칭하

김이환

는 한국인 중년 남자였다.

"장 사장님은 무슨 일을 하시나요?"

긴 얼굴에 피부는 좋지 않고 말투도 바보 같아서 어딘가 사람 신경을 긁는 면이 있었다. 자신을 '박사'라고 칭하기에 무슨 박사냐고 물었지만 명확하게 대답하지 않았다. 우후루에 얼마나 있었느냐고 물어도, 어디서 일했냐고 물어도 답하지 않았고, 심지어 나이와 고향을 물어도 제대로 대답하지 않았다. 그러면서도 장 사장이 어떤 사람인지는 듣고 싶어 했다.

장 사장이 회사와 직책을 설명했더니 그는 이렇게 말했다.

"진짜 사장님은 아니시구나."

그래도 눈치는 빨라서 계속 장 사장이라고 불렀다. 옷차림으로 봐서 돈은 많은 것 같았고 정보도 많이 알고 있었다. 엠파이어 호텔에 온 지 벌써 3주가 넘었다고 했다. 로비에서 자신이 앉은 커피 테이블이 딸린 일인용 소파가 가장 좋은 자리인데, 늘 그곳에만 앉는다고 자랑했다. 안 그래도 장 사장이 앉은 긴 갈색 가죽 소파는 스프링이 튀어나와 있어서 불편했는데, 엉덩이가 아프다고 넌지시 말해도 최 박사는 소파를 양보할 생각이 없어 보였다. 엠파이어 호텔은 한국에서는 3성급 호텔이지만 우후루에서는 손꼽히는 고급 호텔이라면서, 그 이유가 독재자의 친척이 지은 호텔이라 그렇다는 그럴듯한 설명도 했다. 지금은 호텔이 아니라 난민 수용소가 됐지만 말이다. 레스토랑 앞에서 기다리던 사람들이 갑자기 우르르 레스토랑으로 들어가 직원이 나눠주는 음식을 받았다. 사람들이 먹고 남은 음식을 얻어먹는 거라고 최박사가 설명했다.

"밥 먹을 돈도 없다니 불쌍하군…."

하지만 이내 최 박사도 음식을 받으러 간다며 자리를 떴다. 음식이 워낙 비싸서 돈을 절약하려는 것이라고 말했지만 장 사장은 이해가 가지 않았다. 돈도 많으면서 왜? 참으로 모를 일이었다.

최 박사가 떠난 소파에 앉았더니 스프링도 느껴지지 않고 훨씬 편했다. 장 사장은 주머니의 주민증을 꺼내 살펴보았다. 독재 정부의 국민 통제 수단인 주민증은 신분 확인을 위해 외국인도 반드시 발급받아야 했고, 대부분의 금융 거래도 이것으로 해결했다. 커피 테이블에 주민증을 내려놓고 잠시 창밖으로 고개를 돌렸다. 멀리 숲에서 나무가 흔들리고 그 위로 드론이 보이는 것 같아서, 그곳에 잠시 시선을 빼앗겼다가 다시 고개를 돌렸을 때였다. 커피 테이블 위의 주민증이 없었다.

대신 테이블 위에 웬 갈색 고양이가 있었다. 처음 보는 고양이가 입에 주민증을 물고 그를 빤히 쳐다보았다. 고양이는 장 사장과 눈이 마주치자 테이블에서 내려가 도망갔다. 주민증을 물고 호텔 로비를 가로질러 뛰어가기 시작했다. 장 사장은 벌떡 일어났다.

"잡아!"

고양이는 레스토랑과 로비를 오가는 사람들 사이로 잽싸게 도망갔고, 장 사장은 왜 잡지 않느냐고 소리 지르면서 따라갔다. 고양이가 벨보이를 향해 달려가기에 잡으라고 외쳤지만, 쟁반을 들고 있던 벨보이는 무심하게 한쪽 다리를 들었고 고양이는 그 사이로 지나갔다. 살짝 열린 호텔 정문 사이로 고양이가 빠져나갔다. 장 사장도 문을 열고 밖으로 나가려 했지만, 직원들이 달려와서 드론이 온다며 뒷덜미를 붙잡고 끌어당겼다. 호텔 앞에는 정말 드론이 날아다니고 있었다. 고양이는 그대로 뛰어서 숲으로 사라지고 더는 보이지 않았다. 장 사장은 호텔 안으로 끌려 들어왔다. 그렇게 주민증을 잃어버렸다.

그 후의 일은 잠시 기억이 없었는데, 직원들의 설명에 따르면 장 사장이 펄쩍펄쩍 뛰면서 괴성을 지르다가 다리에 힘이 풀려서 주저앉았고, 한동안 울다가 숨을 몰아쉬다가를 반복하더니 기절했다고 한다.

정신 차리자 방이었다. 직원들이 가져다준 점심 식사가 테이블에 있었다. 하지만 주민증은 여전히 없었다. 주민증이 없으면 호텔을 떠날 수 없었다. 엠파이어 호텔에 갇힌 것이다.

일주일 후 호텔 뒤쪽으로 무인 트럭이 왔을 때 장 사장도 트럭에 태워달라고 떼를 썼지만, 트럭에 타던 다른 사람들에게 쫓겨났다. 그때 장 사장은 호텔 매니저를 처음 봤다. 가끔 정장도 입지만 주로 우후루의 화려한 보라색 전통 의상과 모자를 쓴 뚱뚱한 중년 남자였다. 매니저는 신분이 확인되지 않은 사람이 한 명이라도 타고 있으면 트럭이 아예 시동이 걸리지 않는다고 거듭 말했다. 요행히 차가 움직이더라도 국경에서 주민증이 없는 사람은 받아들이지 않으며, 그러면 나이지리아 감옥에 갇히거나 걸어서 엠파이어 호텔로 돌아와야 하는데 그럴 수 있겠냐고 물었다. 장 사장은 호텔을 떠나는 무인 트럭을 울면서 지켜봤다.

주민증을 어디서 다시 구하지? 나이지리아로 넘어가지 못하면 한국으로도 돌아갈 수 없었다. 호텔에는 전화가 한 대

뿐이었고 국외로는 연결되지 않았다. 군부가 전화선을 비롯한 모든 전파를 통제해서 휴대전화도 인터넷도 되지 않았다. 마지막 남은 수단은 편지였는데, 호텔 사람들이 쓴 편지를 모아서 매니저에게 전달하면 매니저가 밖으로 보냈는데 언제 답장이 올지 알 수 없었다. 정말 기가 막혔지만, 호텔 로비에는 그렇게 하염없이 답장을 기다리는 사람들이 꽤 있었다.

외국인이라면 금방 나갈 수 있을 거라고 매니저가 그를 위로했다. 하지만 장 사장은 금방이 아니라 당장 한국으로 돌아가고 싶었다. 매니저가 말했다.

"한국에서는 장 사장이 여기 있는 줄 압니까?"

"알겠지 …."

장 사장은 확신이 없었다. 엠파이어 호텔을 통해 나이지리아로 간다고 회사에 말했던가? 분명 했던 것 같은데…. 나이지리아 라오스에 도착해서 한국으로 간다고는 확실히 말했다. 회사에서 그를 기다리더라도 라오스에서 기다릴 것이다. 그가 아예 우후루 국경을 넘지 못한 사실을 알더라도, 회사에서 보낸 사람이 국경을 넘어오거나 엠파이어 호텔을 찾아오지는 못할 것이다. 나이지리아 북부는 치안 상황이 좋지 않아서 회사도 마냥 그를 기다릴 수 없었다. 한국 정부도 통일 문제로 나라가 복잡한 상황이어서 아프리카에서 실종된 사람을 전력을 다해 찾을지는 미지수였다.

맥없이 기다리는 방법밖에 없었다.

하루하루가 지났다. 아무리 기다려도 찾아오지 않는 가족과 회사와 국가에 화가 났다. 평생 가족과 회사와 국가를 위해 열심히 일한 사람이 아프리카에 갇혔는데 얼른 구하러

김이환

와야지! 화가 나서 방 안을 서성이며 괜히 소리를 지르다가, 방을 박차고 나가 레스토랑 한쪽의 바에 앉아서 술을 마셨다. 사람이 함부로 드나들지 못하는 호텔이 술은 또 어디서 가져오는지 와인이며 위스키며 제대로 갖춰져 있었다. 대신 상당히 비쌌는데 우후루의 낮은 물가를 고려하면 정말 비쌌다. 우후루 화폐인 서아프리카 프랑이 아닌 미국 달러만 받았고, 그가 미리 바꿔둔 나이지리아 달러로는 훨씬 바가지를 씌워서 받았다. 사람들이 로비 바닥에 앉아서 남은 음식을 얻어먹으며 떠날 날만 기다리는 게 이해가 갔다.

호텔 물가가 비싼 이유에 대해 최 박사가 설명했다.

"난민을 데리고 있으려면 돈이 많이 드니까요. 돈 많은 부자에게 비싸게 받아서 남은 돈으로 난민을 돌보는 셈이죠."

장 사장은 당연히 매니저가 돈을 챙기는 줄 알았는데 아니어서 놀랐다. 지금처럼 좋은 기회에 돈을 벌지 않고 난민에게 쓴다고? 말도 안 된다고 생각했고, 최 박사도 동감이라고 말했다. 최 박사가 호텔을 빨리 떠나지 않는 이유도 그거였다.

"가장 비싼 가격에 팔 수 있는 장소니까요."

난민에게 물건을 비싸게 팔아서 충분히 돈을 모은 다음 떠날 계획이라고 했다. 돈을 모으려고 일부러 더 머문다니, 장 사장은 호텔에 더 머문다는 생각을 하면 밤에 자다가도 벌떡 일어나는데, 최 박사는 정말 대단한 사람이었다.

호텔이 고기와 채소와 기타 필요한 물건을 어떻게 구해오는지도 말해줬다. 드론이나 무인 자동차가 실어오고, 나이지리아에서 오는 무인 트럭에 물건이 실려서 올 때도 있다고 했다.

나중에 장 사장은 매니저를 찾아가 음식을 싣고 오는 드론이나 무인 자동차를 타고 나가면 안 되냐고 물었다.

"와인은 되고 사람은 안 된다니. 물건이 되면 사람도 당연히 돼야 하는 거 아냐?"

아니면 걷거나 차를 타서 숲을 빠져나간 사람은 없는지, 드론을 피하거나 따돌릴 방법은 없는지 물었다. 말을 꺼내자마자 매니저의 표정이 험악해지더니 절대로 안 된다고, 호텔 밖으로 한번 나가면 다시 돌아와도 안 열어주겠다고 으름장을 놓았다. 많은 사람이 그렇게 숲으로 갔다가 다시 돌아오지 못했다는 것이다. 장 사장은 거의 울면서 부탁했다.

"그건 우후루 사람이고, 나는 외국인이잖아. 한국인이라고. 신분이 확실하잖아. 돈은 원하는 대로 줄 테니까…."

매니저는 회사와 대사관에 전화를 하거나 편지를 보내라고 했다. 정부를 믿으라는 것이다. 한국 정부가 차나 헬리콥터를 보내줄지도 모르지 않느냐고 했다. 하지만 그건 매니저가 한국에 대해 잘 모르니까 하는 말이었다. 한국 사람은 자기 살길은 알아서 찾아야 하는 법이다.

매니저가 단단히 못 박았고 장 사장도 죽을지 모르는 모험을 하긴 싫었기 때문에 숲을 빠져나간다는 생각은 접었다. 그렇다면 주민증을 다시 찾는 방법밖에 없었다. 장 사장은 고양이를 잡아야 한다는 맹목적인 생각에 사로잡혔다. 말도 안 되는 생각이라며 매니저도 벨보이도 최 박사도 모두 똑같이 되물었다.

"고양이를 잡아서 어쩌게요?"

고양이가 주민증을 가지고 있지도 않을 텐데 잡으면 무

김이환

슨 소용이냐고 했다. 주민증을 물어가서 숲 어딘가 뒀을 테니 그걸 찾아야지 고양이를 찾을 이유가 없다고 했다. 그걸 누가 모르나? 장 사장은 그런 말을 들을 때마다 답답했다. 숲을 뒤져야 하는데 나갈 수가 없지 않은가.

직원들에게 물어보니 호텔 뒤편 음식물 쓰레기 소각장에 가끔 고양이가 온다고 말했다. 장 사장이 고양이 잡는 덫을 놓으라고 명령했더니, 다들 웃기만 할 뿐이었다. 그래서 소각장이 보이는 창문 앞에 앉아 종일 지켜봤는데, 사람들이 그를 '호랑이 사냥꾼'이라고 부르며 비꼬았다. 당연히 기분이 좋지 않았다. 일주일이 지나고 보름이 지나도 고양이는 보이지 않았다. 창문으로 내다보며 고양이가 지나가는지 기다리고, 가족이나 회사에서 전화와 편지가 오기를 기다렸다. 사람들이 그를 비웃는 걸 알면서도 종일 고양이 잡을 생각에 빠져 있었다. 고양이가 왜 주민증을 물고 갔을까? 먹을 것도 아니고 맛있는 냄새가 나는 것도 아니다. 물어가서 어쨌을까? 아무 데나 버렸을까? 아니면 잠자리에 가져다놨을까? 새끼한테 물어다주기라도 했나?

장 사장은 고양이의 생김새를 확실히 기억했다. 아프리카 사바나에 사는 야생 고양이는 아니었다. 짧은 갈색 털에 몸집이 작은 고양이였다. 누군가 버린 고양이가 분명했다. 사람이 기르던 고양이라면 다시 유인하기도 쉽다. 한번 호텔에 들어왔으니 다시 들어올 가능성도 크다. 하지만 그런 생각을 할 때마다 '잡아서 어쩔 건데요?'라며 비웃는 호텔 사람들의 목소리가 들리는 것 같았다. 그럴 때마다 막막함에 숨이 턱 막히고 몸이 부들부들 떨렸다. 잠도 잘 오지 않고 입맛도 없었다.

호텔 서비스에도 화가 났다. 벨보이에게 식사를 가져다 달라고 해도 바빠서 안 된다고 했고, 세탁물을 걷어가지 않을 때도 잦았다. 최고급 서비스를 받을 상황이 아니라는 건 알고 있었다. 하지만 가장 좋은 방에 묵고 있다면 서비스를 더 잘하려는 성의는 보여야 하지 않나? 장 사장은 방 안에서 버럭 소리 지르고는 했다.

"정말 기본이 안 돼 있어! 사람이 시스템 안에 있으면 시스템에 맞춰서 일해야 할 거 아냐?"

하루가 다르게 돈이 떨어져 갔다. 이러다가는 로비에서 난민들과 같이 지내야 한다는 생각에 속이 탔다. 창밖을 내다보며 고양이를 기다리다가, 고개를 돌려 로비의 난민들을 보면 다들 무슨 언어인지 모를 말로 대화하거나 같이 모여서 텔레비전으로 나이지리아 영화와 드라마를 보고 있었다. 벨보이에게 할리우드 액션 영화는 없냐고 물었더니, 할리우드 영화는 〈카사블랑카〉나 〈다크 패시지〉, 〈빅 슬립〉 같은 옛날 영화만 있다고 대답했다.

장 사장이 어느 날 돈 때문에 걱정이라고 최 박사에게 말하자 정보를 알려줬다. 호텔 매니저가 물건도 받으니까, 비싼 물건을 돈 대신 건네라고 했다. 장 사장이 밀 배급권이 있다고 말했더니, 그거라면 매니저가 아주 좋아할 거라고 말했다. 우후루에 식량이 부족할 때 정부가 나눠준 밀 배급권이었다. 나이지리아 국경에서 팔면 달러로 바꿀 수 있다고 해서 쓰지 않고 가지고 있었다.

최 박사의 말대로, 매니저는 장 사장이 내민 배급권을 방값 대신 받았다. 그리고 이렇게 말했다.

김이환

"계속 프리미엄 객실을 쓰실래요? 싼 방으로 바꾸면 더 오래 머물 수 있잖아요."

반값 방을 제안했는데 가장 좋은 방은 아니라고 해도 여전히 보통 객실보다 훨씬 좋고 혼자 있을 수 있다고 해서 그러겠다고 했다. 싼 객실로 옮기다니 계급이 낮아지는 기분이라고 말했지만, 매니저는 맞장구쳐주지 않았다. 객실은 훨씬 작고 거실이 따로 없었지만 나쁘지 않았다. 그곳 창문에서는 지금은 사용하지 않는 수영장과 골프장, 테니스장 등이 훤히 보였다.

며칠 후 갑자기 난민들에게 특식이 나왔다. 특식이라고는 해도 옥수수를 찐 전통 요리에 고기가 약간 더 들어갔고 고급 향료를 썼을 뿐이었다. 장 사장이 레스토랑으로 들어가자 갑자기 난민들이 고맙다며 박수를 쳐서 어리둥절했다. 최 박사가 말했다.

"떠날 때 줘야 고마워하지. 지금 주면 어떡해?"

그가 판 밀 배급권으로 매니저가 옥수수를 대량으로 사서 사람들에게 특식을 돌린 것이다. 내 돈이 이렇게 쓰이는구나, 장 사장은 한숨을 쉬었다. 테이블에 앉아 직원이 식사를 가져다주길 기다리고 있을 때, 특식을 제일 먼저 타가는 여자아이를 보고 깜짝 놀랐다. 열 살쯤 되어 보이는 여자아이가 벨보이와 같이 접시를 놓고 식사를 하고 있었는데, 아이에게서 눈을 뗄 수가 없었다. 아이가 고양이를 안고 있었다.

아이가 그전부터 호텔에 있었고, 심지어 장 사장보다 오래전에 있었다고 하는데 본 기억이 없었다. 난민에게 별로 관심이 없어서 기억에 남지 않았을 터였다. 깡마른 몸에 눈이 크고 곱슬머리를 가진 흑인 여자아이였다. 우후루의 화려한 원피스 같은 전통 의상을 입을 때도 있고 교복 같은 옷을 입을 때도 있었다. 얼른 테이블을 옮기고 아이에게 말을 걸었지만 아이는 장 사장을 쳐다보지도 않았다. 입맛이 없어서 다 못 먹겠다며 음식을 덜어주자 아이의 경계심이 누그러졌다. 고양이는 그동안에도 아이 품에서 얌전히 잠들어 있었다.

페르시안 고양이처럼 생겼는데 흰색 털이 길지는 않았다. 나중에 고양이가 깼을 때 본 두 눈은 한쪽은 푸른색, 다른 쪽은 금색이었다. 아이가 안고 있는 폼으로 봐서는 고양이가 꽤 무거워 보였다. 그때까지도 장 사장은 고양이에게서 이상한 점을 눈치채지 못했다.

아이와 함께 테이블에 앉아서 식사하던 벨보이가 아이는 열 살이고 부모가 교수라고 소개했다. 장 사장이 되물었다.

"아버지가 교수라고?"

"아버지와 어머니 둘 다 교수라고요."

벨보이가 지적했다. 아이가 먼저 호텔에 도착했고, 부모와 이곳에서 만나기로 했는데 중간에 길이 막혀서 혼자 호텔에서 기다리고 있다고 했다. 아이를 보호하기 위해 항상 어른이 옆에 있었고, 벨보이가 같이 식사하는 이유도 그 때문이었다. 벨보이의 설명을 들으면서 장 사장은 벨보이의 이름을 처음으로 제대로 기억했다. 그의 이름은 침니시였고, 성은 끝까지 떠올리지 못했다.

"아버지가 교수라니……."

장 사장이 중얼거리자 침니시가 아버지와 어머니 둘 다

김이환

교수라고 고집스럽게 바로잡았다. 장 사장은 괜히 헛기침을 하며 말했다.

"뭐, 아무튼, 고양이가 있군."

아이에게 계속 말을 걸어도 대답이 없어 처음에는 영어를 모르나 했더니 아니었다. 한번 말문이 트이자 말이 많아졌다. 게다가 아이는 이미 장 사장을 알고 있었다.

"복도에서 기절했잖아요."

그가 주민증을 잃어버렸을 때 로비에서 펄쩍펄쩍 뛰다가 기절한 일을 기억하고 있었다. 호텔 사람들은 다 알고 있다면서 아이와 침니시가 같이 웃었고, 장 사장은 억지로 따라 웃으며 대답했다.

"고양이 때문이야."

장 사장이 고양이가 메달을 훔쳐가서, 고양이를 다시 잡을 계획이라고 말했다. 넌지시 아이의 흰색 고양이가 도움이 될지 모른다고 말했다. 고양이를 밖에 내보내면 갈색 고양이와 친구가 돼서 같이 올지도 모른다고 하자, 아이가 딱 잘라 말했다.

"안 그래요. 고양이는 다른 고양이와 쉽게 친해지지 않아요."

아이는 고양이에 대해 꽤 잘 아는 모양이었다. 하지만 장 사장도 열 살 여자아이한테 말싸움에서 지고 싶지 않았다.

"꼬마야, 너는 이름이 뭐냐?"

"블레싱 올로워포예쿠요."

"나는 장 사장이다. 아무튼 블레싱, 아프리카 사자들은 무리 생활을 하잖아. 같은 고양잇과니까 고양이도 그럴지 모르잖아? 도시의 암고양이들은 무리 지어서 새끼를 키운다는 다큐멘터리를 본 적이 있어."

"미스터 장, 여기 고양이는 도시 고양이가 아니잖아요."

"미스터 장이 아니라 장 사장이라니까. 내가 본 고양이는 아프리카 고양이가 아니었어. 호텔 손님 중에 누군가가 잃어버린 애완 고양이일 거야. 사람과 같이 살았던 고양이가 분명해. 그러니 다른 고양이를 보면 좋아하지 않을까?"

"하지만 로봇 고양이와 친해지진 않을걸요."

아이의 대답에 잠시 말문이 막혔는데, 블레싱이 고양이를 들어서 눈앞에 가까이 들이댔다. 자세히 보니 정말로 로봇이었다. 왜 못 알아봤을까? 예쁜 흰 털도 인공적으로 보였고, 뒤척이는 움직임도 느리고 부자연스러웠다. 블레싱은 로봇 고양이 '가브리엘'이 전기로 움직인다고 설명했고, 옆에 가지고 있던 어린이 가방 안에 있는 어댑터와 비상 배터리도 보여줬다.

로봇 고양이 가브리엘에 대해서 성급하게 묻진 않았다. 아이를 귀찮게 했다간 사람들이 장 사장이 아이와 못 만나게 막을 테니까. 그래서 천천히 접근하는 방법을 선택했다. 아이를 보면 친절히 인사하고, 한국에 가져가려고 했던 우후루의 전통 의상과 모자, 팔찌 같은 선물을 아이에게 줬다. 그러다가 아이가 좋아할 때면 고양이에 관해 슬쩍 물었다.

블레싱의 부모는 로봇에 장착하는 인공지능의 하드웨어를 연구하는 연구소의 과학자였고, 고양이도 연구소의 작품이었다. 로봇 고양이가 빨리 달리거나 날렵하게 움직이지 못

김이환

해도, 인간에게 어리광을 부리는 모습은 실제 고양이보다 더 대단했다. 다른 사람들은 신기한 장난감 정도로 봤지만, 장 사장은 군사용 드론이나 무인 자동차보다 훨씬 더 진보된 기술을 집약한 물건임을 바로 알아차렸다. 단지 귀여운 고양이의 모습으로 숨기고 있을 뿐이었다. 하지만 장난감이 아니었으니 잠시 빌리는 일은 꿈도 꿀 수 없었다. 난민들은 언뜻 보기엔 자유롭게 생활하는 것 같으면서도 어린아이와 여성을 철저하게 보호했다. 아이인 블레싱이 특식을 제일 먼저 받아간 일이 좋은 예였다. 겉으로는 로비에서 평안하게 모여 있어도, 수상한 어른이 아이에게 함부로 접근하지 못하도록 서로 지켜보고 있었다. 블레싱 또한 적어도 세 명의 여성이 번갈아 돌봤고, 직원들도 블레싱에게 지나치게 가까이 가는 낯선 어른이 없는지 늘 감시했다.

장 사장은 블레싱의 고양이를 이용해 숲 어딘가 있을 주민증을 찾아올 방법을 끝없이 고민했다. 그때쯤 사건이 터졌다.

여느 날처럼 창가에 앉아 밖을 감시하고 있을 때 갈색 고양이를 본 것이다. 고양이가 눈에 띄자마자 그동안의 감정이 폭발하며 이성을 잃은 장 사장은 호텔 정문을 박차고 나가서 뒤를 따라갔다.

"저놈의 고양이가!"

괴성에 놀라 겁에 질린 고양이가 도망치기 시작했다. 누군가 뒤따라 나와서 장 사장을 붙잡았는데, 벨보이 침니시가 무슨 미친 짓이냐고 소리 지르며 그를 잡아끌었다. 어느새 숲에서 튀어나온 드론이 요란한 프로펠러 소리와 함께 날아왔다. 고양이에게 가려고 애쓰는 장 사장을 침니시가 붙잡아 호텔로 질질 끌고 가는 동안, 날아온 드론이 총구를 겨눴다. 장 사장은 화가 나서 잡히는 대로 집어 드론을 향해 던졌다. 낙엽과 함께 바닥에 굴러다니던 먼지 쌓인 맥주병이 장 사장의 손에 잡힌 건 우연이었다. 허공을 날아간 맥주병이 드론을 정확히 명중했다. 드론이 기우뚱하더니 땅에 떨어졌다. 프로펠러가 부서진 채로 요란하게 땅바닥을 빙빙 돌던 드론이 곧 작동을 멈췄다. 장 사장뿐 아니라 침니시도 놀라서 멍하니 드론을 내려다보았다. 장 사장이 떨어진 드론을 끌고 호텔로 들어왔다.

"내가 맞혔으니까 내 거야."

드론을 가지고 들어오는 장 사장을, 직원도 손님도 매니저도 어이가 없었는지 멍한 얼굴로 쳐다보았다. 단 한 명, 최 박사만 장 사장을 보며 껄껄 웃었다. 씩씩대면서 객실까지 끌고 올라온 드론을 몇 번 걷어찼다. 그래도 분이 풀리지 않았다.

장 사장은 망가진 드론을 바라보며 이것을 이용해서 숲을 무사히 빠져나갈 방법이 없을지 고민했다. 하늘을 날아다닐 때는 그렇게 커 보이지 않았는데 사람만큼이나 컸다. 최신식 군사 드론이었다. 나중에 매니저와 직원들이 방에 찾아와서는, 드론에 장착된 총과 안에 있던 총알을 넘기면 일주일 더 객실을 공짜로 쓸 수 있게 해준다고 해서 바로 그렇게 했다.

몸체의 부품은 아무리 들여다봐도 뭐가 뭔지 알 수가 없어서 최 박사를 불렀다. 드론을 살피는 최 박사에게 장 사장이 말했다.

"천을 뒤집어쓴 채로 드론을 들고 다니면 다른 드론을

김이환

피할 수 있지 않을까요? 같은 드론을 공격하지는 않을 테니까. 내 아이디어 어때요?"

최 박사는 침을 튀기며 웃더니 장 사장에게 도대체 전공이 뭐냐고 물었다. 경제학이라고 답하자 실실 웃으면서 말했다.

"확실히 과학과는 상관없군요. 차라리 드론 부품을 고양이에게 붙이면 어때요?"

최 박사가 드론 구조를 자세히 알려줬다. 드론의 부품 중 초소형 카메라가 가장 비싸고 중요한 부품이었다. 카메라는 정말 작아서 엄지손가락만 했다. 그런데 그 작은 카메라로 사람을 식별해 신분을 판단하고, 영상과 소리를 수집해 군부의 컴퓨터에 전송했다. 최 박사는 장 사장이 드론을 맥주병으로 때려잡은 사람으로 컴퓨터에 기록됐을 거라며 껄껄 웃었다.

최 박사가 카메라를 드론에서 뜯어내 고양이에게 달 수 있다며, 카메라가 보내는 영상과 음성 신호를 받을 기계도 가지고 있다고 했다. 최 박사가 보여준 그 '기계'는 돈 주고는 절대 사지 않을 낡은 태블릿 피시였다. 하지만 어쨌든 최 박사는 카메라와 태블릿을 연결해주겠다고 자신만만하게 말했다.

"카메라가 촬영한 고양이의 시선을 태블릿 피시로 받는 겁니다. 그리고 블레싱이 음성으로 카메라에 붙은 스피커로 고양이를 조종하는 거죠. 그러면 고양이를 드론 삼아서 숲을 다닐 수 있잖아요"

최 박사의 제안이 정말 놀라웠는데, 나중에 곰곰이 생각하니 혹시 그도 블레싱의 고양이를 노리고 있었던 게 아닌지 의심이 들었다. 아무튼 고양이를 조종해서 숲을 돌아다닐 수 있다니 믿어지지 않을 만큼 좋은 뉴스였다. 최 박사가 반은 근심하는 표정으로 반은 장 사장을 깔보는 표정으로 말했다.

"하지만 고양이를 빌려달라고 블레싱을 설득할 수 있나요? 귀한 고양이고 함부로 다루면 안 된다고 부모가 단단히 일렀을 겁니다."

그의 말이 옳았다. 비싼 고양이를 숲에 내보내다니, 뭔가 잘못돼서 고양이가 돌아오지 못하면 끝이었다. 어떻게 블레싱에게 고양이를 빌려달라고 할지 손톱을 물어뜯으며 고민할 때, 생각지도 못한 기회가 왔다.

로비에서 지내는 난민 중에 말라리아를 앓는 사람이 네 명 있었다. 처음엔 장 사장도 신경 쓰지 않았다. 우후루에서는 내전 때문에 의약품 공급이 부족했지만, 나이지리아에 가면 쉽게 구할 수 있었다. 가격도 미국 달러로 30센트도 안 됐다. 알아서 잘 해결하겠지 생각했다가, 가방에 말라리아 의약품을 가지고 있다는 사실을 새삼스럽게 기억해냈다. 얼른 말라리아 1차 치료제와 피부 연고와 소독약과 해열제와 다른 풍토병 치료제를 들고 가서 선물했다. 약을 받은 난민들이 눈물을 글썽이면서 고마워했고, 언제 소식을 들었는지 매니저도 나타나 고맙다며 장 사장을 포옹했다. 위스키는 잘 구하면서 약은 왜 못 구하는지 몰랐지만, 아무튼 그의 포옹을 받았다. 블레싱이 난민들을 도와줘서 감사하다고 말할 때 장 사장은 간신히 흥분을 감추며 기회를 놓치지 않고 물었다.

"블레싱, 괜찮다면 고양이를 잠시 빌려주지 않겠니?"

드론에 들어간 첨단 기술이 정말 정교하고 어렵다고 최

김이환

박사가 입만 열면 반복해서 말했는데, 사례비를 많이 달라는 뜻이었다. 돈…. 예전에는 얼마든지 있다고 대답했지만, 지금은 아니었다. 장 사장이 머뭇거리자 최 박사가 손을 가리키며 물었다.

"손에 낀 반지는 결혼반지인가요? 다이아몬드죠? 몇 캐럿이에요?"

"6년 전에 사별한 아내와의 결혼반지입니다."

최 박사가 그러면 반지는 안 되겠군요, 라고 말하려는데 장 사장이 그의 말을 자르고 반지를 손가락에서 빼며 대답했다.

"그러니까 나한테는 아무 소용없는 반지죠. 반드시 고양이 목에 카메라를 다세요. 나는 무슨 일이 있어도 주민증을 찾을 겁니다."

드론에서 떼어낸 카메라를 고양이에게 다는 동안 이번에는 돈이 떨어졌다. 매니저가 찾아와 조용히 말했다. 의약품은 고맙지만 돈이 없으면 더 싼 객실로 옮기면 어떠냐고. 혼자 쓰도록 하고 청소도 깨끗이 해주겠다고 부탁하듯이 말하는데, 거절할 이유가 없었다. 새로 옮긴 방은 좁고 벽이 얇아서 옆 객실에서 우후루 사람들의 시끄러운 영어와 이보어가 들렸다. 국경을 넘어 도망치는 사람들의 불안한 대화여서 듣기 힘들었다. 매일 밤 장 사장은 조만간 호텔을 떠나리라 속으로 다짐하며 시트를 뒤집어쓰고 잠을 청했다.

최 박사가 떼어낸 카메라를 고양이 목걸이에 달고 카메라가 보낸 신호를 태블릿이 제대로 수신하는지 테스트도 완료했다. 고양이는 블레싱의 목소리에만 반응해서, 장 사장의

객실에서 테스트하지 못하고 블레싱이 있는 로비로 내려와야
했다. 최 박사 주변에 사람들이 몰려와서 구경했다. 늘 바쁘다
던 매니저도 왔고 직원들도 모여들었다. 블레싱이 가브리엘을
호텔 정문으로 내보낸 다음 태블릿을 통해 지시를 내리자 가
브리엘이 명령대로 움직였다. 가브리엘은 호텔을 벗어나 숲으
로 들어갔고, 태블릿으로 숲의 풍경이 보였다. 직원들이 다들
긴장한 표정으로 웅성거렸다. 숲 내부를 제대로 본 건 오랜만
이었을 것이다. 숲 안으로 들어가자 하늘에 드론이 벌 떼처럼
모여 있어 지켜보던 사람들은 모두 놀라 숨을 들이켰다. 드론
은 가브리엘을 동물로 판단했는지 공격하지 않았다.

최 박사가 드론을 보고 기가 막힌다는 표정으로 장 사장
에게 말했다.

"저런 곳을 침대 시트를 뒤집어쓰고 가겠다고 했어요?"

장 사장은 가브리엘의 움직임이 느려서 답답했는데 호텔
직원들은 달랐다. 어디서 났는지 주변 지도를 가져와서 드론
이 모여 있는 지역을 표시하기 시작했다. 버스가 들어오거나
떠날 때 드론을 피해서 갈 길을 표시할 수 있게 됐다면서 흥
분했다.

하지만 정작 갈색 고양이는 만나지 못했다. 이틀째에도
못 보고 사흘째에야 고양이와 마주쳤는데, 고양이는 가브리
엘을 보고 놀랐는지 따라가면 도망가 버렸다. 천천히 걷는 정
도로만 움직이는 가브리엘은 고양이를 따라가지 못했다.

고양이를 놓쳐서 초조함과 긴장에 부들부들 떠는 장 사
장에게 침니시가 아이디어를 냈다.

"고양이가 좋아하는 음식을 갖고 가서 유인하면 되지 않

을까요?"

고양이는 뭘 좋아하지? 장 사장은 매니저를 찾아가 생선 한 마리만 달라고 부탁했다. 매니저는 생선이야 있긴 하지만, 귀한 생선을 함부로 줄 순 없다며 대답했다.

"일을 도와주면 드리죠."

"일?"

매니저는 호텔 직원과 일부 손님까지 동원해 그날 저녁 특식을 준비하고 있었다. 튀긴 바나나와 찐 쌀과 고구마를 양념한 우후루의 전통 요리였다. 매니저가 호텔의 유니폼 재킷까지 꺼내주더니 그걸 입고 사람들에게 음식을 가져다주라고 명령했다. 그가 재킷 입은 모습을 보고는 침니시가 배를 잡고 웃었는데, 생선 한 마리 때문에 호텔 직원 일까지 하다니 장 사장은 부끄러움에 눈물이 날 지경이었다. 굴욕의 정점은 특식을 내놓은 사람이 최 박사라는 사실을 알았을 때였다.

"호텔을 떠나는 기념으로, 지금까지 신세도 많이 졌고 해서 여러분에게 한턱냈습니다."

매니저가 최 박사가 준 돈으로 산 음식이라고 말하자 레스토랑에 모인 사람들이 환호하며 박수를 쳤다. 최 박사는 이제 돈을 모을 만큼 모았다며 오늘 밤 무인 트럭이 오면 바로 떠난다고 했다. 돈이야 많이 모았겠지, 장 사장은 생각했다. 다이아몬드 반지도 챙겼으니까. 이런 상황에서도 돈을 벌어서 가는 사람이 있다니, 사람이 저렇게 처세를 잘해야 하는데 말이지…. 자신의 처지와는 하늘과 땅 차이였다. 그러다가 최 박사가 뭘 팔아서 돈을 모았는지 들었을 때는 충격으로 잠시 머릿속이 하얘졌다.

"주민증을 팔았다고? 남는 주민증을 가지고 있었어?"

주민증은 팔 수 없었다. 우후루의 독재자가 국민을 통제하려고 만든 기술의 총합이어서 다른 사람의 주민증을 사용할 수도 위조할 수도 없었다. 최 박사가 설명했다.

"어린아이는 됩니다. 어린아이 중에는 아직 금화가 없거나 정보가 불충분하게 담긴 경우가 있어요. 그런 경우는 금화만 가져가도 인정해줘요."

최 박사가 남는 주민증을 하나 가지고 있어서, 비싼 금액을 지불할 난민을 계속 기다렸고 결국 성공했다고 말했다. 주민증을 팔면서 자신에게는 한번도 말을 안 했다니 장 사장은 기가 막혔다. 장 사장이 혹시 주민증이 자신에게도 유용할지 물으려는데 최 박사가 먼저 대답했다.

"어른은 생체 정보가 달라서 안 됩니다. 무인 트럭에 아예 탑승이 안 됩니다."

음식과 접시를 나르느라 바빠서 떠나는 최 박사를 배웅하지도 못했다. 밤늦게야 침니시와 같이 식사를 했다. 그리고 매니저를 찾아가 더는 일 못하니까 빨리 약속대로 생선을 달라고 떼를 써서 연어 한 조각을 받아왔다.

다음 날 당장 가브리엘의 입에 연어를 물려서 숲을 돌아다녔지만 갈색 고양이는 보이지 않았다. 그래서 이번에는 고양이를 봤던 그 장소에 연어를 내려놓고 기다렸다. 그편이 가브리엘의 배터리도 절약되고, 가브리엘에게 음성 명령 내리길 귀찮아하는 블레싱에게도 편했다. 블레싱은 가브리엘에게 이래라저래라 말하기 귀찮은지 장 사장 옆에 잘 오려고 하지

김이환

도 않았다. 호텔 직원들의 관심도 줄어서 드론이 많이 나오는 지역을 발견하면 표시해달라면서 지도를 맡기고는 일하러 가버렸다. 최 박사도 없으니 태블릿 피시 앞을 지키는 건 장 사장뿐이었다.

다음 날 다시 얻은 연어 조각을 같은 장소에 가져다놓았다. 사흘째에 확인해보니 그동안 갖다놓은 생선 조각이 없어져서, 다시 생선을 들고 그 자리에서 계속 기다렸다. 네 시간 후에 갈색 고양이가 나타났다.

고양이가 가브리엘을 향해 천천히 다가오는데 얼마나 조심스러운지 지켜보는 장 사장은 조바심이 나다 못해 신경질이 날 지경이었다. 연어 냄새를 조심스럽게 맡은 고양이는 생선을 물고 천천히 걷기 시작했다. 가브리엘이 고양이를 따라가도록 블레싱이 명령해야 하건만 하필 아이가 보이질 않았다.

장 사장이 급한 마음에 직접 영어로 말을 걸었더니 가브리엘이 움직였다.

"블레싱 옆에서 계속 내 목소리를 들어서 익숙해졌나?"

고양이가 더 빠르게 움직일 때도 있고 앞서가서 시야를 벗어날 때도 있었지만, 가브리엘은 용케 놓치지 않고 뒤를 따라갔다. 고양이는 낯선 장소에 이르면 일단 멈췄다가 다시 걸음을 옮기곤 했는데, 드론이 어디에서 튀어나올지 모르기 때문인 것 같았다. 장 사장은 드론이 보일 때마다 지도에 표시했다. 사바나의 높은 풀, 고르지 않은 땅, 흙먼지 속에서 가브리엘은 그럭저럭 갈색 고양이를 잘 따라갔다. 이윽고 숲 한가운데 풀을 불로 태워서 만든 공터가 나타났고, 그곳이 갈색 고양이의 목적지였다. 공터에 뜬금없이 구덩이가 있었다. 누가 판 구덩이일까? 장 사장은 고민했다. 갈색 고양이가 구덩이를 따라 내려가기 시작하자 가브리엘에게 구덩이로 내려가라고 명령했다. 나뭇잎과 나뭇가지와 풀이 쌓여 있어서 바닥이 잘 보이지 않았다.

구덩이 바닥에 도착하자 고양이는 연어 조각을 내려놓았다. 그곳이 갈색 고양이의 집이었고, 지금까지 가져온 뭔지 모를 천 조각과 철사, 나뭇가지도 있고 큰 낙엽도 있었다. 그 사이로 햇빛을 받아 빛나는 동그란 금속 덩어리가 보였다. 장 사장은 태블릿을 든 채로 움직이지 못하고 화면만 한동안 내려다보았다. 그가 그토록 찾던 주민증이었다. 가브리엘에게 금속 덩어리에 다가가라고 명령했다. 동그란 황금색 표면에 그의 이름과 신상이 우후루의 공식 언어인 영어, 프랑스어, 하우사어, 이보어로 적혀 있었다. 얼른 가브리엘에게 주민증을 입에 물라고 했더니, 생소한 명령인지 그의 목소리가 떨려서 그랬는지 명령을 수행하지 않아 애가 탔다. 눈앞에 있는 물건을 입으로 물라고 열다섯 번 넘게 말한 다음에야 가브리엘이 주민증을 입에 물었다. 그리고 가브리엘이 구덩이 안으로 더 깊이 들어가면서 바닥이 자세히 보였다. 낙엽과 마른 풀과 흙먼지 밑으로 시커먼 형체가 있어 그게 뭔가 싶어 자세히 보았다. 동물의 사체인가 싶어 눈을 가늘게 뜨고 태블릿을 노려보던 장 사장은 놀라서 태블릿을 놓고 펄쩍 뛰었다. 검은 형체는 포개져 있는 시신들이었다. 나뭇잎과 흙으로 덮여 있었지만, 옷을 입은 사람의 팔다리 사이로 하얗게 변한 뼈가 드러나 있었다. 죽은 지 오래되어 부패해서 흙이 되고 있었다. 그 수가 얼마나 되는지는 알 수 없었다. 구덩이 크기로 봐

김이환

서는 수십 명일지도 몰랐다.

"왜 그래요?"

덜덜 떨고 있는 장 사장에게 블레싱이 다가와 물었다. 아무것도 아니라고 서둘러 대답한 다음 아이가 보지 못하게 태블릿을 덮었다. 그리고 침니시에게 가보라고 돌려보냈다.

태블릿을 다시 열고 구덩이를 확인하자, 갈색 고양이는 누워서 잠들어 있었다. 가브리엘에게 돌아오라고 하자 천천히 구덩이를 벗어났다. 주민증을 가지고 돌아오는 동안에도 갈색 고양이는 가브리엘을 따라오지 않고 구덩이 안에 있었다.

장 사장은 매니저를 찾아가 지도에 표시한 구덩이 위치를 짚으며 그가 본 광경을 설명했다. 침니시가 눈물을 흘리며 말했다.

"국경을 넘다가 체포되어 사살된 난민들일 겁니다."

매니저도 직원들도 충격을 받았고, 눈물을 흘리는 직원도 많았다. 블레싱이 안 봐서 천만다행이었다. 장 사장은 혹시 자신과 같이 버스를 타고 왔던 사람들이 드론의 공격을 받아 살해된 건 아닌지 겁이 났다. 침니시의 추측으로는 죽은 지 상당히 시간이 지난 시신이니 버스에 탄 사람은 아니고 그전에 붙잡힌 사람들일 것 같다고 했다. 매니저와 직원들이 언제 어떻게 죽은 사람들인지는 자신들이 알아볼 테니 가브리엘과 태블릿을 빌려달라고 해서 그렇게 했다.

방에 돌아와 주민증을 깨끗이 씻어 테이블에 놓았다. 그토록 찾던 주민증인데 가까이하기 두려웠다. 침대에 누워 눈을 감아도 시신들의 모습이 자꾸 떠올랐다. 버스에 함께 탔다가 호텔로 들어오지 못했던 사람들은 아닐까 반복해서 생각했다. 침니시가 아니라고 했으니 아니겠지 생각하다가도, 혹시 버스에 탔던 사람 중 고양이를 데리고 있던 사람은 없었는지 끊임없이 기억을 되새겼다.

갈색 고양이가 왜 장 사장의 주민증을 가져가서 시신 앞에 놓았는지 알 수 없었다. 고양이가 주인에게 뭘 물어다주는 습성이 있다는 것은 알고 있었다. 하지만 주인이 죽었는데도 고양이가 고집스럽게 주변을 맴돌며 물건을 물어다놓은 이유는 몰랐다. 고양이의 마음을 어떻게 알겠는가. 어쨌든 고양이가 주민증의 가치를 알고 가져가지는 않았을 것이다. 주인이 주민증이 없어서 죽었다고 판단할 만큼 지능이 높진 않으니까. 설마 주민증을 가져다주면 죽은 주인이 다시 일어나 자신을 데리고 가리라 생각하지 않았을 것이다. 장 사장은 그렇게 믿고 싶었다.

침니시가 5일 후 무인 트럭이 올 예정이라고 알려줘서, 천천히 짐을 챙겼다. 떠난다니 믿어지질 않고 홀가분하기도 했다. 그동안 신세를 졌던 블레싱과 헤어지는 게 아쉬웠다. 나이지리아로 가면 어떻게 집에 연락할지, 한국으로는 어떻게 돌아갈지 고민했다. 더는 창밖을 보며 고양이를 기다릴 필요도, 전화를 기다릴 필요도 없었다. 원하는 물건을 찾았으니 가브리엘을 이용해 숲을 확인할 필요도 없었다. 비싼 다이아몬드 반지를 포기하고 얻은 카메라와 태블릿도 전부 매니저에게 넘겼다.

며칠 후 장 사장이 로비에서 시간을 보내고 있을 때였다. 로비 바닥의 카펫이 치워져 있고 나무 바닥이 드러나 있어서 대청소를 하나 싶었다. 갑자기 덜컥 소리와 함께 바닥 일부가 문처럼 위로 열리더니, 사다리가 구멍에서 비죽 튀어나오고 사람들이 땅 밑에서 올라오기 시작했다. 처음으로 나온 여자와 남자가 대여섯 명을 끌어올렸다. 침니시가 블레싱을 안고 로비로 들어왔는데, 아이가 처음에 나온 여자와 남자를 향해 소리 지르며 달려가서는 끌어안고 엉엉 울었다.

블레싱의 부모인 올로워포예쿠 부부였다. 호텔 사람들이 사다리에서 올라온 사람들에게 고생 많았다며 반갑게 맞았다. 눈물을 흘리는 블레싱 가족을 보며 따라 우는 사람도 있었다. 딸은 아빠를 닮는다더니, 정말 블레싱의 큰 눈, 코, 마른 몸이 아빠와 똑같이 닮아 있었다.

부부를 비롯해 올라온 사람들은 죄다 흙먼지를 뒤집어쓰고 있었다. 군부의 방해 때문에 버스를 타기가 어려워서, 아예 땅굴을 파서 숲을 가로질러 오느라 오래 걸렸다고 했다. 장 사장은 블레싱의 고양이를 빌려서 주민증을 다시 찾은 일을 열심히 설명했지만 다들 별로 신경 쓰지 않았다. 재미있는 이야기라고 생각했는데 반응이 별로여서 머쓱해졌다.

장 사장이 블레싱과 같이 떠날 수 있어서 기쁘다고 말하자, 블레싱의 엄마가 대답했다.

"우리는 엠파이어 호텔에 있어야 해요. 블레싱은 메달이 없어요. 여기서 상황이 좋아지길 기다려야죠. 미스터 장이 메달을 찾으셨다니 다행이에요."

블레싱에게 주민증이 없다니. 당연히 같이 가는 줄 알았는데 여기 더 머문다는 말에 숨이 턱 막혔다. 주민증을 찾느라 도움을 많이 받았는데 두고 가야 한다니. 같이 나이지리아로 가면 식사라도 대접하고 싶었는데…. 블레싱의 아버지는 걱정하지 말라고 말했다. 나이지리아도 북부는 정세가 불안정하고, 우후루 난민에 대한 대우도 좋지 않아 가족이 함께 호텔에 있는 편이 더 안전하다고 했다. 하지만 호텔이 위험한 곳이 되면? 내전이 어떤 상황으로 변할지 알 수 없었고, 군부가 이 지역을 장악하는 순간 드론이 날아와 호텔을 벌집으로 만들 것이다.

부모가 번갈아 말했다.

"동굴도 팠으니까 안전할 겁니다."

"가족이 만났으니 그것만으로도 다행이잖아요. 안 그래요?"

하지만 그들도 자신은 없는 것 같았다.

힘없이 방으로 돌아와 짐을 바라보며 시간이 가길 기다렸다. 침대에 누워 눈을 감으면 시신들이 자꾸 떠올라서 잠을 깼다. 침대에 앉아 블레싱을 두고 간다니 안타깝다고 생각하다가, 부모도 있고 침니시도 있고 매니저도 있으니 잘 보살펴 줄 것이라고 생각했다. 어차피 그동안 블레싱에게 해준 것도 없지 않은가. 그렇게 멍하니 앉아 있다가 다시 잠이 들면 악몽을 꾸기를 반복했다.

무인 트럭이 오는 날 저녁에 장 사장은 블레싱 가족이 머무는 객실로 찾아갔다. 그리고 떨리는 손으로 블레싱의 어머니에게 주민증을 건네줬다. 왜 그가 주민증을 주는지 올로워포예쿠 부부에게 이해시키는 데 오랜 시간이 걸렸다. 부부가 눈물을 흘리며 거절했지만, 장 사장은 자신이 아니라 블레싱

김이환

이 먼저 나이지리아로 갔으면 좋겠다고 거듭 말했다.

"그동안 블레싱과 친해졌고, 아무래도 어린아이가 안전한 장소에 먼저 갔으면 합니다. 저는 한국에서 연락이 올 테니 곧 호텔을 떠날 수 있을 겁니다. 그러니 메달을 받으세요."

사실 장 사장도 주민증을 주는 이유를 몰랐다. 단지 블레싱이 일찍 호텔을 떠났으면 했다. 아이에게 신세를 지긴 했다. 블레싱과 가브리엘이 아니었다면 주민증을 못 찾았을 테니까. 장 사장은 신분이 확실한 외국인이니 호텔이 위험해지더라도 블레싱 가족보다는 상황이 훨씬 나을 터였다. 아직 한국에서 연락이 오진 않았지만 왠지 곧 올 것만 같은 느낌이 들었다. 편지가 전달됐거나, 전달되지 않았더라도 40일이나 소식이 없다면 분명 가족도 회사도 그를 찾고 있을 터였다.

장 사장은 메달을 준 다음 방으로 돌아가려고 했지만 올로워포예쿠 부부가 붙잡고 계속 고맙다고 말했다. 언제 소문이 퍼졌는지 사람들까지 방으로 찾아와 인사를 해댔다. 그럴 필요 없다고 해도 계속 사람들이 찾아와서, 나중에는 움직이기 불편할 정도로 방이 북적였다.

그날 밤 블레싱 가족이 호텔 뒷문으로 찾아온 무인 트럭을 탈 때 배웅 나갔다. 블레싱은 고맙다며 장 사장에게 감사 편지를 건넸다. 영어로 쓴 감사 인사 옆에, 블레싱이 언제 배웠는지 한글로 '장 사장님 감사합니다'라고 서툴게 쓴 글씨가 있었다. 장 사장은 감동해서 눈물이 날 뻔했다. 사람들이 모두 버스에 탔고, 마지막으로 블레싱이 메달을 가지고 탔을 때 버스는 신원이 일치하지 않지만 어린아이는 탑승을 허락한다는 메시지를 계기 모니터에 띄웠다. 곧이어 시동이 걸렸다. 마지막으로 떠나기 전 인사할 때, 올로워포예쿠 부부는 장 사장을 데리러 올 방법을 반드시 찾아서 돌아오겠다고 약속했다. 장 사장은 너무 무리하지 말라고 웃으며 대답했다. 그렇게 블레싱 가족과 헤어졌다.

이제 호텔 레스토랑과 로비에 죽치고 앉아 연락을 기다리는 일만 남았다. 이전과는 달리 사람들이 그에게 자주 말을 걸었다. 매니저도 찾아와서 블레싱이 호텔에 두 달 있었으니, 메달을 양보한 장 사장에게 두 달 동안 방세를 받지 않겠다고 말했다. 침니시도 앞으로 식사도 가져다주고 방 청소와 세탁물도 제일 신경 써서 해주겠다고 했다. 장 사장은 블레싱과 친했던 다른 직원들과도 안면을 텄다. 사람들과 같이 나이지리아 영화와 드라마도 봤는데 여전히 재미는 없었다. 나중에는 침니시가 지나칠 정도로 자주 말을 걸어서 짜증이 나서 말했다.

"내가 당신들한테 잘해줬다고 해서 같은 레벨이 된 건 아니야."

침니시가 씨익 웃더니 대답했다.

"뭐, 얼마나 가나 봅시다."

바에서 술 마실 돈은 없어서 그냥 로비에 멍하니 앉아 있다가 침니시가 가끔 공짜 커피를 주면 얻어 마셨고, 돈이 없을지언정 제일 좋은 소파는 절대로 양보하지 않았다. 그리고 창밖의 숲을 바라볼 때면 그곳에 있는 갈색 고양이를 생각했다.

김이환

황세연

고난도 살인

처음 타본 레벨 5의 최신형 자율주행차가 구불구불한 산동네 골목길을 요리조리 잘도 빠져나갔다. 차창 밖을 살피는 홍성준의 눈에 공사 중인 고층 빌딩이 들어왔다. 그가 그 건물을 유심히 쳐다보자 차 유리창 한쪽에 건물의 조감도와 설명이 떴다.

'유진상가. 재건축 중. 2036년 1월 완공 예정.'

그 건물은 며칠 전까지 성준이 땀을 뻘뻘 흘리며 막노동하던 곳이었다.

자율주행차가 도심을 벗어나 자유로를 내달렸다. 자동차 앞쪽의 커다란 내비게이션이 자동차의 위치와 이동 경로를 보여주었다.

근래 눈에 VR 안경 하나만 쓰면 집이 회사가 되고, 회의실이 되고, 3D 극장이 되고, 쇼핑센터가 되고, 학교와 학원이 되면서, 또 광역급행철도(GTX)가 개통되고 레벨 4 이상의 자율주행차가 보급되어 달리는 차 안이 아늑한 휴식 공간으로 바뀌면서 부자들은 복잡한 서울 도심을 벗어나 한적한 외곽으로 나가는 추세였다. 이 3억 원짜리 자율주행차의 주인도 근래 서울 도심을 벗어났을 것 같았다.

커다란 내비게이션 화면 아래에 자막 뉴스가 지나갔다.

'한국군 모병제 국회 통과', '아프리카 코로나 변종 발생', '드론 택시 한강 추락 한 명 사망', '서울 강남 집값 전반기 4.5퍼센트 하락'.

성준이 세상에 태어난 이후 50년 동안 세상은 빠르게 변했다. 혹자는 근래 50년이 그 이전의 500년보다 더 많이 변했다고 말한다. 하지만 고아나 다름없는 그의 삶은 거의 달라진 게 없었다. 늘 집은 달동네 쪽방촌이었고, 배달일이나 막노동으로 하루 벌어 하루 먹고사는 인생이었다. 그런 그의 삶에서 최대 격변기가 바로 오늘이었다.

평생 단 한 번도 만난 적이 없는 먼 친척에게서 전화가 걸려온 것은 일주일쯤 전이었다. 전화를 건 남자는 성준에게 다짜고짜 할머니 이름이 이창순 맞느냐고 물었다. 성준은 한참 생각하고 나서 오래전에 돌아가신 할머니 이름을 기억해냈다.

전화를 건 최순석은 할머니 여동생의 아들의 아들로, 육촌 동생뻘이었다. 최순석은 세상에 단 한 명뿐인 혈육을 드디어 만나게 되어 기쁘다면서, 그동안 피를 나눈 일가친척을 찾기 위해 무던히 노력해왔다고 말했다.

성준 역시 최순석의 전화를 받기 전까지는 세상에 친척이 단 한 명도 없었다. 최순석이 유일한 친척이었다.

최순석은 성준에게 어디서 어떻게 사는지 몇 마디 묻고 나서 대뜸 파격적인 제안을 했다.

"형님! 우리 집 2층이 비어 있는데 이사 오셔서 저랑 같이 사시죠. 집에 저 혼자뿐입니다."

쪽방 월세조차 부담스러운 처지였던 성준에게는 귀가 솔

황세연

깃한 제안이었다. 하지만 지나친 호의에 경계심이 생겼다.

"말은 고맙네만 내가 하는 일이 공사판 일이라서 서울을 벗어나기가….."

"하하. 그런 거라면 걱정 안 하셔도 됩니다. 제가 다른 일을 드리지요."

경쾌한 목소리로 말하고 난 육촌이 이사 비용을 대겠다며 계좌번호를 불러달라고 했다. 반신반의하며 계좌번호를 불러주자 곧장 통장에 돈이 입금되었다는 문자 메시지가 들어왔다. 동그라미가 여덟 개, 1억 원이었다.

성준은 상식적이지 않은 돈이 통장에 입금된 것을 보고 꽤 놀랐다. 하지만 현재 벌어지고 있는 일이 사기거나 범죄여도 그는 잃을 게 거의 없었다. 그는 재산도 없었고 신용도 낮아서 자신의 명의로는 은행에서 돈 한 푼 빌릴 수 없었다. 가진 재산이라고는 쉰 살 먹은 별 볼 일 없는 몸뚱이 하나가 전부였다.

성준이 이사하겠다고 하자 육촌은 옷가지와 살림살이를 다 버리고 몸만 오라고 했다. 또 성준이 GTX를 타고 파주 운정역까지 가서 택시를 타고 들어가겠다고 하자 육촌은 주소를 알려주는 대신 자가용을 보내겠다고 했다.

성준이 이런저런 생각을 하는 사이 자율주행차가 대로를 벗어나 아름드리 벚나무가 터널을 이루는 산길로 접어들었다. 낡은 청바지처럼 하얗게 색이 바랜 아스팔트를 10분쯤 달려가자 길이 끝나며 하얀색 철문이 앞을 가로막았다. 자율주행차가 철문으로 다가가자 문이 자동으로 열렸다. 철문부터는 도로가 화강암으로 포장되어 있었다. 곧 잔디밭에 옹기종기 모여 있는 소나무 숲 사이로 통나무로 지은 멋진 삼층집이 나타났다.

서서히 속도를 줄인 자율주행차가 삼층집 현관 앞에 반 바지 차림으로 서 있는 서른다섯 살 정도의 남자 앞에 멈췄다.

— 목적지에 도착했습니다.

차 문이 자동으로 열렸다.

"아이고, 형님! 반갑습니다. 제가 최순석입니다."

최순석이 다가와 차에서 내리는 성준의 두 손을 덥석 잡았다.

육촌 최순석이 성준을 데리고 현관문으로 다가가자 카메라가 최순석의 얼굴을 인식하고 현관문을 열었다.

집 안은 1층만 해도 웬만한 호텔 로비처럼 넓었다. 바닥은 대리석이었고 벽과 천장은 오래된 소나무 같았다.

"이제 여기가 형님 집입니다."

육촌이 1층을 대충 구경시켜주며 설명했다.

"1층에는 부엌하고 식당, 응접실, 세탁실, 창고 등이 있습니다. 여기가 부엌 겸 식당입니다. 일주일에 세 번, 격일로 오는 가사도우미가 음식을 만들어 냉장고에 넣어두니 배고프실 때 아무 때나 내려오셔서 식사하시면 됩니다."

1층을 한 바퀴 돌고 나서 엘리베이터를 타고 2층으로 올라갔다.

"2층이 형님이 머무르실 공간입니다. 형님의 사적인 공간이죠."

편백나무 향이 은은한 2층은 큰 평수의 아파트와 비슷한 구조였다. 엘리베이터에서 내리면 긴 복도가 나왔고 복도 옆

황세연

으로 방들이 늘어서 있었다. 복도 끝에 세 면이 유리로 된 거실이 있었다.

"이 방이 침실입니다."

최순석이 방문 하나를 열어 보였다. 커다란 방 한가운데 원목으로 된 2인용 침대가 달랑 놓여 있었다.

"여긴 옷방입니다."

역시 넓은 방 안에 옷걸이들이 쭉 늘어서 있었다. 하지만 옷은 몇 벌 걸려 있지 않았다.

"제가 당장 필요할 것 같은 옷들만 몇 벌 주문해 걸어놨습니다. 저 방은 운동할 수 있는 방이고, 이 방이 형님이 가장 많은 시간을 보내시게 될 방입니다."

육촌이 문을 열고 들어간 방은 회사 대표 집무실 같은 분위기였다. 방 가운데에 커다란 원목 책상이 놓여 있고 책상 위에 작은 컴퓨터 한 대와 슈퍼아몰레드 8K 태그가 붙은 50인치쯤 되는 새 모니터, 안경알이 큰 선글라스처럼 생긴 VR 안경 두 개가 놓여 있었다. 의자는 책상용 의자가 아닌 흔들의자였다.

최순석이 컴퓨터의 전원 버튼을 누르자 모니터에 파도가 치는 바다 영상이 나타났다.

"아이디하고 아바타부터 만드시죠."

육촌은 아무런 설명도 없이 성준을 컴퓨터 앞의 흔들의자에 앉게 하더니 컴퓨터 카메라를 작동시켰다.

"자, 카메라를 보며 말씀하시면 됩니다. 웃기도 하고 얼굴을 찡그리기도 하고 놀란 표정도 지어보세요."

"무슨 말을 하면 되지?"

육촌의 말을 이해하지 못한 성준이 컴퓨터 위의 작은 카메라를 노려보며 물었다.

"무슨 말씀이든 하면 됩니다. 아, 저에 대해 궁금한 거 있으면 물어보세요."

"궁금한 거? 그래. 꽤 부자 같은데 동생은 재산이 얼마나 되나?"

"저도 정확히는 모르겠습니다만 한 천억은 넘을 겁니다."

"와! 엄청 부자네. 젊은 나이에 뭘 해서 그리 큰돈을 벌었나?"

"운이 좋았습니다. 메타버스 초기에 투자했죠. 2021년 말쯤이니까, 약 15년 전이군요. 제가 스무 살 무렵 친구들이 가상화폐에 미쳐 있을 때 저는 전 재산을 가상공간에 투자했습니다. 전 재산 천만 원으로 메타버스 속의 땅과 상가 건물을 샀죠. 제가 투자할 때만 해도 이용자가 거의 없었는데 해마다 몇 배씩 늘어나더니 지금은 한국인들이 가장 많이 이용하는 메타버스가 되었죠. 현재 메타버스 속에서 상가 건물 두 개를 운영하고 있습니다."

육촌과 대화하는 동안 모니터의 막대그래프가 점점 길어져서 100퍼센트를 가리켰다.

"완성되었군요."

육촌이 마우스로 테스트 버튼을 누르자 마치 카메라로 찍은 성준의 실제 동영상 같은 아바타가 나타나 성준의 목소리로 인사말을 건넸다.

— 안녕하세요, 저는 홍성준입니다.

성준의 아바타는 성준과 외모가 거의 똑같았지만 눈가에

황세연

주름이 없고 피부가 깨끗해 더 젊고 잘생겨 보였다.

"자, 다음은 실시간 모션캡처 테스트입니다. 카메라를 보며 말씀하시면 아바타가 형님 표정을 그대로 따라 할 겁니다."

테스트라는 말에 성준은 카메라를 노려보며 일부러 과장된 표정을 지었다.

"안녕! 나는 홍성준이야. 만나서 반가워."

그러자 성준의 잘생긴 아바타가 그의 표정을 그대로 흉내 냈다.

"그런데 내 아바타를 왜 만든 거지?"

"메타버스 속에서 생활하려면 아바타가 꼭 필요합니다. 메타버스 속에서 사람들과 대화도 해야 하고….."

"그런 거라면 실제 모습으로 해도 되잖아? 영상통화를 하듯이 말이야."

"번거롭잖아요. 실제 모습을 보여주려면 세수도 해야 하고, 수염도 깎아야 하고, 옷도 입어야 하고, 화장도 해야 하고. 하지만 아바타를 내세우면 어떤 상황에서든 깔끔한 모습만 상대에게 보여줄 수 있잖아요. 침대에 누워 있든, 팬티만 입고 있든….."

"그건 그렇군."

막노동으로 먹고살며 컴퓨터도 없이 텔레비전만 끼고 살아온 성준은 다른 세상에 와 있는 기분이었다.

최순석은 방한 장갑처럼 생긴 두툼한 장갑 마우스 한 켤레를 성준의 두 손에 착용하게 한 뒤 자신도 두 손에 장갑 마우스를 꼈다.

"VR 안경을 쓰시죠."

성준이 최순석이 건네준 VR 안경을 착용하자 투명했던 안경알이 검게 변하며 눈앞에 컴퓨터 모니터에 떠 있는 풍경이 그대로 펼쳐졌다. 입체감과 해상도가 8K 모니터보다 훨씬 뛰어났다. 실제로 바다를 보는 듯했다. 바다 한가운데에 있는 로그인 창이 유일하게 현실과 다른 점이었다.

"처음 사용하시는 거니 가입하고 본인 인증을 해야 합니다."

성준은 육촌이 알려주는 대로 메타버스 서비스에 가입하고 본인 인증을 했다.

"앞으로 로그인할 때 홍채 인식으로 할까요, 지문 인식으로 할까요?"

"뭐가 편하지?"

"VR은 홍채 자동 인식이 편리하긴 합니다만 눈 상태가 나쁘다든지 하면 가끔 에러가 생기더라고요. 또 홍채는 사용자가 사망하면 인식이 안 됩니다."

"죽은 사람이 로그인을 한다고?"

"그게 아니라, 사망자의 메타버스 속 유산을 파악할 필요가 있거나 사망자가 생전에 남긴 안 좋은 흔적들을 지우기 위해, 드물지만 유족이 로그인을 시도하기도 하는데, 죽은 사람은 동공이 풀려서 홍채 인식이 안 된다고 하더라고요. 하여튼 지문으로 설정하시죠."

최순석이 로그인 방법을 지문으로 설정하자 장갑 마우스가 자동으로 성준의 엄지와 검지의 지문을 스캔했다.

"자, 다 되었습니다. 앞으로는 장갑 마우스를 끼면 자동으로 로그인이 될 겁니다. 이제 제 명동 상가를 구경시켜드리죠. 명동 2가!"

최순석의 목소리를 인식한 AI가 성준의 눈앞에 서울의 명동 거리를 띄웠다. 하지만 실제 명동과 꽤 달랐다. 메타버스의 현실감이 떨어져서 명동 같지 않은 게 아니라 실제 명동보다 더 멋진 빌딩들이 눈앞에 버티고 서 있었다.

"저기 가운데 황금색 빌딩이 제 상가 건물입니다. 일종의 백화점이죠."

성준은 육촌보다 조금 더 잘생긴 육촌의 아바타를 따라 건물 안으로 들어갔다. 실제 백화점 같은 풍경이 눈앞에 펼쳐졌다. 유니폼을 단정하게 입은 빼어난 외모의 남녀 아바타들이 다가와 웃으며 육촌에게 인사했다.

— 안녕하세요, 사장님!

"안녕하세요!"

육촌은 종업원들에게 경쾌한 목소리로 인사하고 나서 종업원들 앞을 지나쳤다.

"형님! 둘러보다가 마음에 드는 옷이나 필요한 거 있으면 사세요. 살 물건들을 집어서 카트에 담으면 그 물건들이 내일 아침에 택배로 배달됩니다."

"와! 진짜 백화점에서 쇼핑하는 기분이네. 아니, 사람들 시선을 신경 안 써도 되고, 더 편리한가?"

"당연하죠! 그러니 사람들이 실제 공간을 버리고 가상공간에서 생활하는 거겠죠. 현재 인간의 오감 중에 메타버스에서 재현 못하는 게 후각과 미각인데, 후각은 곧 해결될 것 같더군요. 얼마 전에 색을 합성하는 컬러프린터처럼 몇 가지 냄새로 여러 가지 냄새를 합성하는 냄새 합성기가 개발되었다고 하더군요. 하지만 미각은 현재의 기술로는 어려운 문제죠. 메타버스 안에서 먹고 마시는 건 100년 후에나 가능할지도 모릅니다. 그런데도 현재 저와 친구들은 술자리조차도 메타버스에서 하고 있습니다. 취향에 맞는 술을 각자 준비한 뒤 VR 안경을 끼고 친구들을 만나 수다를 떨며 각자 준비한 술을 마시는 거죠. 술을 마시는 행동은 현실에서 이루어지는 거고 친구들을 만나 수다 떠는 일은 가상공간에서 이루어지는 건데, 메타버스 기술이 발달해서 현실감은 실제 술집과 별 차이 없습니다. 오히려 술에 취해 귀가해야 하는 부담이 적다 보니 점점 VR 안경을 쓰고 모여 편하게 술을 마시게 되더라고요."

"메타버스 안에서 촉각 재현도 가능한가?"

"어느 정도는요. 앞으로는 미세한 전기를 인체의 신경에 흘려 진짜 같은 가짜 감각을 만들어내겠지만, 아직 그 단계는 아니고, 물리적 감각에 환상을 더해 그럴듯한 가짜 감각을 만들어내고 있죠. 예를 들면 가상섹스 같은 거 말이죠."

육촌의 섹스 이야기에 성준은 주변의 종업원들을 돌아봤다.

"형님, 신경 쓸 거 없어요. 우리와 대화 모드가 아닌 아바타들은 우리 대화를 엿들을 수 없어요. 주변 아바타들이 신경 쓰이면 투명인간 모드로 바꾸시죠?"

"아니, 우리 대화를 들을 수 없다면 그럴 필요까지는 없고…."

"가상섹스는 특수 기구를 성기나 몸에 부착하고 VR 안경을 쓴 뒤, 한국은 포르노가 불법이니 성진국인 일본이나 미국의 메타버스 속 포르노 상점에 접속해서 성적 취향에 맞는

황세연

이상형을 골라 입체 영상을 보며 하는 섹스죠. 고객의 움직임이나 입체 영상 속 섹스 상대의 움직임에 맞춰 인공지능 자위 기구가 실제 같은 가짜 감각을 만들어내는 거죠. 실제 이성과 섹스하려면 시간적, 공간적 제약이 많고 복잡한 준비 과정과 청결 문제, 임신 걱정 등 번거로운 일이 많은데 메타버스 섹스는 남 눈치 볼 것 없이 하고 싶을 때 아무 때나 매력적인 이성, 또는 동성과 취향대로 섹스를 할 수 있는 장점이 있죠. 가상섹스에 맛을 들이면 실제 섹스가 귀찮아진다고들 말하더군요."

"육촌도 실제보다 가상섹스가 더 편해?"

"하하. 저야 뭐, 애인이 없어 비교하기가 좀….."

애인이 없다고? 성준은 천억대 재산을 가진 젊은 남자에게 애인이 없다는 게 좀 이상하게 여겨졌다.

"정말 이런 실제 같은 가상공간에 익숙해지면 집 밖에 나갈 일이 없겠네."

"맞습니다. 그런데 장점이 곧 단점이기도 합니다. 외로움 때문이든 성욕 해소 때문이든, 현실에서 인간관계가 필요하고 이성이 필요해야 사람도 사귀고 결혼해서 애를 낳을 텐데…, 젊은 층이 방에만 틀어박혀 메타버스 속에서 생활하다 보니 출생률이 더욱 감소하는 등 심각한 사회문제가 되고 있죠."

육촌의 아바타를 따라 엘리베이터를 타고 2층 매장으로 올라갔다. 눈앞에 백화점보다 더 넓고 멋진 신발 매장이 펼쳐졌다.

"신발 한 켤레 골라보시죠. 요즘은 구두 매출이 점점 줄고 운동화 매출은 괜찮은 편입니다. 집에서 VR 안경을 쓰고 멋진 코파카바나 해변을 달리더라도 결국은 러닝머신 위에서 달리는 것이니까 운동화 매출은 꾸준히 유지되는 것 같습니다."

성준은 장갑 마우스를 낀 손으로 진열대에 있는 특이하게 생긴 운동화 한 짝을 집어서 이리저리 살펴봤다. 장갑 마우스가 압력과 미세한 진동으로 실제로 운동화를 만지는 듯한 감촉을 흉내 냈다.

"처음 보는 브랜드인데?"

신발에 달린 태그를 쳐다보자 눈앞에 가격과 재질, 원산지 등의 설명이 나타났다.

"와, 비싸다! 뭐가 이리 비싸?"

성준은 자신이 살던 월세 방값보다도 비싼 운동화 가격을 보고 바가지를 쓴 사람처럼 투덜거렸다.

"상품을 고르는 데 도움이 필요하면 종업원을 부르시죠. 여기요!"

육촌의 외침에 현실에서 좀처럼 보기 어려운 모델 같은 분위기의 여종업원 아바타가 나타나 다가왔다.

"사장님, 무엇을 도와드릴까요?"

그 여종업원 아바타는 너무 예뻐서 오히려 현실감이 떨어졌다. 사람이라기보다는 바비인형 같은 느낌이었다. 아바타를 지나치게 손본 것 같았다.

여종업원은 운동화의 구조와 기능에 관해 간략히 설명하고 나서 운동화를 매장 바닥에 내려놓고 신어보라고 했다. 성준이 운동화에 발을 가져다 대자 극이 다른 자석이 서로 달라붙듯 발에 운동화 영상이 겹쳤다. 발에 운동화의 질감이 전달되는 건 아니었지만 크기만큼은 딱 맞았다. 운동화를 신은 발

　　　　　　　　　　황세연

로 몇 걸음 걸어보았다. 꽤 폼 나는 운동화였다.

성준은 여종업원이 지켜보는 앞에서 그 비싼 운동화를 카트에 담았다.

육촌은 메타버스 안에서 공구상가도 운영하고 있었다. 성준은 그곳 공구상가에서 점원으로 일하기로 했다. 성준은 막노동을 오래 해서 공구에 대해서는 잘 아는 편이었다. 고객들의 아바타가 매장에 들어와 공구를 살펴보다가 종업원을 찾으면 다가가서 궁금증을 풀어주면 되었다. 물론 고객이 만나는 사람은 성준이 아닌 성준보다 조금 더 젊고 잘생긴 성준의 아바타였다.

* * *

경찰청 미제사건팀 팀장인 황은조 경감은 늘 제일 먼저 출근했다.

컴퓨터가 켜지는 동안 황은조 경감은 책상 앞 가림막에 붙어 있는 몽타주를 노려봤다. '부천 여대생 살인 사건' 현장에서 채취한 범인의 정액에서 추출한 DNA를 분석해서 그린 몽타주였다.

인간의 DNA 정보가 점차 해독되어감에 따라 최근에는 특정인의 DNA 정보로 그 사람의 키와 피부색, 대머리나 곱슬머리 정도, 얼굴 생김새, 살찐 정도 등을 거의 유사하게 그릴 수 있었다.

컴퓨터가 켜지자 황 경감은 바탕화면의 바로 가기 단추

를 눌러 GEDmatch 사이트에 접속해 로그인했다. 하지만 오늘도 결과는 실망스러웠다. 그는 15년 전에 살해된 여대생의 몸에서 채취한 살인범의 DNA를 GEDmatch 사이트에 등록해놓고 유사한 DNA를 가진 사람이 나타나길 3년째 기다리고 있었다.

황은조 경감의 미제사건팀은 2000년 이후 발생한 미제 살인 사건들을 주로 추적하고 있었다. 2015년 7월 31일 '태완이법'에 의해 살인죄의 공소시효가 없어졌다. 태완이법 발효 이후 살인을 저지른 범죄자들과 그 이전에 살인을 저질렀어도 태완이법이 발효될 때 공소시효가 단 하루라도 남아 있던 범죄자들은 죽을 때까지 경찰의 추적을 피할 수 없게 되었다.

황 경감의 미제사건팀은 근래 10년 이상 된 미제사건을 여러 건 해결했다. 대부분 유전계보학을 이용해 범죄자를 검거했다.

범죄 현장에서 채취한 범인의 DNA를 범인이 아닌, 범인의 가족이나 친척들의 DNA와 비교해 범인을 찾아내는 유전계보학으로 범인을 검거하기 시작한 것은 2010년대 중반부터였다.

중국 간쑤성 바이인시 일대에서는 1988년부터 2002년까지 14년 동안 여덟 살 소녀를 포함해 열한 명의 부녀자가 성폭행을 당한 뒤 끔찍하게 살해되는, 중국판 화성 연쇄살인 사건이 일어났다. 중국 공안당국은 현장에서 범인의 DNA를 확보했으나 범인을 잡지는 못했다. 2016년, 중국 공안당국은 연쇄살인 사건이 일어난 바이인시에 사는 모든 남성 거주자들의 유전자를 검사했다. 그러자 한 사람의 유전자가 범인의 유

황세연

전자와 유사했다. 중국 공안당국은 그 사람의 혈육을 조사해 그의 아버지 가오청융(52세)을 범인으로 체포했다.

2018년 네덜란드에서도 비슷한 일이 있었다. 20년 전에 니키 베르스타펜이라는 열한 살 소년이 납치되어 살해되었다. 당시 범인을 찾아내지 못한 경찰은 범인과 유사한 유전자를 가진 사람들(범인의 친척들)을 조사하고 추적한 끝에 마침내 범인을 체포했다. 범인은 외국으로 거처를 옮겨 살고 있었다.

한국은 2025년이 되어서야 처음으로 범인의 친척 유전자를 통해 장기 미제사건의 범인을 체포했다. 폭력범으로 체포된 남자의 DNA가 11년 전 살인 사건 현장에서 채취한 살인범의 DNA와 유사한 것을 발견한 경찰은 그 사람의 친척들을 추적 조사해 장기 미제 살인 사건의 범인을 체포할 수 있었다.

미국에서는 2018년부터 보다 진일보한 방법으로 범죄자들을 검거하기 시작했다. 일반인이 이용하는 혈육 찾기 사이트를 통해 미제사건 범죄자들의 혈육을 추적해 범인을 검거하는 방법이었다.

다양한 인종과 민족이 섞여 사는 미국에서는 2010년대 중반부터 '23andMe', 'Family Tree', 'Ancestry' 등의 민간 유전자 분석 업체들이 호황을 누렸다. 자신의 유전자에 담겨 있는 혈통 정보와 질병 정보를 알고 싶은 사람들은 마트나 인터넷 쇼핑몰에서 DNA 검사 키트를 사서 안에 든 작은 통에 타액을 담아 이들 업체로 보내면 되었다. 업체는 고객의 타액에서 DNA를 추출하고 분석해 고객이 앞으로 걸릴 위험이 큰 질병의 종류와 고객의 조상이 어느 국가, 어느 민족 출신인지 등의 혈통 정보를 알려주었다.

이렇게 DNA 검사를 받은 사람들은 자신의 유전자 정보를 온라인 DNA 족보 사이트인 'GEDmatch'에 등록할 수도 있었다. GEDmatch에서는 고객들의 유전자를 서로 대조해 유사한 유전자를 가진 사람들을 연결해주었다. 수많은 이들이 이 사이트를 통해 잃어버린 가족, 또는 연락이 끊긴 친척을 찾았다.

DNA로 혈연관계를 확인할 때는 근연도 공식을 이용한다. 자식은 부모의 유전자를 반반씩 물려받으므로 자식과 부모의 혈연도는 2분의 1(50퍼센트)이다. 일란성 쌍둥이는 1(100퍼센트)이다. 삼촌, 외삼촌, 고모, 이모, 조부모, 외조부는 각각 4분의 1(25퍼센트), 증조부모는 8분의 1(12.5퍼센트)이다. 형제자매 간에는 4분의 1(25퍼센트), 사촌은 8분의 1(12.5퍼센트), 오촌은 16분의 1(6.25퍼센트), 육촌은 32분의 1(3.13퍼센트), 칠촌은 64분의 1(1.57퍼센트), 팔촌은 128분의 1(0.78퍼센트), 구촌은 256분의 1(0.39퍼센트), 십촌은 512분의 1(0.20퍼센트)이다.

가족이나 친척의 수를 따져보면, 한 사람이 태어나기 위해서는 아버지와 어머니 두 명의 부모가 필요하다. 두 명의 부모는 또한 각각 두 명씩의 부모가 필요하다. 특정인에게 피를 물려준 조상의 수는 할아버지 대로 올라가면 네 명, 증조부 대로 올라가면 여덟 명이 된다. 조상의 총합은 열네 명이다. 특정인에게 피를 물려준 증조부와 증조모들 여덟 명, 네 쌍이 아이를 두 명씩 낳았다면 할아버지 대에서는 후손이 여넓 명이고, 아버지 대에서는 새 후손이 열여섯 명, 본인 대에서는 새 후손이 서른두 명이 된다. 4대의 합은 예순네 명이다. 범죄 현장에 DNA를 남긴 범인이 이들 예순네 명 중의 한 사람이라면, 이 예순네 명 중 한두 명만 혈육 찾기 사이트에 DNA를 등록해도 그들의 혈육을 추적하면 현장에서 발견한 DNA와 100퍼센트 일치하는 범인을 찾아낼 수 있다.

2018년, 오래된 미제사건을 쫓던 미국 수사관들은 GEDmatch 사이트를 통해 '골든 스테이트 킬러(Golden State Killer)'라는 유명한 연쇄살인범을 체포했다.

1970년대 미국 캘리포니아주에서 60여 건의 강간과 살인 사건이 발생했다. 범인은 사건 현장 곳곳에 DNA를 남겼지만, 미국의 범죄자 DNA 데이터베이스에는 일치하는 DNA가 없었다. 범인은 지금까지 어떤 범죄로도 경찰에 검거되어 유전자 검사를 받은 적이 없는 사람이었다.

2018년, 미국의 미제사건 수사팀은 일반인들의 방대한 DNA 정보를 가지고 있는 혈육 찾기 사이트인 GEDmatch에 과거 범죄 현장에서 채취한 골든 스테이트 킬러의 유전자 정보를 올렸다. 검색 결과 가까운 친척은 없었지만, 약 1만 2천 명의 사람들이 연쇄살인마와 혈연관계에 있는 것으로 파악되었다. 수사관들은 자원봉사자들의 도움을 받아 이 1만 2천 명 중 혈연도가 높은 사람부터 일일이 연락해 한국인들의 족보와 비슷한 가계도를 그렸다. 그러자 연쇄살인범이 누구의 자손이고 누구와 가까운 친척인지 파악되었다. 유력 용의자를 찾아낸 수사관은 용의자의 집 쓰레기통에서 유전자를 채취해 과거 범죄 현장에서 확보한 유전자와 비교했다. DNA가

100퍼센트 일치했다. 먼 친척들의 유전자를 이용해 42년 만에 체포한 연쇄살인범 골든 스테이트 킬러는 전직 경찰관이었고, 이름은 조지프 제임스 드앤젤로였다.

골든 스테이트 킬러 체포 이후 미국은 물론 세계 각국에서 이와 같은 유전계보학으로 미제사건을 수없이 해결했다.

한국 수사관들 역시 혈육 찾기 사이트를 통해 미제사건의 범인을 검거하려 시도하고 있었고, 실제로 몇 명을 검거하기도 했다. 하지만 현재 혈육 찾기 사이트에 등록된 한국인들의 유전 정보는 그리 많지 않았다. 그만큼 범인 검거율도 낮았다.

그나마 다행인 것은, 한국인들은 대부분 집에 혈통 정보가 정확한 족보를 비치하고 있어 소수의 유전자 정보만으로도 범죄자 집안의 가계도를 정확히 그릴 수 있는 장점이 있었다.

* * *

육촌 최순석은 홍성준이 과거의 친구들과 현실에서 만나는 것을 그리 좋아하지 않는 눈치였지만 성준은 막노동판에서 만나 알고 지내던 친구들과 거의 날마다 통화하고 일주일에 한두 번 자율주행차를 타고 서울로 나가 직접 만나 술을 마셨다. 하지만 곧 그 횟수가 크게 줄어들었다. 메타버스에 익숙해질수록 성준은 현실의 친구들을 만나는 일이 점점 귀찮아졌다. 현실에서의 만남이나 삶이 메타버스보다 재미가 없었기 때문이다.

성준은 이제 관심사가 다르고 삶의 터전도 다른 현실의

황세연

친구들과 점점 멀어지는 대신 메타버스 속에서 관심사가 비슷한 새로운 친구들을 사귀었다.

성준이 현실의 친구들을 멀리하게 된 것은 메타버스 속에서 연애를 시작하면서부터이기도 했다. 그의 연애 상대는 같은 공구상가에서 일하는 최하정이었다. 성준보다 두 살 많은 50대 초반인 최하정의 아바타는 30대 중반 정도로 보였다. 오래전에 만든 아바타여서 실제보다 더 젊어 보이는 것 같기도 했다.

최하정은 꽤 매력 있고 아름다운 여자였다. 실제 얼굴도 아바타만큼 예쁠까 궁금했지만, 현실에서 만나 얼굴을 볼 일은 없었다. 사실 메타버스에서 살아가는 이들에게 현실의 외모는 그리 중요하지 않았다. 성준도 마찬가지였다. 중요한 것은 메타버스 안에서 최하정의 아바타를 만나 수다를 떨고, 같이 영화를 보고, 같이 게임을 하는 것이 즐겁다는 사실이었다.

최하정을 만날 때면 성준은 늘 자신의 아바타를 조금 더 젊고 잘생겨 보이도록 치장했고 옷도 화려하게 입었다. 그녀와 연애를 시작한 이후로 그는 현실에서 입을 옷을 사는 비용보다 아바타 의류비로 더 많은 돈을 썼다.

* * *

황은조 경감은 퇴근 직전 컴퓨터를 끌 때도 바탕화면의 바로가기 단추를 눌러 GEDmatch 사이트에 접속하곤 했다. 하지만 오늘도 허탕을 쳤다.

부천 여대생 살인 사건은 코로나19로 전 국민이 마스크를 쓰고 살던 2021년 9월에 경기도 부천시에서 일어났다.

　　대학가 인근의 연립주택 2층에서 성폭행을 당한 뒤 목이 졸려 살해된 스물두 살의 여대생은 죽은 지 약 4일이 지나서 발견되었다. 틀어놓은 샤워기의 물줄기 밑에 알몸으로 누운 상태였다. 범인이 죽은 여대생의 몸을 씻긴 것 같았다.

　　범인은 지문을 남기지 않았고, 범행 현장을 떠나기 전 진공청소기로 방을 깨끗이 청소한 뒤 청소기 안의 쓰레기까지 모두 가져갔다.

　　다행히 과학수사팀은 여대생의 몸에서 극소량의 정액을 찾아냈다. 수사관들은 범죄자들의 DNA 정보를 모아놓은 국가 포렌식 DNA 데이터베이스에 범인의 DNA가 등록되어 있는지 조사했다. 하지만 일치하는 유전자가 없었다. 범인은 지금까지 경찰에 체포되어 유전자 검사를 받은 적이 없는, 혈액형이 A형인 남자였다.

　　경찰은 범죄 현장 주변의 CCTV와 수많은 자동차의 블랙박스를 조사했지만, 살인 사건이 일어난 연립주택을 찍은 CCTV나 자동차 블랙박스는 없었다. 또 각종 CCTV와 휴대전화 기지국 접속 데이터를 이용해 사건 추정 시간대에 인근에 있었던 수많은 남자들을 추적했지만, 그 수가 워낙 많은 데다가 코로나19로 모두 마스크를 쓰고 있어 쉽지 않았다.

　　이 사건은 결국 장기 미제사건으로 남았다.

　　하지만 황 경감은 '부천 여대생 살인 사건'의 살인범이 체포되는 건 시간문제라고 보고 있었다. 근래 한국인들의 유전자가 수십만 건 해독되며 DNA 검사를 이용한 질병 예측

정확도가 놀라울 정도로 높아졌다. 그러자 사람들은 앞다투어 민간업체에 DNA 검사를 의뢰했고, 그렇게 얻은 유전자 정보를 한국어 서비스를 개시한 GEDmatch 사이트에 등록하고 있었다.

현재 GEDmatch 사이트에 유전자를 등록하고 자신의 유전자를 이용해 수사를 할 수 있도록 공개한 한국인은 약 15만 명이었다. 이 수는 최근 급속히 증가하고 있었다. 이론적으로 한국인 DNA 등록자 수가 100만 명에 이르면 범죄 현장에 눈썹 하나, 땀 한 방울이라도 흘린 한국인 범죄자는 모두 체포할 수 있었다.

* * *

지금까지는 운이 좋았다. 사람을 죽이고도 잡히지 않았으니 운이 좋은 것 아니겠는가?

최순석이 살인을 저지른 것은 약 15년 전인 2021년이었다. 그때 바로 체포되었다면 그리 억울하지 않았을 것이다. 그때 순석은 거지나 마찬가지였고 명예 같은 것도 없었다. 한마디로 잃을 게 거의 없었다. 그런데 지금은 아니다. 지금은 부와 명예 등 잃을 것이 많아도 너무 많았다.

순석은 살인을 저지른 이후 몇 년 동안은 세월이 흐를수록 그 세월에 비례해 검거될 확률도 낮아질 것이라 생각했다. 그런데 어느 날 휴대전화로 본 기사 한 줄이 그 믿음을 깨버렸다.

2025년 1월 13일 밤, 술에 취한 A씨가 술집 여주인을 마구 폭행해 며칠 뒤 구속되었다. 경찰은 A씨의 추가 범죄 여부를 확인하기 위해 DNA를 채취해 국가 포렌식 DNA 데이터베이스에 등록하고 이미 등록된 범죄자들의 DNA와 대조했다. A씨와 100퍼센트 일치하는 DNA는 없었으나 유사한 DNA는 있었다. 그 유사 DNA는 11년 전 어느 살인 사건 현장에서 채취한 DNA였다. 형사들은 A씨의 친척들을 조사해 11년 전 살인 사건 현장에서 채취한 DNA와 유전자가 100퍼센트 일치하는 B씨를 찾아내 체포했다.

순석은 이 뉴스를 접한 뒤로 단 하루도 마음 편한 날이 없었다. 과학은 갈수록 발달하기 마련이어서, 범행 현장에 유전자를 남긴 범죄자는 시간이 흘러갈수록 체포될 확률이 낮아지는 것이 아니라 오히려 높아지고 있었다. 순석 역시도 기사의 살인범처럼 언젠가는 먼 친척 때문에 체포될 수도 있었다.

그러나 다행히 그의 가족이나 친척 중에는 교도소에 갈 만한 범죄를 저지른 사람이 없었고 세월이 가며 하나둘 병들거나 나이 들어 죽었다. 지금은 가까운 친척이 단 한 명도 없었다.

2030년대가 되자 순석의 예상대로 발달한 과학 때문에 새로운 걱정거리가 추가되었다. GEDmatch 사이트가 한국어 서비스를 시작하자 한국인 이용자가 급격히 늘었고 이에 맞춰 한국 경찰도 미제사건 범인들의 DNA 정보를 GEDmatch에 올려 유사한 유전자를 가진 사람들을 찾아내 범인을 검거하기 시작했다.

순석은 2025년부터 혈육을 만들지 않기 위해 결혼은 물

황세연

론 연애까지도 포기한 채 살고 있었다. 누군가와 사귀다가 피임에 실패해 애라도 생겼다간 체포되는 건 시간문제였다. 안전을 위해서는 죽을 때까지 세상에 혈육이 단 한 명도 없어야 했다.

그런데 몇 달 전 순석이 경악할 만한 일이 일어났다. 몇 년 전에 돌아가신 어머니의 유품을 살피던 그는 외할머니가 젊었을 때 언니와 찍은 작은 흑백 사진에서 어린아이 한 명을 발견했다. 이런저런 경로로 확인해보니 사진 속 아이는 자손이 없다고 알고 있던 외할머니 언니의 아들이 맞았다. 불행 중 다행으로, 외할머니 언니의 아들은 일흔다섯 살 때 암으로 사망했고 자손은 홍성준이라는 아들 한 명뿐이었다. 쉰 살의 홍성준은 결혼을 하지 않았고, 어머니 외사촌의 아들이니 순석과는 육촌지간이었다. 조상의 유전자를 순석과 3.125퍼센트 정도 공유하고 있었다.

성이 다르고, 평생 얼굴을 한 번도 본 적이 없고, 심지어 서로의 존재조차도 모른 채 살아왔던 육촌 홍성준이 세상에 살아 있는 한 순석은 두 다리 뻗고 잠을 잘 수 없었다. 육촌이 술을 마시고 폭행이라도 해서 교도소에 가거나, 민간업체에서 DNA 검사를 받고 그 유전자 정보를 혈육 찾기 사이트에 등록하는 순간 오래도록 지속되어온 순석의 행운은 끝이었다. 형사들은 분명 과거 범죄 현장에서 채취한 순석의 유전자를 혈육 찾기 사이트에 등록해놓고 친척 중 누군가가 유전자를 등록하길 기다리고 있을 터였다.

'내가 살려면 유일한 혈육인 육촌을 찾아내 반드시 죽여야 한다.'

그런데 어떻게?

죽이는 것도 문제지만 시체 처리가 더 큰 문제였다. 시체가 발견된다면 안 죽이는 것만 못했다. 제아무리 땅속 깊이 묻고 바다 깊은 곳에 수장해도 재수 없으면 언젠가는 시체가 발견될 위험이 있었다. 어딘가에서 사람의 뼈가 단 한 조각이라도 발견되면 수사 당국은 신원을 밝히기 위해 DNA 검사부터 할 것이다.

시체가 발견되지 않고 실종으로 처리되는 것도 문제였다. 요즘은 실종자가 발생하면 실종자 거처에 남아 있는 머리카락 등에서 DNA를 채취해 실종자 유전자 데이터베이스에 등록하고 있었다.

시체가 발견되어도 안 되고, 실종으로 처리되어도 안 되는, 꽤 까다로운 조건의 살인이었다. 이런 조건에 맞춰 완전범죄를 저지르는 방법은 단 하나뿐이었다. 어떤 경우에도 DNA 검사가 불가능하도록 시체를 세상에서 완전히 없애되, 죽은 사람을 계속 살아 있는 사람으로 만들어야 했다.

궁리 끝에 순석이 생각해낸 방법은 메타버스였다. 육촌을 죽여 시체를 완벽하게 없앤 뒤 한동안 자신이 메타버스 속에서 육촌 행세를 하면 완전범죄가 가능할 것 같았다. 육촌의 메타버스 아바타에 로그인만 할 수 있다면 순석이 육촌 행세를 하는 것은 그리 어려운 일이 아니었다. 요즘은 보이스피싱도 AI를 이용해 진짜보다 더 진짜 같은 딥페이크 동영상을 만들어 화상통화로 하고 있었고, 죽은 사람의 동영상을 보고 학습한 AI가 메타버스 속에 죽은 사람을 살려내, 산 사람이 죽은 사람과 한집에서 대화하며 살 수도 있는 시대였다.

황세연

순석의 치밀한 살인 계획에 의해 순석의 집으로 거처를 옮긴 육촌 홍성준은 순석의 도움을 받아 금방 메타버스에 적응했다. 과거 막노동을 하며 살던 때의 친구들을 점점 만나지 않게 되었고 메타버스 속에서 새로운 친구를 사귀었다. 홍성준은 메타버스 속에서 새 친구들과 세계여행을 하고, 3D 영화를 보고, 쇼핑을 하고, 게임을 즐겼다. 심지어 순석처럼 술 마시는 것조차도 메타버스를 이용했다.

물론 순석은 메타버스 속에서 육촌이 뭘 하고 누굴 만나는지 늘 지켜보고 있었다.

육촌은 가상공간에서 같이 일하는 여자와 열애도 했다. 그녀의 이름은 최하정이었다.

육촌이 누군가와 너무 친하게 지내면 순석의 계획에 차질이 생길 수도 있었다. 순석은 육촌의 연애를 방해할 목적으로 불법 영업을 하는 탐정을 고용해 최하정의 실제 모습을 촬영하도록 했다. 순석도 최하정의 실제 모습을 본 적이 없었다.

탐정은 성능 좋은 카메라가 달린 드론을 최하정의 원룸 창문 밖에 띄워 마치 스토커가 짝사랑하는 여자를 몰래 촬영하듯 그녀가 속옷만 입은 채 생활하는 적나라한 모습을 동영상과 사진으로 찍어 보냈다.

예상대로였다. 최하정의 아바타는 한마디로 사기 수준이었다. 메타버스에서 주로 생활하는 사람들의 특징 중 하나가 아바타는 멋지게 꾸미는 반면 현실의 외모는 관리하지 않아 시간이 흐를수록 점점 돼지나 좀비로 변해간다는 점인데, 최하정이 그 대표적인 인물 같았다. 최하정을 보는 순간 순석은 일본 스모 선수를 떠올렸다.

그녀가 사는 원룸 역시 쓰레기장이라고 해도 과언이 아니었다. 아무렇게나 벗어놓은 한여름 셔츠와 겨울옷들이 여기저기 널려 있었고 비닐포장지, 택배 상자, 피자 상자, 콜라병, 찌그러진 맥주캔 등이 방바닥과 침대 위는 물론 담배꽁초가 수북한 커피 잔이 놓여 있는 책상 위에까지 가득했다.

순석은 VR로 돼지우리 같은 최하정의 원룸을 들여다보고 있노라니 지독한 악취가 코를 찌르는 듯한 착각까지 일었다.

순석은 육촌 홍성준이 50년 묵은 좀비 같은 최하정의 실물을 보는 순간이 두 사람의 연애가 끝나는 순간이라고 확신했다. 하지만 속옷만 입고 있는 여자의 몰카 영상을 육촌에게 그대로 보여줄 수는 없었다.

순석은 탐정에게 왜 옷을 입고 있는 모습을 촬영하지 않았느냐고 항의했다. 탐정은 자신도 최하정이 외출하는 모습을 찍으려 했지만 그녀가 일주일 동안 단 한 번도 집 밖으로 나오지 않아 어쩔 수 없었다고 변명했다.

순석은 음란물 같은 최하정의 영상들을 어떻게 할까 고민하다가 언젠가는 유용하게 사용할 일이 있을지도 모른다는 생각에 컴퓨터에 저장해두었다. 이어서 최하정의 몰카 영상을 저장한 폴더 이름을 뭐라고 할까 잠시 생각하다가 '메타버스의 천사'라고 붙이고 나서 혼자 낄낄대며 웃었다.

육촌 홍성준은 1년 만에 삶의 공간을 메타버스로 완전히 옮겼다. 육촌을 죽일 준비가 끝난 것이다.

하지만 사람을 죽이는 것이 쉬운 일은 아니었다. 그동안 순석은 육촌과 정까지 들어 그를 죽이는 일이 심리적으로 더

황세연

부담스러웠다. 그래서 그는 육촌 죽이는 일을 차일피일 미루고 있었다.

그러던 어느 날, 순석과 같이 메타버스 쇼핑몰에서 이것저것 구경하던 육촌이 요즘 인기를 끌고 있는 유전자 검사 키트를 바구니에 담았다.

"그게 뭡니까?"

순석은 그게 뭔지 잘 알면서도 물었다.

"유전자 검사 좀 받아보려고. 안에 든 통에 침을 뱉어 업체로 보내면 유전자 검사를 해서 어떤 질병에 걸릴 확률이 높은지 알려준대. 또 혈육 찾기 사이트에 유전자 정보를 올리면 친척도 찾을 수 있대. 너도 한번 해볼래? 너도 나 말고 다른 친척이 있는지 찾아봐."

육촌이 검사 키트 하나를 추가로 카트에 담았다.

이제 어쩔 수 없었다. 육촌 홍성준을 죽이는 일을 더는 미룰 수 없었다. 육촌이 유전자 검사를 하고 그 데이터를 혈육 찾기 사이트에 올리는 순간 순석의 인생은 끝이었다.

"형님, 화장실 좀 다녀올게요."

소변이나 대변은 메타버스 안에서 해결할 수 없었다.

순석이 메타버스에서 로그아웃하자 VR 안경의 검은 렌즈가 투명하게 변하며 현실 모드로 바뀌었다.

엘리베이터를 타면 소리가 날 수 있었다. 순석은 오래전에 준비해놓은 망치를 들고 계단을 통해 2층으로 내려갔다.

2층 VR 방의 방문을 소리 나지 않게 조심스럽게 열었다. 육촌은 눈에 검은색 렌즈의 VR 안경을 쓴 채 흔들의자에 앉아서 장갑 마우스를 낀 손으로 가상의 무엇인가를 들고 이리저리 들여다보고 있었다. 여전히 쇼핑 중이었다.

순석은 발소리를 죽이며 살금살금 육촌에게 다가갔다. 망치를 육촌의 머리 위로 치켜들었다. 심장이 쿵쿵 뛰고 다리가 후들후들 떨렸다. 순간 이상한 낌새를 느꼈는지 육촌의 검은색 VR 안경 렌즈가 투명하게 변했다. 순석은 있는 힘을 다해 망치를 내려쳤다.

퍽!

망치가 육촌의 머리뼈를 부수고 들어가 정수리에 깊이 박혔다. VR 안경 속의 눈동자가 파르르 떨리다가 눈꺼풀이 스르르 감겼다. 육촌의 장갑 마우스를 낀 두 손이 허공에서 아래로 힘없이 툭 떨어졌다.

순석은 육촌의 두개골에서 망치를 빼내 한 번 더 내려쳤다.

퍽!

순석은 시체 옆에 서서 가사도우미에게 전화를 걸어 이번 주에는 오지 않아도 된다고 말했다. 목소리가 살짝 떨렸다.

순석은 죽은 육촌의 얼굴을 보는 것이 끔찍해 피가 흐르는 육촌의 머리와 얼굴을 불투명 비닐 랩으로 칭칭 감은 뒤 시체를 2층 욕실로 끌고 가 욕조 안에 뉘었다.

1층 주방으로 내려가 냉장고에서 캔맥주 하나를 꺼내 벌컥벌컥 마신 순석은 필요한 도구들을 챙겨 다시 2층 욕실로 올라갔다.

먼저, 육촌의 아바타에 로그인하는 데 필요한 지문을 확보하기 위해 가위로 육촌의 오른손 엄지와 검지를 잘라냈다. 육촌이 메타버스 서비스에 가입할 때 로그인 방법을 홍채가

황세연

아닌 지문으로 설정하도록 유도했던 것 역시 이 살인 계획의 일환이었다.

원하는 걸 손에 넣었으니 이제 시체를 아무렇게나 다뤄도 되었다. 순석은 육촌의 옷을 벗긴 뒤 살을 칼로 듬성듬성 잘라내 주방에서 가져온 대형 믹서기에 갈아서 변기에 넣고 물을 내렸다. 시간이 오래 걸리는 꽤 번거로운 작업이었다.

뼈는 관절을 칼로 내리쳐서 적당한 길이로 분리해 비닐봉지에 담아 3층 벽난로 앞으로 옮겼다. 장작불로 뼈를 태워 재로 만들려면 며칠 동안 계속 불을 때야 할 것 같았다. 아직 벽난로를 사용하기에는 이른 철이었지만 굴뚝에서 며칠 연기가 난다고 이상하게 생각할 사람은 없었다. 일주일에 세 번 와서 1층에만 있다가 가는 가사도우미는 이번 주에는 오지 않을 것이다.

* * *

황은조 경감은 퇴근하기 직전 늘 그랬던 것처럼 GEDmatch 사이트에 접속했다. 3년 동안이나 반복해온 일이었다. 그런데 오늘은 로그인하는 순간 못 보던 알림이 떴다.

알림을 살펴본 황은조 경감은 자신도 모르게 환호성을 질렀다.

"이얏!"

드디어 '부천 여대생 살인 사건'의 친척이 GEDmatch 사이트에 유전자 정보를 등록한 것이었다. 혈연도 3.2퍼센트.

살인범의 육촌쯤 되는 사람인 것 같았다. 가까운 친척은 아니었지만 이제 놈을 검거하는 것은 시간문제였다.

* * *

꽤 끔찍하고 지루한 일이었지만 육촌의 시체는 깔끔하게 처리되었다. 믹서기로 분쇄한 육촌의 살은 정화조 속에서 오물과 함께 썩어 흔적도 없이 사라졌을 테고, 불에 타고 남은 뼈는 가루를 내서 강물에 뿌렸다.

　순석은 육촌의 지문 하나, 머리카락 하나, 피 한 방울, DNA 하나 남지 않도록 2층과 1층을 몇 번씩 청소했다.

　육촌의 손가락 지문을 실리콘으로 복사하려 했지만 쉽지 않았다. 잘린 손가락에 실리콘을 바르고 굳혀서 떼어내면 지문이 뒤집혀서 다시 한번 복사해야 하는데 그 두 번째 복사가 어려웠다. 결국 지문 복사를 포기하고 손가락이 썩지 않도록 유리병에 넣어 화학약품에 담가두었다. 지문이 필요할 때마다 꺼내서 물기를 말려 사용해야 했다.

　순석은 육촌의 손가락이 든 유리병을 3층 VR 방의 책상 서랍 깊숙이 숨겨놓았다. 그리고 만약을 대비해 자신 이외에는 그 누구도 드나들지 못하도록 VR 방의 출입문에 보안장치를 달아놓았다.

　이제 현실의 육촌은 세상에서 영원히 사라졌다. 순석은 계획대로 메타버스에서 육촌 행세를 해서 육촌이 계속 살아 있는 것처럼 알리바이를 만들어야 했다. 육촌의 아바타로 육

황세연

촌의 친구들과 만나야 했고 일주일에 4일, 하루 여섯 시간씩 메타버스 공구 매장에서 일도 해야 했다. 순석은 앞으로 몇 달 동안 그렇게 육촌의 삶을 살다가 사람들에게 메타버스가 아닌 현실에서 직업을 구해 현실에서만 생활하기로 했다고 말하고 회사에 사표를 낸 뒤 메타버스 서비스를 탈퇴할 계획이었다. 그럼 현실에 이어 가상공간에서도 흔적도 없이 영원히 사라지는 것이었다.

육촌 행세를 하느라 매장에서 날마다 몇 시간씩 손님들을 상대하는 일은 꽤 짜증나고 지루한 일이었다. 그런데 그보다도 더 지루하고 짜증나는 일이 있었다. 순석은 날마다 육촌의 애인인 50대 여종업원 최하정과 데이트하며 수다를 떨어야 했다.

"자기, 말투가 좀 변한 거 같다?"

최하정은 50년 묵은 좀비답지 않게 예민했다. 육촌의 목소리를 충분히 학습한 AI가 실시간으로 순석의 목소리를 육촌의 목소리로 바꿔줬지만, 말투만큼은 어쩔 수 없었다. 순석이 제아무리 육촌의 말투를 잘 흉내 내도 연인까지 속이기는 쉽지 않았다. 순석은 컴퓨터에 저장해놓은 최하정의 실물 사진과 동영상, 원룸 안의 풍경을 진작 육촌에게 보여줘서 둘을 갈라놓지 못한 것이 후회되었다.

"내 말투가 그렇게 이상해? 나 요즘 서울 표준말 쓰려고 노력 중이야."

"자기야. 난 자기 그대로가 좋아. 그리고 요즘 자기 표정도 좀 이상한 거 같아."

자기 표정이라는 말은 홍성준의 아바타 표정을 의미했다.

"내 표정이 어때서?"

"글쎄? 뭐라고 말하기는 그렇지만 좀 낯선 느낌이 든달까?"

"아, 들켰네. 자기에게 잘 보이려고 아바타를 살짝 손봤거든."

"혹시 자기, 다른 애인 생긴 거 아니지?"

"아, 아냐! 내가 자기를 얼마나 사랑하는데. 자기야 사랑해! 뽀뽀."

좀비가 된 지 50년쯤 지난 것 같은 최하정의 실제 모습을 알고 있는 순석은 열일곱 살이나 많은 그녀에게 애교를 떨 때마다 역겨워서 헛구역질이 날 판이었다. 하지만 갑자기 태도를 바꾸면 수상하게 생각할 것 같아 그는 변함없는 애정 공세를 퍼부었다. 앞으로 그녀와 천천히 멀어져야 했다.

그런데 순석이 적극적으로 나가자 최하정의 아바타가 관능적인 표정을 지으며 은밀한 제안을 했다.

"자기야, 우리 가상섹스나 한판 할까?"

바쁘고 피곤한 한 달이 지나갔다.

새로운 피로와 스트레스가 쌓이기 시작하는 월요일 아침, 순석이 육촌의 손가락으로 육촌의 아바타에 로그인해 공구 매장에 출근하자마자 남자 손님 두 명이 매장 안으로 들어왔다. 잠시 공구를 살피던 손님 중 한 명이 육촌의 아바타로 다가와 아는 척을 했다.

"혹시 홍성준 아닙니까?"

순석은 꽤 당황스러웠다. 우연히 아는 사람을 만난 것 같았다.

"맞습니다만…?"

"야, 나야, 나! 고등학교 동창 임정현!"

"아, 임정현!"

순석은 억지로 반가운 표정을 짓는 대신 장갑 마우스를 낀 손가락으로 웃는 이모티콘을 터치해 홍성준의 아바타가 반가워하는 표정을 짓게 했다.

"성준아, 진짜 오랜만이다. 잘 지냈냐?"

"그럭저럭."

"너, 10년쯤 전 부천에서 서울로 이사 왔을 때, 서대문구 홍제동 개미마을 인근에 살지 않았었냐? 지금은 어디서 살고 있어?"

"1년쯤 전에 이사했어. 파주로."

"파주 어디?"

꼬치꼬치 캐묻는 게 뭔가 께름칙했다.

"파주 어디?"

대답하지 않자 육촌의 동창이 다시 캐묻듯 물었다.

"파주 구석 시골이야. 지금은 근무 시간이라 고객들하고 사적인 잡담을 못해. 명함 줄 테니 나중에 연락해라."

순석은 대화를 끝내기 위해 육촌의 고등학교 동창에게 디지털 명함을 건넸다. 명함에는 집 주소는 없었고 전화번호와 메일 주소, 메타버스 아이디가 적혀 있을 뿐이었다.

"그래, 조만간 직접 만나서 이야기하자."

토요일 오후, 힘든 일주일을 보낸 후유증으로 순석이 침대에서 정신없이 낮잠을 자고 있는데 1층에서 시끄러운 소리가 들려왔다.

잠시 뒤 인터폰이 울렸다. 가사도우미였다.

"사장님, 경찰이 찾아왔어요."

순석은 경찰이라는 말에 잠이 확 깼다.

1층 현관 앞에 건장한 남자 대여섯 명이 몰려와 있었다. 그냥 경찰이 아니라 형사들이었다. 등골이 더욱 서늘해졌다.

형사 중 한 명의 얼굴이 눈에 익었다. 얼마 전에 육촌의 고등학교 동창 임정현과 함께 공구 상가 쇼핑몰에 들렀던 사람이었다. 아바타와 실제 얼굴 모습이 똑같았다.

계급이 가장 높은 사람으로 보이는 40대 남자가 다가와서 순석의 얼굴을 유심히 쳐다봤다. 잠시 뒤 그는 손에 들고 있던 서류를 순석에게 보여주었다.

"경찰청 미제사건팀 황은조 경감입니다. 체포 영장과 압수수색 영장입니다."

순석은 남자의 목소리가 귀에 익었다. 그 목소리는 메타버스 공구 매장에서 만났던 육촌의 동창 임정현의 목소리였다. 하지만 얼굴은 그때 본 아바타와 달랐다.

"홍성준 씨와 관계가 어떻게 되시죠?"

황은조 경감이 하얗게 질린 순석의 얼굴을 노려보며 물었다.

"제 육촌 형님인데, 형님은 왜요?"

질문을 하며 보니 체포 영장에 순석의 이름이 아닌 홍성준의 이름이 쓰여 있었다.

황세연

"홍성준 씨는 15년 전에 부천에서 살인을 저질렀습니다. 홍성준 씨 어딨죠? 이 집에 숨어 있는 거 다 알고 왔습니다."

순간 순석은 육촌 홍성준이 휘두른 망치에 정수리를 얻어맞기라도 한 것처럼 현기증이 일었다.

육촌이 나처럼 미제 살인 사건의 살인범이라고?

"홍성준 씨 어딨죠?"

"형, 형님은 얼마 전에 짐 싸서 나갔는데요. 어디 간다는 말도 없이 ….."

황은조 경감이 정말이냐는 듯이 가사도우미를 쳐다봤다.

"예. 맞아요. 한 달 전부터 갑자기 안 보였어요."

"수색해!"

황은조 경감이 순석의 옆을 지나 집 안으로 들어가며 형사들에게 지시했다.

"참관하시죠."

형사들은 순석을 데리고 다니며 그가 보는 앞에서 1층을 샅샅이 뒤진 뒤 홍성준이 주로 기거하던 2층으로 올라갔다.

2층은 모든 방이 텅텅 비어 있었고 먼지 하나 없이 깨끗했다. 순석이 이미 홍성준의 흔적을 깨끗이 지웠기 때문이었다.

2층 이곳저곳을 살피던 형사들은 세면장으로 들어가 세면기 배수구와 욕조 배수구까지 꼼꼼히 살폈다. 하지만 그 어디에도 머리카락 한 올 남아 있지 않았다.

형사들은 홍성준이 1년 동안이나 살았던 거처에서 그의 머리카락 한 올 찾을 수 없는 것이 이상하다는 표정이었다. 압수수색에서 홍성준의 DNA를 확보해야 과거 부천 여대생 살인 사건 현장에서 채취한 DNA와 대조할 수 있었다.

2층에서 아무 소득도 얻지 못한 형사들이 3층으로 올라갔다.

순석은 3층 거실의 소파에 앉아서 분주하게 움직이는 형사들을 초조한 표정으로 지켜봤다. 머리를 굴려야 하는데 머릿속에 뇌가 아닌 시멘트 덩어리가 들어 있는 것만 같았다.

형사들은 순석이 홍성준의 뼈를 태운 벽난로 안까지 꼼꼼히 살폈다. 하지만 벽난로는 이미 깨끗이 청소되어 재조차 남아 있지 않았다.

순석이 대전에서 대학교에 다니던 15년 전 겨울 어느 날, 중고 거래 사이트에 성능 좋은 컴퓨터가 싼 가격에 올라왔다. 순석은 신속히 댓글을 달아 대전역 앞에서 30대 남자를 만나 현금을 주고 컴퓨터를 구매했다. 그날 시골에 살고 있던 순석의 할아버지가 돌아가셨다. 장례를 치르고 오느라 중고 컴퓨터는 일주일쯤 뒤에나 살펴볼 수 있었다. 그런데 그래픽 카드 등 부속품이 판매자가 말한 것과 상이했다. 사기 수준이었다. 화가 난 순석은 판매자에게 항의하려 했으나 채팅으로 시간과 장소를 정해 거래했기에 연락처를 몰랐다. 거래 관련 내용은 판매자가 이미 지웠다.

순석은 판매자의 아이디를 겨우 기억해냈다. 그것을 단서로 판매자의 다른 거래를 추적하고 조사해, 어느 댓글에서 힌트를 얻어 판매자의 집 주소를 알아내 찾아갔다.

집으로 찾아온 순석을 보고 판매자는 당황해했다. 처음에는 사과하는 척했으나 순석이 사기꾼이라고 말하자 거친 욕과 함께 주먹이 날아왔다. 상대는 덩치가 순석보다 훨씬 컸다. 싸움 실력도 뛰어났다. 정신없이 맞다가 이러다 맞아 죽을 것 같다는 생각에 주방으로 달려가 식칼을 집어 들었다. 순석이 겨누고 있는 식칼을 보고도 덩치 큰 남자는 주먹을 휘두르며 달려들었다. 칼로 상대를 찔렀다.

목에 칼이 꽂힌 채 쓰러져 있는 남자를 보고 순석은 급히 구급차를 부르려고 했다. 하지만 결국은 그렇게 하지 않았다. 구급차를 불러봤자 살릴 수는 없었다.

순석은 현장에서 그대로 도망치려고 했다. 그런데 회색 잠바 앞쪽에 피가 꽤 묻어 있었다. 순석의 코피였다. 순석은 옷에 묻은 피를 감추기 위해 남자의 커다란 잠바를 상의 위에 걸치고 집 밖으로 나왔다. 나중에 보니 외투 주머니에 남자의 지갑이 들어 있었다. 기사를 검색해보니 경찰은 중고 컴퓨터 판매자의 죽음을 강도 살인 사건으로 단정하고 조사하는 것 같았다. 집 안에 현금이 꽤 많았는데 모두 사라졌다는 피해자 가족의 진술이 있었던 모양이었다. 하지만 순석이 훔친 외투 주머니에 있던 지갑에는 100만 원권 수표가 두 장 들어 있었을 뿐이었다. 그 수표들은 사용하지 않고 찢어서 버렸다.

순석은 그날 코로나19 때문에 마스크를 쓰고 있었고, 날씨가 추웠던 탓에 장갑을 끼고 있어서 살인 사건 현장에 지문을 남기지 않았지만 죽은 남자에게 맞아 코피를 많이 흘렸다. 마스크를 타고 흘러내린 피가 잠바 앞쪽을 붉게 물들였을 정도이니 거실이나 현관 바닥에도 피가 떨어졌을 것이다. 순석은 그 핏방울 때문에 금방 잡힐 것으로 생각했다. 하지만 운 좋게도 15년 동안이나 잡히지 않았다.

그렇다고 그의 운이 다한 건 아니었다. 형사들이 육촌 홍성준의 DNA를 그 어디서도 찾아내지 못한다면 과거 대전 부랑자 사망 사건 현장에서 채취한 순석의 DNA와도 대조할 수 없어…. 아! 아니, 아니다!

순석의 머리가 갑자기 빠르게 회전하기 시작했다.

이런! 아주 중요한 걸 놓쳤다. 당장 확인할 필요가 있었다.

순석은 소파에서 일어나 압수수색을 지휘하고 있는 황은조 경감에게 다가갔다.

"도대체 우리 형님이 무슨 살인죄를 지은 거죠?"

순석이 따지듯 묻자 황은조 경감이 바쁘다는 듯이 빠른 말투로 대답했다.

"15년 전 홍성준 씨는 부천에서 여대생을 강간한 뒤 살해했습니다. 부천 여대생 강간 살인 사건이라고 들어보셨을 겁니다. 우리 경찰은 현장에서 미량의 정액을 채취했고 그 정액의 주인을 찾기 위해 15년 동안이나 노력해왔습니다. 그러다 얼마 전에 민간인 유전자 검색 사이트를 통해 부천 여대생 살인 사건의 범인과 혈연도가 3퍼센트 정도인 사람을 찾아냈습니다. 그리고 그 사람의 친인척들을 추적해서 그 사람의 외가 쪽 육촌인 홍성준 씨가 범인이라는 사실을 알아낸 겁니다. 이제 홍성준 씨를 체포해서 그의 유전자와 범죄 현장에서 채취한 유전자를 대조하는 일만 남았습니다."

황 경감의 이야기를 듣고 난 순석은 소파로 돌아가 풀썩 주저앉았다. 헛웃음이 나오려고 했다.

국가 포렌식 DNA 데이터베이스에 대전 중고 컴퓨터 사기 판매자 살인 사건의 범인인 자신의 DNA가 등록되어 있지 않은 것이 틀림없었다. 범죄자 DNA 데이터베이스에 자신

황세연

의 DNA가 등록되어 있다면, 유전자 추적으로 15년 전 부천 여대생 강간 살인 사건의 범인을 체포하러 온 경찰청 미제사건 수사팀이 부천 여대생 살인 사건 범인과 대전 중고 컴퓨터 사기 판매자 살인 사건 범인의 혈연도가 약 3퍼센트라는 사실을, 두 사람이 육촌지간이라는 사실을 모를 리 없었다. 그런데 미제사건팀 형사들은 오로지 홍성준에게만 관심이 있을 뿐 자신에게는 아무 관심도 없었다.

웃어야 할까, 울어야 할까?

순석은 예전이나 지금이나 육촌 홍성준을 죽여야 할 이유가 전혀 없었다. 그런데도 순석은 얼굴 한 번 본 적 없는 육촌을 어렵게 찾아내 집으로 데려와 1년 동안이나 같이 지내며 살인을 준비했던 것이다. 그리고 결국 망치로 때려 죽인 뒤 살은 믹서기로 갈아 변기에 넣어 없애고 뼈는 불에 태워 없애는, 동기 없는 끔찍한 살인을 저지른 것이었다.

'도대체 일이 어디서부터 꼬인 거지?'

만약 형사들에게 체포되는 일이 발생한다면 그는 과거의 살인을 감추기 위해 추가로 살인을 저질렀다고 자백하면 절대 안 되었다. 사실대로 말하면 그의 죄는 무기징역이나 사형 감이었다. 형량을 줄이려면 첫 번째 살인은 빼고 두 번째 살인에 대해서만 그럴듯한 살인 동기를 만들어 둘러대야 했다.

'내게 육촌을 죽일 만한 살인 동기가 있다면 그게 뭘까?'

자신에게 그렇게 묻는 순간 그의 머릿속에 몰카 동영상에서 본, 돼지우리 원룸에서 속옷 차림으로 샌드위치를 입에 꾸역꾸역 욱여넣고 있던 최하정의 모습이 떠올랐다.

답은 이미 정해져 있었다. 그의 컴퓨터 속에는 최하정을 스토킹한 듯한 다수의 몰카 촬영물이 보관되어 있었고 그 폴더의 이름은 '메타버스의 천사'였다. 또 그는 육촌을 죽인 뒤 육촌으로 위장하고 최하정과 날마다 데이트를 즐겼다.

'젊고 잘생긴 부자 총각이 나이 많고 가난한 여자를 오래도록 짝사랑해왔는데, 그가 인정상 돌보던 먼 친척이 비록 가상섹스지만 짝사랑하는 여자와 알몸으로 뒹굴고 있는 것을 보고 순간적인 질투심과 배신감에 이성을 잃고 흉기를 휘둘러 살인을 저지르고 말았다 … ?'

사람들의 동정심을 유발하기 딱 좋은 스토리였다. 신파를 넣어 러브스토리를 구구절절하게 지어낸다면 형량을 반으로 줄일 수 있을지도 몰랐다. 판사가 로맨스 소설을 좋아하는 감성적인 사람이라면 효과는 배가 될 것이다.

'아냐, 아냐!'

순석은 갑자기 머리를 좌우로 흔들었다. 지금은 살인의 변명 따위를 떠올리고 있을 때가 아니었다. 정신 바짝 차리고 이 궁지에서 벗어나야 했다.

이 어려운 고비만 잘 넘기면 순석은 진정한 자유를 만끽할 수 있었다. 앞으로는 서로 존재조차 모르는 친척들 때문에 벌벌 떨며 살 이유가 없었다. 이제 천억대의 젊은 자산가답게 현실에서 당당히 멋진 애인을 사귀고, 가상섹스가 아닌 실제 섹스를 즐기고, 사랑스러운 여자와 결혼해 귀여운 아이를 낳아 유전자를 대대손손 남길 수도 있었다.

"팀장님, 이동하시죠!"

거실에서 아무것도 찾아내지 못한 형사들이 복도 쪽으로 몰려갔다. 순석은 재빨리 황은조 경감 앞으로 나아가 형사들의 발걸음을 제지했다.

"그런데, 형사님! 압수수색 영장에는 홍성준 형님을 체포하고 증거를 확보하기 위한 주거지 압수수색으로 범위가 명시되어 있던데, 왜 저의 사적인 공간까지 수색하는 겁니까? 월권 아닙니까?"

"아닙니다. 압수수색 영장에 기재된 주소는 이곳, 이 집 전체입니다."

"그렇다고 해도 이 집은 현재 홍성준 형님의 주거지가 아니잖아요. 형님은 이미 한 달 전에 짐 싸서 나갔다니까요. 거처를 옮겼다고요."

하지만 황은조 경감은 순석의 항의를 무시하고 형사들에게 수색을 계속하라고 지시했다.

순석은 육촌 홍성준이 쓰던 빗이나 칫솔, 하다못해 양말 한 짝이라도 남아 있다면 얼른 가져다 형사들에게 건네고 싶은 심정이었다. 형사들은 15년 전에 부천 여대생 강간 살인 사건 현장에서 채취한 DNA와 대조할 홍성준의 DNA만 확보한다면 지금처럼 휴대용 진공청소기까지 들고 다니며 집 안 곳곳을 압수수색할 필요가 없을 터였다. 그러나 이 집 어디에도 홍성준의 유전자가 남아 있지 않다는 걸 직접 증거를 없앤 순석은 잘 알고 있었다. 딱 한 곳을 제외하고는….

순석의 침실과 옷방에서도 별다른 소득을 얻지 못한 형사들은 VR 방으로 몰려갔다. VR 방은 문이 잠겨 있었다.

"방문 좀 열어주시죠!"

황은조 경감의 말이 끝나기도 전에 보안장치에 달린 카메라가 사람들의 무리 속에서 순석의 얼굴을 알아보고 잠긴 문을 자동으로 열었다.

순석은 자신의 불안한 시선이 형사들에게 어떤 힌트를 줄까 봐 걱정되어 형사들을 따라 VR 방으로 들어가지 않고 복도에 남았다.

그러나 5분도 지나지 않아 VR 방에서 형사 한 명이 크게 외치는 소리가 들려왔다.

"팀장님! 여기 유리병 속에 사람 손가락이 들어 있습니다!"

그 외침을 듣는 순간 순석은 심한 현기증을 느끼며 50년 묵은 좀비 같은 최하정의 얼굴을 떠올렸다. 이제 그의 유일한 희망은 '메타버스의 천사'뿐이었다.

황세연

도진기

컨트롤 엑스

0. 나현

엔터키를 눌렀다. 1호기의 주사터널현미경은 안에 든 '축구 공'을 오르락내리락하며 스캔하기 시작했다. 동시에 축구공 은 바람에 모래성이 쓸려가듯 분해되고 있었다. 잠시 후 공은 완전히 사라졌다.

키보드를 한 번 더 두드렸다. 컨트롤 키와 브이. 2호기로 '붙여넣기' 명령.

위잉위이잉. 2호기가 동작하기 시작했다.

욕조 모양의 넓고 긴 수조 안. 파랗다 못해 투명한 물이 담겨 있다. 저 물은 옮겨지는 물체를 불순물이 들어가지 않는 순수한 상태로 유지하기 위한 것이면서 동시에 경우에 따라 물체를 구성하는 소스가 되기도 한다.

2호기 안 물에 잠긴 바늘 모양의 노즐 끝에서 조금씩 실 체가 만들어지고 있었다.

이윽고 종료를 알리는 음이 울렸다. 두근거리는 마음으 로 2호기 유리창 안을 들여다보았다. 조금 전 1호기 안에서 사라졌던 축구공이 물 위에 모습을 드러내 있었다. 가슴이 세 차게 방망이질 쳤다.

2호기 문을 개방하고 조심스레 축구공을 꺼냈다.

완벽하다. 1호기에 넣었던 축구공과 조금도 다르지 않다. 탱탱한 공기압, 별 모양의 도안도 같고, 표면에 풀린 실밥마저 그대로다.

축구공을 그대로 스캔기에 집어넣었다. 컴퓨터로 결과를 체크했다.

조금 전 1호기에 넣었던 축구공과 모든 데이터가 완벽하게 일치했다.

모니터에는 '같은 대상'이라는 메시지가 떴다.

"박사님! 성공입니다!"

조수인 심형섭 군이 기쁨에 겨워 소리쳤다. 나도 손이 떨린 나머지 들고 있던 축구공을 떨어뜨리고 말았다. 공은 연구실 바닥에 몇 번 튀다가 멈추었다. 심형섭 군은 공을 조심스레 들어올렸다.

"박사님. 함부로 취급하시면 안 됩니다. 이건 기념물이에요. 20세기의 복제양 돌리 같은 실험 1호인 거죠. 하하하!"

심형섭 군은 그렇게 말하며 활짝 웃고 있었다.

나는 감격에 겨워 양손으로 얼굴을 쓸어내렸다.

아아.

드디어 완성했다.

대체로는 문명의 모든 기술이 비슷한 수준으로 발맞추어 발달한다고 보지만, 특정 분야에서 비약적인 발전을 이루는 때가 있다. 수백 수천 년 일찍 세상에 나타난 물건들이 있다. 이름하여 오파츠. 인류가 전부 돌도끼를 휘두르던 시절 사막에 우뚝 선 이집트의 피라미드가 그렇고, 인더스 문명에서 발견된 핵전쟁 흔적, 고대 그리스에서 만든 세계 최초의 컴퓨터 안티키테라의 기계, 청동기 문명의 천문 관측을 보여주는 네브라의 스카이디스크, 잉카 문명의 미스터리한 건축기술로 세운 마추픽추 같은 게 그럴 거다. 인류 문명사에 불쑥 등장한 천재. 그들이 만든 위대한 유산들: 그런 것에 비하면 내 발명품은 오파츠에 끼지 못할지도 모른다. 당대의 기술을 넘어 아무도 도달하지 못한 영역을 밟았다고는 하지만 특정 부분에서 겨우 3, 40년 앞선 정도일까. 하지만 난 지금 기쁨에, 자부심에 심장이 터져나갈 듯하다.

물체 전송기. 인류사를 바꿀 이 혁명적 나노 기술을 나는 드디어 손에 넣었다.

모든 물질은 원자로 구성돼 있다. 그 원자는 비어 있다. 원자를 축구장만 한 크기로 가정한다면 가운데 원자핵은 좁쌀 한 톨보다 작고, 전자는 운동장 외곽의 담에 붙어 있다. 이 세상은 이렇게 텅 빈 단위로 구성되어 있고, 이론적으로는 물체가, 인간이 벽을 통과할 수 있다. 그것을 가능하게 하는 것이 양자역학의 원리다. 모든 입자는 서로 다른 여러 개의 상태에 동시에 존재한다. 그리고 당신은 한 지점에서 갑자기 사라졌다가 다른 지점에 나타날 수 있다.

궁극의 물리학은 개개의 원자를 조작하여 필요한 분자를 만들어낼 수도 있다. 이론적으로는 그렇다. 그리고 난 그걸 실현시켰다. 물론 인류가 당대에 도달한 몇 가지 혁신적인 기술의 힘을 빌렸다. 우선 양자컴퓨터. 개개의 원자가 연산을 수행하는 가공할 그 코드 해독 능력이 없었다면 물체를 원자 단위로 분해하여 전송한다는 몽상은 시작되지도 못했을 것이다. 얼마 전 최초로 등장한 양자컴퓨터는 비록 초기 모델임에도 억만 겹의 비트코인 보안을 해킹해서 전 세계의 가상화폐를 폐기시켜버리는 위엄을 보여주었다. 그리고 내가 연구해온 나노봇. 무한한 자기복제가 가능한 이것들은 분자의 특성을 파악하고 정확한 지점에서 자르고, 분해된 원자를 프로그램에 따라 다른 형태로 재배열시킬 수 있다. 또 비약적으로 발전한 3D 프린터 덕분에 설계도에 따라 완벽하게 형태를 재현할 수 있게 됐다. 지금 눈앞에 있는 이 축구공처럼.

조작은 전혀 복잡하지 않다. 양자컴퓨터라고 하지만 성능만이 압도적일 뿐 조작이 다를 건 없다. 나는 키보드를 이용해 윈도우 OS의 명령어를 입력해서 조작할 수 있도록 프로그램 세팅을 했다. 그렇다면 상용화도 시간문제다. 이 발명이 인간 사회를 얼마나 바꾸어놓을지, 짐작도 되지 않는다.

물건 전송은 완벽하게 성공했다. 그렇다면.
생물은 어떨까?
그리고… 인간은?

1. 태수

휴대전화는 며칠 전에 이미 꺼두었다. 경찰이 당장은 추적하지 못할 것이다.

동서울터미널 대합실에 앉아 있는데 한 남자가 다가왔다.

"강태수 씨입니까?"

"네. 맞습니다. 나현 박사님?"

박사는 말없이 고개를 끄덕했다.

이 사람이 나현? 생각했던 모습과는 차이가 있다. 유명한 과학자라고 해서 나이가 지긋하고 머리가 희끗한 노인을 상상했는데, 거리에서 흔히 볼 수 있는 중년 남자다. 옷을 좀 깔끔하게 차려입었을 뿐. 그저 금속테 안경에서 약간의 지성이 느껴진달까.

"가실까요."

박사는 별말 없이 등을 돌리더니 앞장섰다. 그는 이미 내 몫의 버스표까지 사두었다. 우리 두 사람의 티켓은 휴대전화에 코드로 입력되어 있다. 박사와 나는 버스에 올랐다. 힐끗 보니 강원도행이다. 무인으로 운영되는 이 버스는 박사가 정해둔 알지 못하는 행선지로 나를 실어다 줄 모양이다.

나현 박사. 이 수수께끼 같은 남자 쪽에서 어떻게 알았는지 내게 먼저 연락을 취해왔다. 경찰에 수배 중인 나에게 숨을 곳을 제공해주겠다는 거였다. 대량의 마약을 수입한 혐의로 경찰에 쫓기고 있던 절박한 내겐 구명의 동아줄 같은 제안이었다.

'약에 전 썩어빠진 미국 유학생'이 언론에 드러난 내 이미지였고, 그건 뭐, 어떤 면으로는 제대로 본 거였다. DNA 조작으로 만들어진 신약이랍시고 몇 가지 약물을 한국에 들여왔는데, 그중에는 마약도 있고 독약도 있었다. 마약은 내가 몸소 체험한 것들 중 효과가 좋은 것들만 엄선했다. 신종

LSD를 들이마시고 혼자 브로드웨이 극장에 앉아 〈오페라의 유령〉을 들을 때의 짜릿함은 잊을 수 없다. 레드락 공연장에서 짝퉁 밴드가 연주한 〈스테어웨이 투 헤븐〉도 엑스터시에 취해 들으니 괜찮았다. 내 음악 취향이 올드하다고 말하는 사람도 있지만, 모르는 소리다. 약 먹고 가기에는 20세기 록이 최고다.

난 나름 사람들에게 도움이 된다고 믿는다. 영화 수입 업자들도 재밌는 것들만 골라 들여오지 않는가? 덕분에 관객은 쓰레기 영화에 얻어걸려 날리는 시간을 절약하는 거고. 나도 수많은 약물 중에 좋은 것만을 골라 한국에 들여오는 역할을 했다. 물건을 사줄 조직은 얼마든지 있었다. 그자들이 약을 가지고 뭘 하려는지는 모른다. 아니, 실은 알고 있지만 내 관심 밖이라고 해야겠다. 어차피 약쟁이들한테 팔거나, 범죄에 이용하려는 거겠지. 다른 용도가 있을까?

내가 약을 들여오기 시작한 것은 그저 총보다 판매하기가 쉽고 수익이 높기 때문이었다. 한국 내 조직은 거의 무장이 완료되었다. 3D 프린터로 총기가 불법으로 대량 제작되고 있어 총기 시장은 이미 포화상태다. 약이 그나마 블루오션이었는데, 이렇게 되고 말았다.

내가 들여온 약은 약 30킬로그램. 체포되면 최하 30년형 예약이다. 쫓기는 몸이 되고 보니 생각보다 낭패였다. 땅이 넓고 연방제인 미국에는 얼마든지 숨을 곳이 있었다. 수틀리면 멕시코로 넘어가 버리면 된다. 하지만 한국은 다르다. 이 나라에는 숨을 곳이 없었다. 여기서는 누군가 은신처를 제공하고 도와주지 않으면 도망자 생활이 불가능하다는 걸 깨달았다. 절박하던 내게 박사가 손을 내민 것이었다.

그동안 힘들었던 탓일까. 버스에 타자마자 난 잠에 빠져들었다.

"여긴 뭐 하는 곳이죠?"

묘한 곳에 묘한 건물이 서 있었다.

고속버스가 도착한 곳은 강원도 영월. 거기서 박사의 차를 타고 산길을 굽이굽이 접어들었다. 마치 속세를 떠나는 듯한 여정이었다. 구름이 맴도는 고갯길을 몇 번이나 넘었을까. 재를 넘은 차는 골짜기를 향해 아래로 내달렸다. 어느 평평한 계곡 가에 도달했을 무렵, 모퉁이를 도는 순간 돌연 시야가 확 트이면서 커다란 건물이 나타났다.

"저의 집이자 개인 연구소죠. 여기는 아무도 찾지 않습니다. 물론 경찰도요."

박사는 은근한 눈빛을 보내며 웃었다. 마지막 말은 특히 마음에 들었다. 당장 혈안이 되어 나를 찾고 있을 경찰을 생각하면 이만한 은신처도 없으리라.

집이라고 하기에는 너무나도 큰 건물이다. 안으로 들어가 복도를 지나자 작은 강당만 한 공간이 나왔다. 박사의 연구실이라고 했다. 미국에서도 보지 못한 커다란 컴퓨터가 있었다. MRI 기계 같은 것도 눈에 들어왔다.

"이건 의료 장비인가요?"

"일종의… 그런 거죠."

"아, 의사십니까?"

"아뇨. 공학자입니다. 나노 공학을 연구하고 있죠."

박사가 말을 얼버무렸는데, 이때만 해도 이상한 낌새를 느끼지 못했다. 박사가 무슨 연구를 하든 어떤 장비를 쓰든 내 관심사는 아니었으니까. 하지만 이때 알아챘어야 했다. 나노 공학이 뭔지는 모르겠지만 첨단 기술인 것 같은데, 이런 산속에 이상한 장비를 두고 연구를 진행한다는 것부터가 정상이 아니지 않은가 말이다.

박사는 나보다 훨씬 더 정상이 아닌 인간이란 사실을 얼마 후에야 알게 되었다.

음식은 전혀 아쉬움이 없었다. 매일 아침 신선한 채소와 밀 키트가 드론으로 배달되었는데, 웬만한 레스토랑 요리보다 맛과 영양이 나왔다. 찌들었던 몸은 이틀 만에 거의 회복되었다.

"근데 이 큰 건물에 박사님 혼자 계세요? 연구를 혼자 하시긴 힘들 텐데."

나는 연구실 컴퓨터 앞에 앉은 박사에게 다가가 말했다.

"조수가 있었죠. 연구에 불만을 품고 얼마 전 나갔어요."

"아, 네."

조금 당황했다. 박사의 힘든 상황을 입 밖에 꺼내게 한 건가.

"괜찮아요. 연구는 거의 끝났으니까. 실은 태수 씨가 좀 도울 일이 있어요."

"네? 제가 뭘 하겠어요. 청소 정도나⋯."

"청소는 중앙집진기가 자동으로 하니까. 그런 것보다⋯."

박사가 몸을 내 쪽으로 빙글 돌리고서 말했다.

"태수 씨 건강을 한번 체크해보죠."

"제 건강을요?"

"네. 저 침대 위에 누우시면 됩니다."

박사는 MRI처럼 생긴 기계에서 혀처럼 툭 튀어나온 침대를 가리켰다. 다소 갑작스러운 말에 나는 손을 내저었다.

"건강 상태는 좋은데요. 검진 같은 거 안 해도 됩니다."

"해보세요. 이건 태수 씨의 건강을 위해서지만 제 연구 데이터 수집을 위해서기도 해요."

"데이터요?"

"태수 씨는 약에 절어 있는 걸로 아는데요."

"…네."

숨길 수 없다. 약 딜러는 대개 중독자니까.

"그런 신체를 구하기란 쉽지 않죠. 흥미가 있습니다. 특이한 데이터를 뽑을 수 있다면 제 연구에 큰 도움이 되겠죠."

"그래도…."

"태수 씨."

박사의 눈빛이 엄격했다. 조금 위축됐다.

"…네."

"마약범을 숨겨준 나도 범인 은닉죄가 됩니다. 그걸 감수하고 태수 씨를 데려와 음식도 제공해주고 있어요. 신체 데이터 정도 얻어내는 게 무리일까요?"

편의를 봐주는 만큼 연구 데이터를 제공해달라, 이건가. 기브 앤 테이크. 하긴, 애당초 일면식도 없는 날 괜히 도와줄 리가 없겠지.

박사는 진지했다. 난 바로 깨달았다. 박사의 시설에서 숨어 지내려면 그의 요구에 응하는 수밖에 없다는 걸. 거절하면 여기서 나가야 한다. 다시 도망자 신세로 전락하고, 곧 경찰에 체포당하리라. 뭐, 팔다리를 자르겠다는 것도 아니고, 약쟁이의 신체 데이터를 측정하고 싶다는데, 괜찮겠지.

"알겠습니다."

이왕 할 거, 기분 좋게 응하기로 했다.

그제야 박사의 얼굴에 온화한 빛이 돌아왔다.

나는 박사가 시키는 대로 몸을 깨끗이 씻고 벌거벗은 채로 침대 위에 누웠다. 예전에 MRI를 찍어본 일이 있는데, 그때와 비슷했다. 다만 그것보다 훨씬 큰 기계였고, 침대가 들어갈 곳은 마치 방처럼 되어 있다는 점이 달랐다.

"자, 이제 곧 기계 안으로 들어갈 거예요. 바로 스캔이 시작됩니다. 태수 씬 눈을 감고 잠시 잠을 잔다고 생각하면 돼요."

침대는 위잉 소리를 내며 기계 안으로 빨려 들어갔다.

기계에 누워 있으려니 강렬한 불빛이 점멸했다. 나는 눈을 감았다. 곧 몽롱한 상태로 접어들었다.

'잠깐.'

문득 이상한 생각이 들었다.

'박사는 나노 공학을 연구한다고 했는데, 왜 내 신체 데이터가 필요하지?'

하지만 이미 늦었다. 내 몸은 침대에 고정되어 있고, 침대는 거대한 방처럼 생긴 기계 안에 들어와 있었다.

침대는 약간 기울어져 있었다. 박사가 컴퓨터 앞에 앉아 키보드를 두드리는 모습이 유리창 너머로 비스듬하게 보였다.

"엔터!"

박사의 입술이 그렇게 말한 것 같다. 박사는 마치 의식을 거행하듯이 소리 내 말하며 키보드를 내리쳤다. 보기보다 연극적인 면이 있는 사람이다.

게슴츠레 뜬 눈에 빛이 난잡하게 명멸했다. 이윽고 스캐너 같은 것이 내 몸을 훑는 느낌이 들었다.

난 잠이 들었다.

코 밑에서 물이 찰랑거리는 느낌이 들었다. 실제로는 목 근처까지 물에 잠겨 있었는데, 느낌이 그랬던 모양이다.

몸은 묶여 있지 않았다. 그저 물에 잠긴 채 비스듬하게 기울인 침대 같은 것 위에 몸이 놓여 있을 뿐이었다. 여전히 기계 안이었다. 그런데 조금 전 들어온 기계와는 어딘가 다른 것 같다. 유리창이 있고 그 너머로 박사의 모습이 보인다는 점은 같았다.

박사가 유리창에 얼굴을 바싹 대고 있었다. 그는 활짝 웃고 있었다. 입술을 크게 움직였는데, 무슨 말을 하는지는 알 수 없었다.

위잉, 소리가 들리고 기계의 문이 열렸다. 나는 몸을 움직여 물에 잠긴 침대에서 빠져나왔다. 들어올 때와 마찬가지로 알몸이었다. 나는 기계의 문을 통해 밖으로 나갔다.

"성공이야!"

박사가 활짝 웃으며 밖으로 나온 나를 맞이했다.

그는 수건으로 몸을 가려줄 생각도 하지 않았다. 자신의 손으로 내 어깨와 팔, 가슴팍, 배, 다리 등을 연신 훑어댔다.

마치 내가 무덤에서 돌아오기라도 한 듯이.

나는 박사를 밀어내고 주변을 둘러보았다.

이상했다. 내가 지금 걸어 나온 기계는 좀 전에 내가 들어간 기계가 아니었다. 그 옆에 붙은 다른 기계였다.

"어떻게 된 거죠? 측정은 다 끝난 건가요?"

"물론이야, 물론! 성공이지! 자, 봐요. 태수 씨! 당신이 지금 걸어 나온 곳을!"

나는 벗어두었던 옷을 주섬주섬 걸쳐 입으며 다시금 주변을 둘러보았다.

내가 들어간 기계와 나온 기계는 달랐다.

자는 동안 장소를 옮겨 측정한 건가?

하지만 그건 아니었다.

"태수 씨는 역사적인 사건의 주인공이 된 겁니다!"

이어 박사의 입에서 나온 말은 나를 기절초풍하게 만들었다.

"태수 씨는 지금 막 전송된 거예요!"

"전송이요? 그게 무슨 말입니까?"

"이건 물체 전송기예요. 아니, 이젠 인체 전송기라고 해야겠죠!"

"인체 전송? 자는 동안 기계를 옮긴 게 아니고요?"

"조금 전에 들어간 기계, 그건 1호기이고 송신기예요. 태수 씨가 지금 막 나온 게 2호기이자 수신기죠. 금방 1호기에서 2호기로 태수 씨를 전송한 겁니다."

정신이 아득해졌다. 나를 전송했다고? 전송 실험을 한 거라고?

"나는 최근 무한한 자기복제가 가능한 나노봇 개발에 성공했어요. 그리고 내가 조금 전에 만진 건 양자컴퓨텁니다. 태수 씨가 과학계 소식을 아는지는 모르겠지만 인류의 위대한 지성이 최근 개발에 성공한 걸작이죠. 그 두 가지 첨단 기술을 합쳐서 물체 전송에 성공했고, 드디어 인간 전송에도 성공한 겁니다!"

"뭐, 뭐야… 전송? 나를? 이 개자식이!"

나는 화가 머리끝까지 나서 박사의 멱살을 잡았다.

"나, 날 갖고 실험을 했어! 내가 모르모트야? 쥐새끼냐고!"

하지만 박사는 히죽 웃고만 있었다. 그는 멱살을 잡힌 채로 말했다.

"내가 숨겨주지 않았으면 넌 어차피 감방 신세야. 지금의 처지가 그보다 못할 건 하나도 없지 않은가?"

왠지 기운이 쭉 빠져서 나는 손을 놓고 말았다.

내 몸을 다시금 찬찬히 둘러보았다. 손과 발을 까딱거려보았다. 아무튼, 다행히 난 멀쩡한 것 같다. 그 사실이 무엇보다 위안이었다.

인간 전송에 성공한 박사는 벅찼는지, 계속 지껄이고 있었다.

"이 산골짜기에 연구실을 만든 것도 다 이 실험 때문이었어. 양자컴퓨터의 가장 큰 적은 원자의 미묘한 특성을 붕괴시키는 소음이나 잡신호거든. 도시에서는 그런 방해를 피할 수 없어. 그래서 이 산골까지 온 거야. 물론 이 계곡의 순도 높은 물이 필요하기도 했고."

알고 싶지도 않고, 알 필요도 없는 이야기들이다. 하지만 박사는 계속 주절댔다.

"1호기에서 강태수라는 인간을 완전히 스캔하고 분해했어. 그걸 양자컴퓨터가 원자 단위로 데이터를 받아 소프트웨어로 만들고 2호기로 전송해서 나노봇이 강태수를 재구성해냈지. 저 위대한 양자컴퓨터도 1호기로 들어간 강태수와 2호기에서 나온 강태수는 동일인이라고 판정했어. 당신은 원자까지 강태수야! 더 혁신적인 건 말이야, 양자컴퓨터라고 해서 특별히 복잡한 조작도 필요 없어. 이 모든 걸 윈도우의 명령으로 통제할 수 있도록 프로그램화해두었어. 1호기에서 컨트롤 엑스, 2호기에 컨트롤 브이로 붙여넣기. 그리고 엔터. 그게 다야. 하하하하하!"

박사는 엉뚱한 지점에서 실컷 웃고는 나를 똑바로 쳐다보며 말했다.

"그렇게 화낼 필요도 없어."

"뭐?"

"이 실험은 거의 성공이 보장된 거였어. 이미 생물체 실험을 여러 번 했거든. 벌레부터 시작해 개구리, 개, 고양이까지."

"하지만 사람…은 다르잖아."

"같다는 게 증명됐지. 오늘 실험으로."

"…왜 내게 미리 알려주지 않았어?"

"알렸다면 순순히 응하지 않을 수도 있으니까. 싫다고 여길 떠나버리면 난 닭 쫓던 개가 되는 거잖아."

"헛소리 마!"

"당신한테도 나쁜 실험이 아니야."

"뭐라고!"

너무나도 뻔뻔한 말에 화가 났다.

"이 실험이 성공하면 누구보다 태수 씨가 혜택을 볼 거야. 2호기를 만약에 부산쯤에 하나 만들어두면 어떨까? 만에 하나 경찰이 여기까지 추적해왔을 때 부산의 2호기로 태수 씨를 보내버리면 돼. 어때? 내 첫 실험체가 되어준 의리로 그 정도 일은 해줄 용의가 있는데."

박사는 또 히죽 웃었다.

난 힘이 빠져 더 대꾸할 말을 잃었다.

박사의 말에 은근히 설득되었고, 솔깃하기까지 했던 탓도 있었다.

나도 모르게 시계를 보았다. 내가 처음 침대에 누웠던 때로부터 두 시간도 채 지나지 않았다.

1호기의 문이 빠끔히 열려 있었다. 내가 조금 전 누워 있던 침대는 텅 비어 있었다.

일주일이 지났다.

처음에 머리가 지끈지끈하고 몸이 찌뿌드드한 건 기분 탓일 거라 여겼다. 하지만 아니었다. 그건 실제적인 통증이었다. 약간의 몸살기 같은 건 금방 사라졌다. 하지만 두통은 멈추지 않았다. 머리 한구석에 늘 떠 있는 은근하고 불쾌한 고통. 그 찜찜함은 겪어보지 않은 사람은 모른다.

아무래도 전송 실험이 마음에 걸린다. 아침 식사 자리에서 말했다.

"박사님. 왜 이렇게 머리가 아프죠?"

"머리가 아프다고?"

"지난번 실험 이후로 쭉 아픕니다."

"…감기몸살인가?"

박사는 대수롭지 않게 말했다.

"분명히 그런 건 아닙니다. 처음 겪어보는 괴상한 두통이에요."

"흠."

박사는 커피 잔을 기울이다가 식탁에 내려놓고 이마에 주름을 만들었다. 무언가 걱정하는 듯한 얼굴.

"아무래도 전송 실험에서 어떤 문제가 있는 거 같은데요."

"그럴 리는 없어."

박사는 단호하게 고개를 저었다.

"모든 과정은 양자컴퓨터와 나노봇이 수행했어. 오류는 있을 수 없어."

"하지만 실제로 이렇게 두통이 있는…."

"심리적 충격일 거야."

"그래도 잘못될 수 있는 게 실험이잖아요. 그러니까 테스트도 한 거고…."

"태수, 자네 중독자잖아. 약 때문 아닌가?"

박사는 자존심에 상처를 입은 듯했다. 목소리에 분노가 섞여 있었다.

약. 마약쟁이. 맞는 말이다. 하지만 그게 전송과 무슨 상관이 있단 말인가.

절대 실험의 오류를 인정하지 않으려는 박사를 상대로

도진기

더 캐물을 수는 없었다.

"아무튼 아프다니까 걱정이야. 다른 이상 징후가 있으면 이야기해줘."

그 말을 남기고 박사는 식탁에서 일어났다.

약간의 두통으로 끝났다면 다행이었겠지만 상황은 더 나빠졌다. 한번씩 극도의 두통이 찾아왔다. 마치 금강권을 두른 손오공이 이렇지 않을까 싶을 만큼 아팠다. 나는 방바닥에 데굴데굴 굴렀고, 차라리 두개골을 부숴버리고 싶었다.

통증은 차츰 더 빨리, 더 자주 찾아왔다. 도저히 견딜 수 없어 박사에게 말했지만 여전히 실험과는 관계없다는 대답뿐이었다. 그러면서도 아픈 나를 걱정하는 척은 했다. 두통약을 주고, 통증에 대해 자세히 말해달라고도 했다.

"두통약이 전혀 소용없어요. 이럴 바에야 차라리 내가 들여온 마약을 먹고 잊으면 좋겠는데…."

그 약은 대부분 경찰에 압수되었다. 손도 발도 쓸 수 없는 상태였다.

그렇게 말하다가 문득 생각이 났다. 내가 들여온 약물 중에는 독극물도 있었다. 일부는 경찰의 눈에서 벗어나 따로 은밀한 장소에 보관되어 있다. 차라리 그걸 먹고 죽어버린다면…. 그런 유혹에 빠질 만큼 나는 극심한 고통 앞에 어쩔 줄 몰라 했다.

서서히 깨달았다. 박사가 걱정하는 건 내 건강이 아니었다. 자신의 실험에 어떤 흠집이 났을까 봐서다. 박사가 학회 보고니 언론 보도니 법석을 떨 줄 알았는데 조용하다는 것도 이상했다. 그가 내 옆에 바짝 붙어 같이 지내고 있는 것도, 지금 이렇게 내 앞에 앉은 것도 어쩌면 실험 후의 관찰 과정인 것 같았다. 박사는 그저 알고 싶은 것이다. 확실한 실험의 성공을.

결국 난 미완성의 실험에 바쳐진 제물이었다.

제길… 제길!

더러운 개자식!

도대체 내게 무슨 짓을 한 거야!

박사를 죽여야겠다고 결심한 건 그로부터 얼마 후였다.

두통이 조금 잠잠해져 건물 밖으로 나갔다. 박사는 방에 틀어박혀 무언가를 쓰고 있었다.

나는 신선한 공기를 마시며 계곡 이곳저곳을 걸어 다녔다.

마음이 그래서였을까, 굳이 길 아닌 곳으로 큰 나무 몇 개를 헤치며 들어갔다. 수풀이 우거져서 지나칠 뻔했는데, 조그마한 동굴이 있었다. 괜히 들어가 보고 싶어졌다. 탐험하는 기분도 났다.

입구의 식물을 걷어내고 동굴 안으로 발을 들이밀었다.

몇 걸음 걷지 않아 끝에 다다랐다. 동굴이라기보다는 작은 굴에 가까웠다. 빛이 안을 비추고 있어 사물을 분간할 수 있을 정도였다.

헉.

나는 놀라 주먹을 입에 처넣었다. 영화에서 주먹을 입에 갖다 대는 장면을 보면 작위적이라고 생각해왔는데, 정작 내

도진기

가 그렇게 할 줄은 몰랐다.

눈앞에 사람이 있었다. 아니, 그건 이상한 '물체'였다.

내장 덩어리 같은 것이 뒤엉켜 있었다. 그것은 사람의 형체를 이루고 있었다.

덩어리 안으로 뼈가 보였다. 두개골은 없었고, 뇌 같은 것이 이빨 위에 놓여 있었다.

나는 주먹을 입에서 빼고, 나뭇가지로 내장을 뒤적여 보았다.

뒤엉킨 창자, 간으로 짓눌린 위장, 그 안에는 피부가 벗겨진 근육이 뭉쳐져 있고… 사람의 골격 위에 내장이 붙어 있는 '어떤 것'이었다.

지구상에 존재하는 어떤 생물도 아니었다. 어떤 공상과학 영화나 공포 영화에서도 본 적 없는 것이었다. 하지만 '사람'이었다.

그 생경한 물체 옆에 익숙한 무언가가 떨어져 있었다. 자세히 들여다보니 밀 키트 조각이었다.

그때 직감했다. 박사의 조수. 연구에 불만을 품고 연구 막바지에 사라졌다던 그 사람.

그는 물체 전송기의 첫 인간 실험체가 아니었을까. 실험 오류로 이렇게 엉망으로 재조립된 채 여기에 버려진 게 아닐까. 아니, 어쩌면 제 발로 연구소를 나와 여기서 생을 마감한 건지도 모른다. 이것도 '생'이라고 할 수 있다면 말이다.

어쩌면 이 초기 실험에서는 양자컴퓨터나 프로그램 오류로 인간 몸의 내외부가 뒤바뀌어버린 건지도 모른다. 그걸 교정한 후 박사가 새 실험 대상으로 고른 것이 바로 나, 마약쟁이 강태수. 여기서 어떤 형태로 뭉개 없어져도 뒤탈이 없는 인간.

이런 개 같은….

개자식.

박사는 진정한 개자식이다.

"걱정했어. 며칠 동안 외출한다고 해서."

그 일이 있은 후, 나는 며칠 동안 외출했다가 돌아왔다. 들이켠 찻잔을 테이블에 놓으며 웃는 박사의 모습이 마치 늑대 같다.

걱정했다고? 나를? 설마.

"경찰은 코빼기도 안 보였어요. 생각보다 너무 멀쩡하던데요. 이제 조금씩 외출해도 될 것 같아요."

"아냐. 방심하면 안 돼. 당분간은 여기 있어."

날 걱정하는 게 아니겠지. 내가 이곳을 나가버리면 관찰이 곤란해지니까. 성공의 증거물이 사라지는 거니까.

"두통은 좀 어때?"

"괜찮아졌어요."

거짓말이었다. 조금 전 또다시 두통이 찾아왔다.

마치 총알이 머릿속을 헤집고 다니는 것 같다.

"그건 그렇고."

내가 말했다.

"박사님 몸 걱정을 먼저 하셔야겠어요."

"아냐. 난 멀쩡해. 너무."

"그동안은 건강했던 거겠죠."

도진기

"좋다니깐."

"앞으로는 좀 안 좋아지실 것 같아서요."

"응?"

박사는 이제야 무언가 이상한 느낌을 받은 모양이다.

"제가 외출해서 어딜 좀 들렀어요. 저한테 극약이 몇 종류 있었어요. 그건 딴 데 보관해두었는데, 다행히 경찰이 몰라요. 거기 좀 다녀왔죠."

"그, 그래서?"

박사의 음성이 떨렸다. 역시 눈치가 빠른 사람이다.

"지금 박사님이 마지막 한 방울까지 비운 찻잔에 넣어두었어요. 걱정 마세요. 전문 독약이 아니라 당장 효과가 나오진 않고요. 서서히 몸이 가물가물하다가 며칠 내로 사망하실 거예요. 고통이 없대요. 그래서 안락사용 약물로 요즘 비싸게 팔리고 있죠."

"너… 너, 강태수!"

박사는 내 말이 거짓이 아니란 것을 금방 알았다. 늘 뱀 같다고 생각했던 그 눈이 희번덕거리고 있었다. 오랜 만에 희열이 느껴졌다.

"…왜 그랬지?"

"왜 그랬냐고요? 정말 몰라서 묻는 겁니까?"

"왜….."

말을 반복하는 박사의 태도에 그만 울컥해버렸다. 나는 손가락으로 내 머리를 가리키며 목청을 높였다.

"이 고통! 이 죽을 것 같은 머릿속 고통! 전부 당신 때문이야! 날 실험실 생쥐로 사용했어! 날 속여서 저 돼먹지 못한 기계 안에 집어넣었어!"

"동물 실험에 이미 여러 번 성공했어. 오차가 있을 수 없는 안전한 실험이었다고⋯."

"당신 조수는!"

"⋯뭐?"

박사는 멈칫했다.

"계곡 뒤 동굴에서 봤어. 뼈와 내장이 뒤집어진 인간 비슷한 물건! 그거 실험실을 나갔다던 당신 조수잖아! 인간 실험에 실패해놓고서 날 다음 제물로 삼은 거야!"

"심형섭이가 동굴에 가서 죽었나? 어쩐지⋯."

박사는 내 말에는 아랑곳하지 않고 고개를 갸우뚱하며 혼잣말처럼 말했다. 아마도 심형섭이라는 조수는 절망감에 연구실을 나가서 인근을 방황하다가 동굴에서 생을 마감한 모양이다.

이 인간을 상대로 더 열 올려봐야 내 꼴만 우습다. 난 다시 목소리를 낮추었다.

"아무튼 같이 갑시다. 박사님. 나도 이렇게 두통을 안고 사느니 좋은 약 먹고 인생 종 댕댕 칠 생각이니까."

박사는 내 말에 관심을 보이지 않았다. 조금 전 자신이 비운 찻잔을 들더니 꼼꼼히 들여다보고 냄새를 맡았다. 이윽고 잔을 내려놓고서 말했다.

"아무래도 네 말이 맞는 거 같군. 이물질이 있어. 약하지만 화합물 냄새도 나고. 아주 비싼 약을 넣은 것 같아."

박사는 나를 돌아보았다.

"태수 씨. 난 며칠을 더 살 수 있는 건가?"

"일주일은 더 세상을 볼 수 있을 겁니다. 그러곤 고통 없이 죽는 거죠. 박사님이 내게 한 짓에 비하면 크게 자비를 베푼 거겠죠? 난 죽을 듯한 두통을 맛보고 있으니까."

"일주일이라… 꽤 긴데. 한 가지 궁금한 게 있어."

"뭐죠?"

"지금 내가 병원에 달려간다면 살 수도 있을 텐데, 왜 독을 먹였단 걸 굳이 알려준 거지?"

나는 빙그레 웃었다. 복수의 가장 달콤한 순간이다.

"해독제가 있습니다만, 워낙 특별해서 그 약을 제조한 애들만 만들 수 있어요. 지금 브루클린 뒷골목에서 버번이나 빨고 있을걸요. 병원에 가봐야 치료할 수도 없는 거죠. 그러니까 박사님은 죽음의 공포를 일주일 동안 실컷 맛보시라는 겁니다. 그래서 알려드렸어요. 모르고 멀쩡히 생활하다가 픽 쓰러져 고통 없이 죽으면 너무 싱겁잖아요? 복수하는 기분도 안 나고요."

"해독제는… 가지고 있나?"

"물론 수입할 때 같이 들여오긴 했죠. 독 보관 장소에 같이 두었고요. 하지만 꿈 깨시죠. 제가 그걸 건네줄 일은 절대 없으니까요. 바로 눈앞의 제가 치료제를 가지고 있는데도 손 한번 못 써보고 죽어가는 심정, 바로 그걸 느끼셔야 하니까요."

"그런가…."

박사는 곰곰이 생각에 잠겼다. 마치 점심 메뉴를 고민하는 듯하다.

조금은 당황스러웠다. 죽음이 임박했고, 해독제가 있지

만 주지 않을 거라고도 알렸는데, 너무 평온하다. 지금 내 앞에서 무릎 꿇고 울고불고 사정해야 하는 거 아닌가? 어차피 내가 마음 변하지 않을 걸 알고 자존심이나마 지키자, 이건가? 이런 게 학자의 이성이란 건가?

박사는 이윽고 고개를 들었고, 컴퓨터 모니터 앞으로 의자를 당겨 앉았다. 잠시 후 손짓으로 나를 불렀다.

"이리 와봐."

이 무슨 꿍꿍이일까. 아무튼 나는 궁금증에 모니터 앞으로 다가갔다.

화면에는 진료 차트 같은 것이 떠 있었다. 놀랍게도 내가 두통을 호소한 날짜, 시각, 증세 등이 상세하게 기재돼 있었다. 도무지 알아볼 수 없는 복잡한 공식도 부기되어 있었다.

"네가 두통이 있을 때마다 철저히 기록하고 분석했어. 오류는 고쳐야 하니까. 이건 자네를 위한 것이기도 하지만, 솔직히 내 실험의 완성을 위해서도 꼭 필요한 과정이야."

"그래서요?"

"최근에야 솔루션을 얻었어."

"솔루션?"

"전송 프로그램의 버그였어. 그게 뇌의 뉴런에 작용해서 두통을 유발한 거야."

"프로그램 버그가 두통을?"

음. 박사는 고개를 강하게 끄덕였다.

"두통을 해결할 방법도 알아냈어."

"두통을 해결할 수 있다고요?"

기대감으로 내 입이 저절로 벌어졌다. 너무 괴로워 목숨

도진기

을 끊을 생각까지 하게 만든 그것. 두통만 해결된다면 난 다시 살아도 된다!

"확실해."

"뭡니까?"

"한 번 더 전송하는 거야."

"전송을 한 번 더?"

고무되었던 기운이 쭉 빠졌다. 나는 움찔했다가 분노의 대사를 쏟아냈다.

"그 미친 짓을 한 번 더? 장난합니까! 전송 한 번 더 했다간 두통 정도가 아니라 온몸에 통풍이 올 겁니다! 아하, 독약 먹였다고 내게 보복하시겠다?"

"아니야."

박사는 고개를 가로젓고는 또박또박 말을 이었다.

"윈도우 버그 때문에 프로그램 오류가 생길 때 어떻게 하는지 생각해봐. 대개 프로그램을 재설치하면 해결돼. 이것도 마찬가지야. 한 번 더 전송하는 과정에서 너의 버그도 고쳐질 거야. 두통이라는 이름의 그 에러 말이지."

박사는 확신의 눈빛을 쏘아 보냈다. 그의 말보다 그 눈빛이 내게 더 믿음을 갖게 만든 건 불가사의했지만 내 맘은 이미 박사가 내민 지푸라기를 잡고 있었다. 아니, 달리 선택할 수가 없었다. 이 지긋지긋한 두통은 내게 사망선고와도 같았으니까. 이걸 피하려면 무슨 짓이든 해봐야 했다. 이걸 해결하기 위해 치르지 못할 값은 없었다.

그리고 무엇보다 나는 박사가 거역할 수 없는 카드를 갖고 있다. 내가 말했다.

"좋습니다. 만약 다시 전송하고 두통이 사라지면 박사님께 해독제를 가져다 드리겠습니다."

"음. 좋아."

"내게 해코지를 하진 않으시겠죠."

"내가 그 정도로 바보는 아니야."

"아시겠지만, 경찰에 연락해도 끝장입니다."

"아니라니깐. 그랬다간 내가 해독제를 얻을 기회도 영원히 사라지는 거 아닌가."

"역시 잘 아시네요. 이왕 하려면 모쪼록 잘하세요. 그게 박사님을 위한 길이기도 합니다."

"알았네."

두 번째로 1호기의 침대 위에 누울 때 두려움 같은 것은 없었다. 내가 잘못되었다가는 박사도 해독제를 구할 길이 없어지고 꼼짝없이 죽음을 기다리는 신세가 될 테니까.

저 천재 박사가 온 힘을 다해서 해줄 거야.

자신이 살기 위해서라도.

눈을 아래로 흘겨 뜨니 벌거벗은 내 몸이 보였다. 안녕, 잠시 후 만나.

난 침대에 누운 채 기계 안으로 스르르 빨려 들어갔다.

스캐너라 불리는 기계들이 내 몸으로 다가왔다.

유리창 밖으로 박사의 옆모습이 보였다. 컴퓨터 앞에 앉아 모니터와 나를 번갈아 보며 키보드를 두드리고 있었다.

박사의 입술이 움직이는 듯했다.

엔터.

이번에도 연극적이다.

어지러운 빛이 눈앞에 깜박였다. 부신 눈을 감았다.

난 잠이 들었다.

2. 태수

코 밑에서 물이 찰랑거리는 느낌이 들었다. 몸은 묶여 있지 않았다. 그저 물에 잠긴 채 비스듬히 기울인 침대 같은 것 위에 몸이 놓여 있을 뿐이었다.

2호기 안이었다. 유리창 너머로 박사의 모습이 보였다.

박사가 유리창에 얼굴을 바싹 대고 활짝 웃고 있었다.

재전송은 일단 성공한 모양이다.

두통은?

머릿속을 이곳저곳 더듬듯이 느껴보았다. 아직은 괜찮은 듯하다. 정말 박사의 말대로 '버그'가 고쳐진 걸까?

위잉, 소리가 들리고 기계의 문이 열렸다. 나는 몸을 움직여 물에 잠긴 침대에서 빠져나왔다. 알몸인 채로 기계의 문을 통해 밖으로 나갔다.

"축하해."

박사가 웃고 있었다.

나는 옷을 주섬주섬 챙겨 입었다.

바지 허리끈을 막 맬 때였다.

지끈, 하며 옆머리에서 통증이 올라왔다.

아아. 두통은 그대로였다.

나는 놀라 입을 벌린 채 머리를 짚었다. 고쳐지지 않았다. 박사의 솔루션은 틀렸다!

이제 해결책이 없는 건가?

"젠장!"

난 소리를 버럭 질렀다.

"두통이 그대로잖아! 어떻게 된 거야! 씨팔!"

마지막 희망이 사라졌다. 욕이 저절로 튀어나왔다.

"역시 그대로군."

박사는 차분하게 말했다. 나는 어안이 벙벙해졌다. 이자는 처음부터 날 고쳐줄 생각이 없었던 건가? 또 무슨 장난질을 친 거지?

박사가 불쑥 말했다.

"'나'는 무엇일까."

"뭐?"

"인간은 지금까지 나는 누구인가를 찾아왔어. 하지만 우리가 더 궁금해해야 할 문제는 '나'는 도대체 무엇인가, 하는 거야."

"무슨 개뼈다귀 같은 소리야!"

때와 장소에 도무지 맞지 않는 박사의 주절거림에 나는 화가 폭발해버렸다.

"당신, 독이 퍼질 때까지 기다릴 것도 없어. 지금 죽여주겠어!"

나는 박사에게 다가갔다.

진심이었다. 목을 조르든 흉기로 강타하든 내 인생을 망친 박사를 이 자리에서 살해할 작정이었다.

도진기

"잠깐."

박사가 내 앞을 가로막듯이 양손을 들었다.

"왜, 이제야 목숨이 좀 아까워졌나? 처음부터 좀 잘하지 그랬어? 예전 당신 조수처럼 전송기에 굽혀서 등신 되고도 그냥 조용히 나가서 혼자 죽을 줄 알았나? 당신 죽이고 나도 죽으면 그만이야!"

"두통 정도로 자살하긴 아깝지 않아? 좋은 진통제라면 얼마든지 있을 텐데. 네가 들여온 마약도 다 그런 종류잖아."

"그래도 박사, 당신만은 내가 죽일 거야! 날 속였고, 갖고 놀았어!"

하하하하하하하하!

놀랍게도 박사가 배를 잡고 웃어 젖혔다. 나는 놀라서 그 자리에 얼어붙었다.

이자는 미친 건가?

한참을 웃다가 멈춘 박사가 말했다.

"넌 나를 죽이면 안 돼."

"…왜?"

멍청하게도 난 왜, 라고 묻고 말았다.

"난 네 아버지니까."

"무슨 개소리야!"

"난 네 창조자야."

"이 무슨…."

"이리 와."

박사는 손가락을 까딱하고는 몇 걸음 앞으로 걸었다. 자석에 이끌리듯 나도 모르게 박사의 뒤를 따랐다.

박사는 1호기 안이 들여다보이는 유리창 안에 섰다.

"안을 봐."

나는 박사가 가리키는 대로 안을 들여다보았다.

"침대 위."

박사의 말에 내 시선은 침대를 좇았다.

헉. 난 숨을 들이켰다.

침대 위에 내가 있었다.

조금 전 1호기에 들어갔던 모습 그대로였다.

알몸. 아까 눈을 아래로 흘겨 떴을 때 보았던 내 몸 그대로였다.

나는 반사적으로 눈을 아래로 굴리며 내 몸을 훑어보았다. 손으로 내 팔뚝과 배를 쓰다듬어 보았다. 착실히, 제자리에 붙어 있다. 그렇다면 저것은….

"이, 이게 어떻게 된…."

말을 잇지 못하는 내 뒤에서 박사의 말이 들렸다.

"저건 네가 아니야. 강태수야. 아, 강태수 1이라고나 할까? 지금 넌 강태수 2라고 해야겠지."

"어떻게 된…."

난 바보같이 질문을 반복했다.

"모든 명령은 윈도우로 한다고 했지? 인간 전송은 분해 후 붙여넣기 방식이야. 즉, 1호기에서 컨트롤 엑스로 잘라낸 다음 2호기에 컨트롤 브이로 옮기는 거지. 하지만 조금 전 강태수가 1호기에 들어갔을 때 난 키보드 딱 하나만을 다르게 눌렀어. X 대신 C. 컨트롤 엑스 대신 컨트롤 시로 말이지. 알

다시피 복사해서 붙여넣기 명령이야. 그럼 강태수의 원본은 여기에 남고 2호기에는 복사본을 생성하는 명령이 되겠지? 이게 그 결과야. 아, 그리고 1호기에 들어간 이상 복사만 해도 이미 원자 단위로 분해돼 생명은 끊어져."

"이, 이, 이런…."

말을 이을 수가 없었다.

"넌 은혜를 갚아야 해. 내가 널 태어나게 했으니까. 해독제 보관 장소에 관한 강태수의 기억을 그대로 가진 채 말이야. 자, 약을 내게 가져다 줘."

박사는 입이 찢어지게 웃고 있었다. 그 모습이 늑대 같다고 느낀 적이 얼마 전에 분명히 있었는데….

박사의 말을 내 이성은 이해하고 있다. 강태수는 박사를 죽이려고 독을 먹였다. 하지만 그는 해독제가 있는 곳을 아는 유일한 인물이기도 하다. 박사는 강태수를 1호기에 집어넣고 복사 전송해버림으로써 자기 목숨을 노리는 강태수를 제거하면서 강태수의 기억을 그대로 갖고 있는 나를 만들어냈다. 그러고는 창조의 은혜를 빌미로 내게 해독제를 가져다줄 것을 요구하고 있다.

하지만. 하지만….

난 분명히 약을 밀수하고 경찰에 쫓기다가 이곳에 들어왔다. 아침마다 밀 키트를 먹고, 박사한테 속아서 물체 전송기에 들어갔다. 동굴에서 조수의 사체를 발견하고, 박사의 찻잔에 독을 넣었다. 그게 난데. 강태수인데.

신종 LSD를 들이마시고 브로드웨이 극장에 앉아 〈오페라의 유령〉을 보던 기억이 이토록 생생한데. 레드락 공연장에서 짝퉁 밴드가 연주하는 〈스테어웨이 투 헤븐〉을 들으며 뽕 갔던 것도 난데. 무엇보다 박사는 내 기억 속 원수인데. 날 망치고도 히죽히죽 웃고 있는 이 눈앞에 있는 나현 박사에 대한 이 생생한 증오심은 뭐란 말인가?

그게 강태수다. 나다.

아니, 박사의 말대로라면 난 강태수의 기억을 갖고 있는 '어떤 것'일지도 모르지만, 강태수의 기억을 갖고 있는 어떤 것이 바로 나, 강태수다. 나는 강태수 이외의 다른 무엇일 수가 없다. 무엇보다 확실한 감각이다.

저 옆에 놓인 강태수는 알 수 없고, 알 필요도 없다. 이 기억, 이 증오심은 진짜다.

그리고 내 인생을, 내 몸을 가지고 논 박사, 이 개자식은 죽어야 한다.

나는 한 걸음을 내딛었다.

딩-동-.

그때 현관 벨이 울렸다. 딩동딩동. 딩동딩동. 방문자는 다그치는 듯 거세게 벨을 눌러댔다.

박사는 휴대전화를 조작해 현관문을 열었다.

그러면서 내게 커다란 마스크를 던져주었다.

"어서 써. 살고 싶으면."

나는 잠시 어리둥절했지만 이내 무엇에 홀린 듯 박사가 시키는 대로 마스크를 썼다.

거친 발걸음으로 들어선 낯선 두 명의 남자.

"여기 강태수 있죠? 일단 체포에 협조 부탁드립니다."

도진기

그중 한 명이 신분증과 체포 영장을 꺼내 보였다. 형사들이었다.

다리에 힘이 풀렸다. 조금 전까지 살기등등했던 기세도 연기처럼 흩어져버렸다. 끝장이다. 하긴 언젠가는 닥쳐올 엔딩이었던가? 그래도… 이렇게 될 줄 알았다면 진작 체포되는 게 나았어. 괜히 도피 생활하다가 두통을 머리에 이고, 전송이니 뭐니 이상한 짓거리까지 당했잖아.

일이 이렇게 되었으니 저항하는 것도 꼴사납겠지.

양 팔목을 내밀고 막 형사들을 향해 발걸음을 내딛으려는 찰나, 박사가 뜻밖의 행동을 했다.

"이리 오시죠."

박사는 형사들을 1호기 앞으로 데리고 갔다. 침대는 어느샌가 바깥으로 튀어나와 있었다.

"강태수는 여기서 자연사했습니다."

박사는 나, 아니 강태수 1의 사체를 가리켰다.

"죽었어요?"

형사들이 놀라서 탄식하며 사체를 이리저리 뒤집어보았다. 수배 사진을 꺼내 비교해보기도 했다.

"아니, 대체 어떻게 죽은 겁니까? 혹시….."

형사 한 명이 미심쩍은 눈으로 박사를 훑어보았다.

"사체를 가지고 가서 정밀 부검을 해보시죠. 자연적인 죽음입니다. 그래서 제가 경찰에 연락한 겁니다."

박사가 일부러 경찰을 불렀군. 조금 전 전송 실험을 하던 때였던 모양이다.

박사의 말은 너스레처럼 변해갔다.

"만약 타살의 흔적이 조금이라도 나온다면 뭐, 제가 의심을 받아야겠지만, 하하하. 그렇지 않을걸요. 약물 과다 복용 탓인지 평소 힘들어했으니까요."

"그렇군요···."

형사는 입맛을 다셨다. 아쉬워하는 마음이 역력히 전해졌다. 살아서 체포해야 실적도 오르나 보다.

나는 박사의 신호를 알 것 같았다. 그가 나를 위해, 자신을 위해 내민 손.

강태수 건이, 나의 마약 밀수 사건이 종결된 것이다.

이제 진정 내게 박사가 필요해진 건지도 모른다.

혹시 내가 또 다른 '강태수'로서 체포되었을 때, 내가 누구인지, 아니 무엇인지 말해줄 수 있는 유일한 증인.

난 마스크를 쓴 채 침을 꿀꺽 삼켰다.

바로 앞 침대에 자는 듯 누운 내 사체를 바라보며 생각했다.

나는 분명히 강태수지만, 박사가 여전히 증오스럽지만, 박사에게 해독제를 가져다주어야겠다고.

전혜진

억울할 게 없는 죽음

졸다 깨다 졸다 깨기를 반복한 끝에 도착한 곳은 종점이었다. 자리에서 일어나자, 버스 기사가 규나를 쳐다보았다. 정말로 여기서 내릴 거냐고 묻기라도 하는 것 같은 표정이었다. 아니, 어쩌면 몸도 성치 않은 중년 여자가 이런 외진 곳에 무슨 볼일이 있는 건가 궁금한 것인지도 모르겠다.

어느 쪽이라도 상관없다. 남의 쓸데없는 호기심에 대답해줄 여유 따위 없었으니까. 규나는 두툼한 패딩을 단단히 여미며 버스에서 내렸다. 하지만 버스에서 내리자마자 목 위로 드러난 살갗에 한기가 훅 들러붙었다. 두껍고 무겁기만 한 패딩의 봉제선 사이로도 바람이 새어들었다. 쓰고 있는 마스크의 옆구리에서 허연 김이 새어나왔다. 그리고 한기에 이어 저릿저릿한 통증이 지긋지긋하게 들러붙었다. 규나는 자신을 내려놓고 정류장에서 출발하는 버스의 뒷모습을 쳐다보며 어깨를 움츠렸다.

"으, 진짜….."

춥고 을씨년스러운 날씨였다. 이런 날이면 의족이 연결된 허벅지 쪽이 욱신욱신 쑤셨다. 사람의 몸과 달리 의족에는 수축률이라는 게 있다. 싸늘한 날씨에 접합부가 미묘하게 수축하면, 그때마다 연결된 신경 자체가 욱신거리는 통증이 길게 이어지곤 했다. 시도 때도 없이 의족을 조절해야 하는 성장기라면 몰라도, 이미 성장이 끝난 사람은 괜찮다고, 치료를 마치고 반영구적인 의족으로 갈아끼우고 나면 통증도 불편함도 없을 거라고 의사는 말했지만, 그런 건 어디까지나 의사들의 착각이다. 아니면 사계절이 뚜렷하지 않은 나라에나 해당되는 이야기겠지. 솔직히 이런 날씨에는 어지간해선 집 밖으로 나가고 싶지도 않았다.

하나밖에 없는 남동생이 2주 전, 갑자기 사고로 죽지만 않았다면 말이다.

— 너는 무슨 애가 그렇게 매정해서는!

엄마는 딱한 사람이었다. 어쩌면 팔자가 기구한 것일지도 몰랐다. 딸인 규나는 20년 전, 대학 졸업을 코앞에 두고 교통사고를 당한 이래 전자 의족을 달게 될 때까지 16년 넘게 제대로 집 밖에 나가지도 못했다.

그리고 아들인 규빈은 마흔 살이 되자마자 죽었다. 비탈길에 주차한 차가 그대로 미끄러지며 벌어진 사고였다. 문제는 규빈이 그날 난민촌에 갔었다는 거였다. 남자가 불법적인 일로 난민촌에 가는 이유야 손으로 꼽을 수 없을 만큼 많으니 대체 무슨 짓을 하러 간 것인지는 모르겠지만, 엄마는 집 앞에서 자기 차에 깔려 죽은 규빈이 바로 난민들 때문에 죽었다고 굳게 믿었다. 그리고 규나에게 그 난민촌에 가서 어떻게 된 일인지 알아보라고 채근했다.

오늘 같은 날은 몸이 아파서 도저히 못 나가겠다고, 2, 3일 지나 날씨가 풀리면 다녀오겠다고 말했을 뿐인데. 엄마는 세상에 몹쓸 인간을 다 보았다는 듯이 소리부터 질렀다.

전혜진

그리고 대성통곡하기 시작했다.

— 아이고, 아이고… 아들이라고 하나 있는 것이 그렇게 억울하게 세상을 떠났는데… 나는 대체 어떻게 살라고… 규빈아, 규빈아!

그 울음소리를 더 듣지 못하고, 규나는 무조건 엄마에게 싹싹 빌었다. 다녀온다고, 다녀올 테니까 제발 그만하라고. 그 말을 듣자 엄마는 더욱 큰 목소리로 통곡을 했다. 누가 보면 자기가 자식을 몹쓸 곳에 등 떠밀어 보내는 줄 알겠다고. 그런 게 아니라고 한참을 달래고 나서야, 규나는 집을 나설 수 있었다.

흔히 눈에 넣어도 아프지 않을 자식이라는 말을 한다. 자식이 다치거나 아프면 부모는 몇 배는 더 마음이 아프다고도 한다. 부모가 되어 자식을 앞세우는 것만 한 고통은 없어서, 참척이라고, 단장의 고통이라는 말을 쓴다고 예전에 배운 것도 같았다. 하지만 규나는, 20년 전 자신이 한쪽 팔과 두 다리를 잃었을 때 엄마가 어떤 표정을 지었는지, 무어라 말했는지를 잠시 생각했다. 그리고 몸도 성치 않은 자신더러 이런 날씨에, 한국인은 위험하다며 어지간해선 얼씬거리지도 않는 난민촌에 다녀오라고 내모는 마음에 대해 생각했다.

— 그러면 말만 한 자식이 있는데, 이 늙은 어미보고 그 험한 데 다녀오라고?

안 가겠다고 말한 적 없었다. 날씨가 풀리면 다녀오겠다고 한 것뿐이지. 엄마는 규나가 몸 좀 불편하다고 손가락 하나 까딱할 줄 모르는, 아주 저만 아는 이기주의자라고 말하곤 했다. 하지만 규나는, 그 문제만큼은 엄마에게도 책임이 있다고 생각했다. 엄마는 아르바이트를 하던 회사의 늙수그레한 노총각 과장이 몰고 온 타이탄 점보 트럭에 팔다리가 잘려나간 규나도, 자기 차에 깔려 목숨을 잃은 규빈도 아닌, 자식에게 끔찍한 일이 일어난 엄마인 자기 자신이 세상에서 제일 불쌍한 사람이었으니까. 규빈의 죽음에 미심쩍은 구석이 있으니까 알아보고 오라며 규나의 등을 떠밀면서도, 정작 자신은 난민촌 같은 험한 곳에는 발걸음도 할 생각이 없었으니까.

규나는 흐린 하늘을 올려다보며 한숨을 쉬었다. 마스크를 단단히 쓰고 있었지만, 싸늘하고 건조한 공기에서는 이국적인 향신료 냄새가 느껴졌다. 누군가가 규나를 툭툭 치며 영어로 물었다.

"이봐요, 그거 고철 팔러 온 건가?"

규나는 흠칫 놀라며 어깨를 움츠렸다. 늙수그레한 남자가, 뭘 제대로 먹지도 못했는지 깡마른 얼굴을 하고 규나의 의수를 가리키고 있었다. 아, 그렇지. 규빈이라면 이런 일은 결코 겪지 않았을 거다. 키가 크고 육중한 정규빈은 어디 가서 싸움에 휘말리는 법이 없었다. 체구가 자그마한 엄마나, 의족과 의수 없이는 어디도 갈 수 없는 규나와는 달랐다.

특히 규나는, 밖에 나가면 여자인 데다 장애인이라는 이유로 번번이 무시를 당했다. 몇 년 전 전 세계적인 대기근이 발생하여 식량 가격이 껑충 뛰었을 무렵에는, 장애인들은 정부로부터 생활 지원을 받는다는 이유만으로 세금을 축내는 벌레라고 비난을 받았다. 아침에 문을 열면 집 앞에 쓰레기 무더기가 쌓여 있었고, 자원을 축내지 말고 나가 죽으라는 글귀가 붙어 있기도 했다. 가끔 병원에 가려고 집을 나서면, 마

전혜진

치 당연한 권리라는 듯이 규나를 졸졸 따라다니며 규나의 행적을 그대로 네트워크에 올리고 조롱하는 놈들을 몇 명은 마주치곤 했다.

— 남부끄러워서 살 수가 있어야지. 내가 어쩌다가 저 꼴까지 보고 사는지 모르겠다.

엄마는 밥상을 차리며 한탄했지만, 그 밥상 위에 올라온 식량은 규나가 장애인이기에 정부에서 지원받은 것들이었다. 5년 전부터 전기 요금이 턱없이 비싸져, 동네 사람들은 전기를 충분히 쓰지 못했지만, 규나에게는 의수와 의족을 충전할 전기 팩이 따로 제공되었다. 하지만 그 전기 팩은, 병원에 가는 데 필요한 최소한을 남겨두고는 전부 이웃집에 팔아 생활비로 써야 했다. 규나는 엄마의 그런 한탄을 들을 때 마다, 그리고 이렇게 길을 걷다가 갑자기 위협을 느끼는 순간마다, 정말로 자신이 이 세상에서 없어지면 이 집은 어떻게 될까, 팔 것조차 남지 않은 엄마는 어떻게 살아갈까 생각하곤 했다.

하지만 없어진 것은 규빈이었지.

결코 길 가다가 시비에 휘말리는 법 없는 아들, 키가 크고 덩치도 좋아, 남을 두들겨 패면 팼지 어디 가서 맞고 오는 법 없는 아들. 이렇게 세상이 험한 때일수록 더 필요하다는 아들, 아들. 규나는 눈에 힘을 주고, 자신의 의수를 꽉 붙잡은 남자를 돌아보았다.

"이쪽에 흥신소를 하는 할머니가 있다고 들었는데."

"뭐야, 한국 사람이잖아."

남자는 헛짚었다 싶었는지 고개를 저으며 어깨를 으쓱거렸다.

"가봐, 가봐. 한국 사람은 취급 안 해."

"고물상에 볼일 있어 온 거 아니니까, 흥신소 위치나 알려줘요. 다 알고 온 거니까."

흥신소라는 말에, 남자는 별일이라는 듯 규나를 위아래로 훑어보았다.

"왜, 사람 목이라도 따려고? 아줌마 팔을 그렇게 만든 놈에게 복수라도 하려는 거요?"

청부 살인도 해준다더니, 정말이었나. 진작 알았으면 전기 팩 팔아서 20년짜리 적금 들었다가, 그 과장 놈에게 복수라도 할 걸 그랬네. 규나는 문득 생각했지만, 별 내색 없이 대꾸했다.

"상황 봐서요. 그래서 어딥니까?"

* * *

남자는 적어도 5, 6년은 묵은 듯한 구형 디바이스로 어디론가 전화를 걸었다. 잠시 후 키가 훌쩍 크고 날렵한 인상의 청년이 어디선가 나타났다.

"이 아줌마가 할머니를 찾는데."

"무슨 일이시죠."

스무 살 조금 넘었을까 싶은 청년은 뜻밖에도 유창한 한국어로 물었다. 그만큼 한국인도 많이 찾아온다는 뜻이겠지. 규나는 청년을 흘끔 바라보며 생각했다. 이쪽 난민캠프에는 필리핀 출신이 많았다. 쓰나미가 몰려와 수많은 난민들

전혜진

이 생긴 것이 벌써 7년 전이니, 이 청년도 그때 여기에 왔다면 한국어에 능숙한 것도 무리는 아닐 거다. 열 몇 살 때 와서 지금 스무 살쯤이라고 치면.

"…이쪽에 유명한 흥신소 할머니가 계시다고 들었어요."

"용건이 있으면 저한테 먼저 말씀하시죠. 제가 할머니 조수니까."

"제 남동생이 죽었어요."

규나는 짐짓 슬픈 표정을 지으며 말했지만, 솔직히 그다지 서글프지는 않았다.

"사고였어요. 교통사고요."

그건 그냥 단순한 사고였다. 규빈이 타고 다니던 차는, 처음에는 자율주행 모듈조차 달려 있지 않았던 20년 된 중고차였다. 그동안 주인이 여섯 명인가 여덟 명이 바뀌었고, 규빈은 자기 차를 그렇게 살뜰하게 관리하는 차주가 아니었다.

— 사고예요, 이건 백 퍼센트 사고입니다.

사고를 조사하러 나온 경찰도 말했다. 의욕 없이 정년을 채우는 중인 늙은 경찰은 규빈의 혈중 알코올 농도에 대해 이야기했고, 명목상으로는 그를 보조한다고는 하지만 실질적으로 하는 일은 더 많아 보이는 후추 병 같은 모습의 AI 경찰은 차량을 조사하고 몇 가지 다른 이야기도 해주었다. 이 차의 전 주인이 자율주행 모듈을 달았는데 규빈은 차를 인수한 뒤로 한 번도 모듈을 업데이트하지 않았다거나, 내비게이션은 가끔 업데이트를 하긴 했지만 그보다는 불법 동영상을 받아서 보는 용도로 사용했다거나 하는. 그러다 보니 악성 코드들이 득실거려서, 전체 주행 기록을 분석해봐야 알겠지만 주

행 중 이런저런 오류가 있었을 것이고, 어쩌면 아마추어 크래
커가 시스템에 접속해서 장난을 치는 일도 있었을지 모른다
고 했다. 이를테면 톨게이트 요금을 결제하도록 연결된 카드
에서 몰래 돈을 뜯어가거나. 물론, 자기 차에서 그런 오작동
이 일어나는데도 점검 한번 제대로 받지 않은 부주의한 운전
자가 브레이크라고 제대로 정비했을 리 없다.

　게다가 규빈은 그날도 술에 취해 있었다. 브레이크가 다
소 부실했더라도 자율주행 모듈이 온전히 제어할 수 있었거
나, 아니면 원시적인 방법이지만 브레이크를 끝까지 채운 뒤
미끄러지지 않도록 벽돌이라도 하나 받쳐놓았으면 그런 참변
은 피할 수 있었을 텐데. 술김에 대충 주차하고 돌아서다가 그
대로 미끄러진 자기 차에 깔려 세상을 떠난 것은, 비극이었지
만 있을 수 있는 사고였다. AI가 읊어대는 설명을 듣던 늙은
경찰은 못마땅한 얼굴로 한마디 보탰다. 술에 취해 차를 몰고
오다가 다른 사람을 치어 죽이지 않은 게 다행이라고.

　"사고는 사고였는데… 사고 당일에 여기 난민촌에 왔었
다고 경찰이 그랬어요. 그리고 사고 나기 며칠 전에 그 이야기
도 했어요. 난민캠프에 흥신소 할머니가 있다고. 그 애가 흥신
소를 찾을 만한 일이 무엇인지는 잘 모르겠지만… 그래서."

　물론 엄마는 규빈이 사고로 죽었다고 생각하지 않았다.
혈중 알코올 농도가 어떻다는 이야기도, 규빈이 차 관리를 제
대로 하지 않았다는 것도 믿지 않았다. 엄마는 규빈이는 불쌍
하게도 살해당한 게 틀림없다고 믿었다.

　— 엄마, 정신 차려. 대체 누가 규빈이를 죽였다고 그래.

　— 저 난민 놈들이!

엄마는 경찰은 게으르고 거만해서 돈을 찔러주지 않으면 제대로 조사도 하지 않는 족속이고, 이번 일도 누군가에게 돈을 받고 일을 무마하려는 게 틀림없다고 생각했다.

— 저 난민 놈들이, 거둬준 은혜도 모르고 사람을 죽이고!

한마디로 헛소리였다. 이런 몸으로 그런 얼토당토않은 말에 떠밀려 여기까지 올 이유라고는 한 점도 없을 만큼. 대체 누가 누구를 거둔단 말인가. 그 정규빈이? 아무것도 책임지지 않으려 하고, 자기 좋을 대로 남에게 해코지를 하던 정규빈이다. 규빈에게 원한을 품었을 사람을 찾으려면 사실 난민촌까지 갈 필요도 없었다. 워낙 키도 크고 체격도 좋아 누가 먼저 규빈에게 시비를 거는 법은 없었지만, 대신 규빈은 자기가 온 세상에 시비를 걸고 다녔다. 제 힘과 덩치만 믿고 걸핏하면 남의 멱살을 잡고 흔들고 때려, 엄마가 겨우겨우 모아놓은 비상금을 바닥내다 못해 번번이 빚까지 지게 만든 장본인이 바로 규빈이었다. 그따위로 살아왔으니, 누군가 원한을 품고 뒤통수를 내리쳤더라도 이상하지 않을 터였다. 게다가 이번 사고는 그런 원한과는 아예 상관이 없는 일이었다.

— 틀림없어. 규빈이는 살해당한 거야. 저 난민 놈들은 청부 살인도 한다잖아? 그런 말 못 들어봤니?

— 엄마, 규빈이가 왜 살해를 당해. 그냥 사고야. 경찰도 그랬잖아.

하지만 엄마는, 이럴 때 무슨 말을 해야 규나가 순순히 움직일지 아주 잘 알고 있는 사람이었다.

— 규나야, 너… 예전에 그 사고 났을 때도, 그거 스토

억울할 게 없는 죽음

킹 범죄가 아니라 업무상 과실이라고 했던 게 누구야. 한국 경찰이고 한국 법이야.

— 아니, 그건… 그게 어떻게 이거랑 같아.

— 저 짭새 놈들, 순 돈 많은 놈들 비위나 맞추느라 뭐가 진짜인지도 모르는 놈들이야. 저 놈들이, 우리가 돈이 없다고 이런 걸 대충 조사하고, 그리고….

규나는 한숨을 쉬었다. 규나가 당했던 사고는, 스토킹이었다. 방학 동안 아르바이트로 어디 회사에 일자리를 얻었더니, 마흔다섯 살이 넘은 과장 놈이 자기가 총각이라며, 갓 스무 살이 넘은 규나에게 추근거렸다. 회식 끝나고 모텔에 가자며 억지로 끌고 가려는 것을 회사 사람들이 억지로 떼어놓은 적도 있었다. 아무리 말로 해도 안 되길래 일부러 학교 선배와 팔짱을 끼고 찍은 사진을 보여줬더니, 그 과장 놈은 회사 물류창고 갈 때 쓰는 타이탄 점보 트럭으로 규나와 회사 담벼락을 함께 들이받았다.

그런데도 업무상 과실이라고 했었다. 일이 자기 뜻대로 되지 않는다고, 사람 하나를 아주 이 세상에서 짓뭉개 없애버리려 했는데도.

사람을 죽이려고 해놓고서는 자기 잘못은 없다며 징징거리고, 규나가 입원한 병실에 억지로 밀고 들어와 너도 날 좋아하지 않았느냐며 말도 안 되는 생떼를 쓰던 그 작자는, 결국 집행유예로 풀려났다고 들었다. 한동안 규나는 사고 후유증보다도, 그 과장 놈이 쳐들어와 해코지를 할까 봐 걱정해야 했다.

규나는 자기를 좋아한다고 주장하는 늙은 남자의 원한

을 사서 죽을 뻔했다지만, 규빈의 경우는 달랐다. 경찰은 백 퍼센트 사고라고 말했고, 애초에 타살로 볼 만한 증거도 없었다. 규빈은 누군가가 굳이 돈을 들이고 알리바이를 조작해가며 청부 살인을 해야 할 만큼 중요한 인물이기는커녕, 그저 인간성 더러운 동네 백수일 뿐이었다. 무엇보다도 난민이 여기서 왜 나온단 말인가. 해수면이 높아져 살 곳을 잃고 여기, 한국까지 흘러들어온 사람들일 뿐인데. 왜 가만히 있는 난민들에게 그런 어처구니없는 누명을 씌우려 드는 것인지, 규나는 갑갑하기만 했다.

그래도 가족인데, 남동생인데, 이런 생각을 하는 자신이 비정상적인가 싶기도 했다. 하지만 규빈을 생각하면 규나는 늘 두렵고 복잡한 마음이 들었다. 육식동물 앞에 놓인 초식동물이 된 것처럼 어깨가 움츠러들곤 했다.

그때 청년이 조심스럽게 말했다.

"동생분의 명복을 빕니다."

규나는 조금 떨떠름한 기분이 들었다. 교육을 많이 받은 것 같진 않은데, 청년은 의외로 신중하고 정중했다.

"…고마워요."

이렇게 예의 바른 사람, 그것도 자신보다 한참 어린 사람에게, 이런 어처구니없는 이야기를 해야 하는 것이 한없이 한심하게 느껴졌다. 하지만 규나는 한숨을 쉬며, 원래 해야 할 이야기를 꺼내놓았다.

"이런 말을 하는 것이, 무척 이상하게 들릴 것 같아요. 하지만 저희 어머니가, 동생이 사고로 죽었다는 걸 받아들이지 못하시네요. 그래서 저보고 난민캠프에 다녀오라고."

"누군가가 동생분을 살해했을지도 모른다고 생각하시는 건가요?"

청년은 차마 규나가 꺼내지 못한 말을 단숨에 꺼내놓았다. 규나는 어쩔 줄 몰라 하다가 고개를 푹 숙였다.

"그런 셈이에요."

"그게 저희 할머님과 관련이 있을 거라고 생각하시고요?"

"아, 물론… 그런 말도 안 되는 생각에 답해주실 의무는 없을 거예요. 하지만…."

"아니에요. 그런 오해를 하시는 분들도 있긴 합니다."

청년은 불쾌한 기색도 보이지 않고 어디론가 전화를 걸었다. 그는 영어와 알아들을 수 없는 말을 섞어가며 몇 마디 하더니, 규나를 돌아보며 미소 지었다.

"할머님께서 보자고 하시는군요."

"아, 저기….“

"이런 날씨에 여기까지 오셨잖습니까. 차라도 드시고 가시라고 하십니다. 가서 몸 좀 녹이시고, 필요한 게 있으면 할머님과 말씀 나눠보세요."

그런 다정한 환대의 말을 마지막으로 들어본 게 언제였더라. 규나는 문득 생각했다. 몸이 이렇게 된 뒤로, 어디 가서 환영의 말을 들어본 적이 거의 없었다. 팔다리를 잃는 사고를 당한 뒤, 정부에서 피해자를 위한 심리 상담 쿠폰을 제공해주었지만, 그런 데 가봐야 심드렁한 상담원과 마주앉아 무기력한 이야기를 나누는 게 고작이었고, 복지관의 소개를 받고 찾아온 종교단체 관련 사람들은 "당신은 사랑받기 위해 태어난

전혜진

사람"이라며 아마 말하는 본인도 믿지 않을 종교적 개똥철학을 늘어놓는 게 전부였다. 다행인 것은 규나가 이런 상황에 이미 익숙해졌다는 거였다. 팔다리를 잃은 것은 고통스러웠지만, 어디에서도 환영받지 못하는 것이 서글프지는 않았다. 애초에 환대라는 것을 받아본 적이 손에 꼽을 만큼도 되지 않았으니까.

"이쪽입니다."

청년은 성큼성큼 걷기 시작했다. 그러다가 뒤를 돌아보고, 규나가 걷는 모습을 보더니 곧 속도를 늦추었다.

"도와드릴까요."

청년이 규나에게 손을 내밀었다. 규나는 그 손을 잡지는 않았지만, 고맙다는 뜻으로 살짝 고개를 끄덕여 보였다.

"어쩌면 그쪽하고도 만났을지 모르겠네요. 동생이."

청년은 대답하지 않았다. 규나는 문득, 죽은 규빈이 지금 눈앞의 이 청년만큼 키가 컸다는 것을 떠올렸다.

하지만 규빈과 이 청년은 닮은 구석이라고는 하나도 없었다. 규빈은 날렵하기는커녕, 어릴 때부터 덩치가 좋았다. 두 살 아래인 남동생은 걸음마를 시작하자마자 순식간에 규나의 체중을 넘어섰고, 모두가 자기 편이라는 것을 깨달은 뒤로는 걸핏하면 규나를 걷어차고 넘어뜨리며 낄낄거렸다. 규나가 울음을 터뜨릴 때마다 엄마는 동생이 장난치는 것 가지고 소란이라고 짜증을 냈다. 규빈이 무슨 짓을 하든, 그저 입을 다무는 것이 상책이라는 것을 깨닫는 데는 그리 오랜 시간이 걸리지 않았다.

— 아유, 토실토실 밤토실, 세상에 우리 규빈이만 한 남

자도 없는데.

엄마는 토실토실을 넘어 투실투실한 정규빈을 끌어안고 세 살 때나 서른 살 때나 변함없이 엉덩이를 두드렸지만, 규나가 보기엔 그건 그냥 소아 비만이었다. 엄마가 그렇게 예뻐하던 그놈의 '젖살'은 대체 언제 빠지는 건지, 태어났을 때부터 남보다 살집이 좋았던 규빈은, 평생 육중한 몸으로 여기저기 시비를 걸어댔다. 마음에 안 드는 일이 있으면 소리를 지르고, 더러는 남의 얼굴에 주먹을 날려댔다. 그때마다 엄마는 합의금을 마련하느라 동분서주했지만, 규빈을 탓하는 일은 없었다.

— 이게 다 규빈이가 장가를 못 가서 그래.

엄마는 늘 규빈이 결혼하지 못한 것을 아쉬워했다. 어디서 야무진 여자애가 규빈이를 잘 돌봐주고, 아이들 낳고 살면서 엄마에게 규빈이 대신 효도까지 해주기만 한다면, 만사가 평화로울 거라고 믿었다.

— 규빈이가 번듯하게 장가를 들어서, 그래서 저 닮은 애 낳고 알콩달콩 사는 게 효도인데.

그러면서 엄마는 규빈이같이 괜찮은 남자를 몰라보는 젊은 여자애들을 탓했다. 제대로 된 직업도 없고, 집에 돈이 많은 것도 아니고, 정규빈 본인은 엄마에게도 버럭버럭 소리를 질러대고 걸핏하면 제 누나를 두들겨 패는 놈이라는 사실은 엄마의 머릿속에는 아예 들어 있지도 않은 것 같았다. 보다 못해 규나가 요즘 여자애들도 보는 눈이 있다고 한마디 하면, 엄마는 세상에 못 들을 말을 들었다는 듯이 화를 내다가, 이 집안의 '짐'인 규나를 탓했다.

전혜진

— 우리 잘생긴 규빈이가 뭐가 모자라서 장가를 못 가겠
어…. 이게 다 우리 집이 이 모양이라서 그렇지. 누나라고 하
나 있는 것은 거동도 못하는 병신이고.

그러면서도 규빈이 아이 아빠라는 사실에 대해서는 일언
반구도 없었다. 그 아이에게 최소한의 책임조차 지지 않았다
는 사실에 대해서도, 전혀 모른다는 듯이 입을 다물었다.

"2주쯤 전에."

청년이 먼저 입을 열었다.

"할머니를 찾아오신 한국 분이 계십니다."

그는 잠시, 그 사람에 대해 뭐라고 설명해야 할지 몰라
고민하는 듯한 표정을 지었다. 규나는 쓴웃음을 지었다.

"꽤 무례하고 불쾌하게 굴었나 보네요."

"그건…."

"…어떤 앤지 알아요."

규나는 잠시 아까 내렸던 버스 정류장을 떠올렸다. 그리
고 청년을 따라 걷고 있는 이 난민캠프의 복잡한 골목도. 규
빈은 자신에게 걸리적거리는 것을 싫어했다. 그렇지 않아도
키가 크고 육중한 규빈이 시커먼 롱패딩까지 입고 이 골목을
걸어갔다면, 여기저기 부딪치는 게 많아 꽤나 짜증을 냈을 것
이다. 어쩌면 보란 듯이 바닥에 굴러다니는 깡통을 걷어차며
위세를 부리거나, 가만히 있는 사람에게 시비를 걸었을지도
모른다. 혹은 누군가가 자신 때문에 겁을 먹으면, 그 나름대
로 흡족하게 여기고 곱게 제 갈 길을 갔을 수도 있다.

세상 만사가 제 성질대로 되어야만 직성이 풀리는, 쉽게
목청 높여 울화통을 터뜨리고, 그 덩치로 사람을 을러대기나

하는 중년 남자.

하긴, 엄마 말이 맞을지도 모른다. 정말 어디 가서 **원한**을 샀다고 해도 이상하지 않겠네. 엄마가 규빈이 살해당했**다**고 생각하는 이유는 물론 그게 아니겠지만.

"…협박을 당하고 있다고 하셨습니다."

"규빈이가요?"

"예."

청년은 짧게 대답했다. 규나는 한숨을 쉬었다. 그렇지 않아도 아까, 사람 목이라도 따러 왔느냐고 했지. 그 말을 듣고 흥신소가 무슨 살인 청부 같은 거라도 알선하는 곳인가, **몇백**만 원만 주면 쥐도 새도 모르게 사람을 죽여준다던 그런 데인가 생각했다. 난민이라면 치를 떨던 규빈이 굳이 자기 발로 난민캠프의 흥신소에 찾아와 협박을 당하고 있다고 말했다면, 그 무책임한 애가 무슨 일로 여기까지 왔는지는 짐작이 갔다.

— 250만 원이면 돼. 그러면 저 거머리 같은 것들을 날려버릴 수 있다니까! 내 인생에서 흔적도 없이 아주 싹!

예전에, 규빈이 누군가와 통화를 하며 울부짖던 목소리를 들은 적이 있었다.

이 일도 결국 그 일의 연장선에 있었던 걸까. 18년 전의 일, 그 애가 책임지지 않은 그 일이 이런 형태로 모습을 **바꾸**어 돌아온 걸까. 속이 메스꺼웠다. 그 무책임함에, 몰염치함에, 잘려나간 팔다리에서 환지통이 느껴졌다. 그때 청년이 **규**나의 의수를 건드렸다.

"이쪽입니다."

전혜진

명한 표정으로 걷던 규나는 그제야 꿈에서 깨어난 듯 잠시 걸음을 멈추고 주위를 둘러보았다. 학교가 있고 약국이 있었으며, 인터넷을 사용할 수 있는 곳과 전기를 충전할 수 있는 곳이 보였다. 군데군데 불을 피워놓은 곳마다, 따뜻한 마실 거리를 파는 사람들이 보였다. 살면서 내내, 그 어학연수 갔던 1년 동안의 이야기를 무용담처럼 우려먹고 또 우려먹던 규빈은 늘 필리핀 놈들은 게으르다고, 날은 덥고 먹을 건 많아서 늘어지게 낮잠이나 자다가 바나나나 따먹는 놈들이라고 조롱하곤 했지만, 이곳 사람들은 다들 무엇이라도 하고 있었다. 그것이 얼마나 생산적인 일이건 간에, 살던 땅을 잃어버리고 난민이 되어 낯선 이 나라에 도착한 그들은, 어떻게든 살아가기 위해 할 수 있는 한 몸을 움직이고 있었다.

"바닥이 미끄러우니 조심하세요."

청년이 손을 내밀었다. 이번에는 규나도 사양하지 않고 부축을 받았다. 발을 딛고 선 땅이 흔들거리는 것만 같아, 누군가의 손이라도 잡지 않으면 한 걸음도 앞으로 나아갈 수 없을 것 같았다.

* * *

"정규빈?"

할머니가 하는 흥신소라더니, 그곳에는 정말로 치렁치렁한 목걸이를 건 할머니가 앉아 있었다. 흥신소라기보다는, 마치 옛날 영화에 나오는 마녀의 집처럼 보이기도 했다. 구석에

억울할 게 없는 죽음

는 항아리에서 수상한 약초들이 뭉근하게 끓고 있고, 손톱이 긴 할머니가 주름진 손가락으로 타로 카드를 뒤집을 것 같은 그런 분위기였다. 할머니는 규나를 보고 억양이 강한 영어로 물었다.

"정규빈이 죽었다고?"

"예. 저는 누나고요. 그리고….."

규나가 조심스럽게 말하는데, 할머니가 손짓을 했다.

"앉아. 다리가 불편해 보이는데, 우선 앉아서 이야기를 해."

"감사합니다."

규나는 시키는 대로 자리에 앉았다. 방 안은 어둑어둑하고, 낯선 향신료 냄새가 났다.

오긴 왔는데, 대체 무슨 말부터 해야 할까. 규나는 아득하기만 했다. 규빈이 제 입으로 협박을 받고 있다는 소리를 했다면, 그럴 만한 일은 규나가 알기로는 한 가지뿐이었다. 20년 전, 규나가 사고를 당하고 얼마 지나지 않았을 때의 일이다.

— 어학연수를 갔다고?

그럴 만한 돈이 없었을 텐데, 규빈은 갑작스레 어학연수를 갔다. 대학에 들어가자마자 자기도 외국 좀 나가보자, 외국 생활 좀 해보자며 떼를 쓰곤 했는데, 공교롭게도 규나가 입원해 있는 동안에 외국으로 어학연수를 떠났다.

— 좋은 데 보낸 것도 아니야. 고작 필리핀이다, 필리핀.

엄마는 규나의 입을 틀어막듯이, 돈이 없어서 귀한 아들을 그런 험한 곳에 보냈다며 한탄했다. 무슨 돈이 있어서 거

전혜진

길 갔는지 묻고 싶었지만, 물어볼 필요가 없다고 생각했다. 굳이 따져 물어봤자 제 속만 상할 일이었다.

어쨌든 제 누나가 팔다리를 잃고 받은 돈으로 룰루랄라 필리핀에 갔던 규빈은, 1년 조금 넘게 필리핀에서 지내다가 어느 날 갑자기 돌아왔다. 코로나 바이러스가 전 세계적으로 유행하자, 서둘러 돌아온 것이었다. 그 사이 영어 실력은 별로 나아진 것 같지 않았지만, 엄마는 규빈이 무사한 것만도 다행이라며, 마치 전쟁터에서 살아 돌아온 사람처럼 대했다. 어쨌든 온 세계가 전염병 때문에 불안해하던 그해, 규빈은 묘하게 홀가분해 보였다. 전염병이 유행해서, 사람들이 다른 나라를 자유롭게 오고 갈 수 없어서 너무나 다행이라는 듯이 굴었다.

— 완전 운이 좋았어. 들러붙으려는데 딱 코로나가 터져서.

나중에 알고 보니, 규빈은 필리핀에서 한 여자를 만나 동거했다고 한다. 흔한 이야기였다. 어학연수를 가서는 현지 여자와 사귀다 임신을 시키고, 여자 집에서 사위 대접을 받으며 잘 지내다가 한국에 돌아와서는 나 몰라라 하는 이야기.

— 애 태어나기 전에 튀어야 한다고 다들 그랬는데, 딱 타이밍이 좋았지.

아이가 생기자 여자는 결혼해달라고, 아이와 자신을 한국으로 데려가달라고 말했지만, 규빈은 한국에 돌아온 이후로 그들에게 연락 한 번 하지 않았다.

그래, 너는 운이 좋았겠지. 그 여자와 아이에게는 불운이었고.

억울할 게 없는 죽음

규나는 뒤늦게야 그런 사정을 알았다. 몸이 만신창이가 되어 걷지도 못하고 혼자서는 화장실조차 가지 못한 채, 자신은 이제 장애인이 되었고, 그동안 준비하던 일들도, 언젠가 가족을 떠나 혼자 살겠다는 미래도 전부 사라져버린 현실을 아직 받아들이지 못했을 무렵의 일이었다.

아니, 미리 알았다고 한들 뭐가 달라졌을까. 적어도 규빈에게, 아이에게 양육비는 어떻게든 보내야 한다는 말이라도 할 수 있었을까. 이제 밖에 나가 한 푼 벌어오지 못하는 몸으로 자리에 누워 평생을 보내야 하는 자신이 그런 말을 한들, 규빈에게 두들겨 맞지나 않으면 다행이었다. 그렇지 않아도 사고를 당하자마자, 엄마의 그 귀한 아들 발목 잡으려는 걸림돌 취급을 받게 된 규나는, 뒤늦게나마 그 모든 일을 알고서도 아무 말도 할 수가 없었다.

그런 생각들을 곱씹고 있는데, 아까 길을 안내했던 청년이 쟁반에 자스민 차 석 잔을 받쳐들고 들어왔다. 흥신소 할머니가 규나를 가리키자 청년은 찻잔 하나는 할머니의 곁에, 하나는 규나의 손맡에 내려놓았다. 규나는 살짝 목례를 하고 할머니를 바라보았다. 할머니는 조용히 차를 마시고 미소를 지었다.

"한국은 겨울이 무척 추워. 차를 마셔서 몸을 덥혀야 하지."

"저, 부인⋯."

규나는 이 흥신소 할머니를 뭐라고 불러야 할지 몰라 머뭇거렸다. 할머니가 눈가를 살며시 찌푸리며 대답했다.

"내 이름은 글로리아야. 그냥 글로리아라고 부르려무나.

전혜진

년 이름이 뭐지?"

"…규나입니다. 정규나."

"그래, 규나. 너는 그 정규빈하고는 좀 다른 것 같구나."

규나는 자기도 모르게 침을 꼴깍 삼켰다. 얼굴을 보자마자 다르다는 말을 듣고 보니 소름이 돋았다. 규빈이 여기서 또 무슨 행패를 부린 걸까. 무슨 짓을 하고 다녔길래, 그저 얌전히 앉아 있기만 했는데도 저런 말을 듣게 되는 걸까.

"그래서, 정규빈이 무슨 일로 여기 왔는지는 알고?"

규나는 머뭇거렸다. 확신할 수는 없다. 하지만 규빈이 죽기 한 달 전, 무슨 변호사 사무실에서 등기가 날아온 것은 알고 있었다.

— 아, 쌍! 이게 뭐야!

규빈은 처음에는 서류를 내팽개쳤다가, 다시 뜯어보더니 화를 냈다.

— 말도 안 된다고! 그때 분명히 처리했는데!

엄마가 땅이 꺼지도록 한숨을 쉬었다.

— 있는 돈 없는 돈 긁어모아서 줬더니, 이게 무슨 일이야.

— 아, 몰라. 이거 다 엄마 때문이야.

엄마와 규빈이 분개하는 사이, 규나가 조심스럽게 그 서류를 꺼내 읽어보았다. 예전에 필리핀에서 만났던 여자, 그때 생긴 아이, 그 아이가 난민이 되어 한국에 와 있다는 내용이었다.

그동안의 양육비를 소급해서 내놓으라는 것도, 뭔가 책임을 지라고 소송을 건 것도 아니었다. 돈도 필요 없다, 아버지와 자식이라고 굳이 만날 필요도 없다. 다만 한국인 친부가 자신을 인지해주면, 한국 국적을 취득할 수 있으니 도와달라고 했다. 난민 신분으로 일자리를 구하는 것과, 한국 국적자가 일자리를 구하는 것은 분명 다를 것이다. 도와주면 좋겠다고 생각했지만, 말을 꺼내진 못했다. 말을 하더라도 엄마와 규빈은 아마 귓등으로도 듣지 않을 테니까.

"동생이 예전에 필리핀에 어학연수를 갔었어요. 그때 어떤 아가씨를 만나 동거했다는데…."

"그래, 그때 생긴 아이가 변호사를 통해 연락을 했다지."

"예."

"규나 씨 생각은 어때?"

"예?"

"그 아이 말이야."

"…다행이라고 생각했어요."

규나는 어깨를 움츠리며 대답했다.

"뭐가 다행이지?"

"살아 있어서요, 그 아이가. 왜… 그동안 많은 일이 있었고…."

규나는 말을 흐렸다. 규빈이 어디까지 말을 했는지는 모르겠지만, 규나는 정말로 그 아이가 죽은 줄로만 알고 있었다. 예전에, 그러니까 팔다리가 잘리고 밖에 나가지 못하는 몸이 되었어도, 어떻게든 대학은 졸업해야겠다는 생각에 방송통신대학교 편입을 알아보던 무렵에.

당시 남의 나라에서 여자들과 만나 아이를 만들어놓고는 책임지지 않고 도망친 한국인 남자들에게서 양육비를 받아내는 일을 하는 사람들이 있었다. 처음에는 남자에게 여러 차례 연락을 하고, 끝끝내 연락이 되지 않거나 시치미를 떼는 자들에 대해서는 아이 엄마에게서 사진과 이름을 받아내어 홈페이지에 명단을 올렸다. 규나는 그들이 옳은 일을 하고 있다고 생각했다. 하지만 규빈의 생각은 달랐다.

― 그 새끼들 전부 사기꾼에 도둑놈이야. 한번 돈을 입금해주면, 평생 빨대를 꽂으려 할걸!

그러니까 왜 무책임하게 그런 일을 벌이고 다녔니. 왜 결혼할 것도 아니면서 피임도 안 하고, 데려올 생각도 없었으면서 결혼을 약속하고, 그 집의 사위처럼 굴면서 용돈까지 받아 쓰다가 코로나를 핑계로 그렇게 도망을 쳤니. 그래놓고는, 너를 찾는 그 사람을 사기꾼이라고, 도둑놈이라고, 아이를 핑계로 돈이나 뜯으려는 나쁜 사람 취급을 하니. 규빈은 한국에서 얼마를 보내면 그 나라에서는 평생 놀고 먹는다고 하면서도, 그 몇 푼 안 되는 양육비도 마련해서 보낼 생각을 하지 않더니, 이제는 어디서 250만 원인지 300만 원인지를 구해서, 아이와 그 엄마를 어떻게 해버릴 궁리나 하고 있었다. 나중에는 엄마에게 싹싹 빌어서, 하나뿐인 아들의 앞길을 이렇게 막을 수는 없지 않느냐고 애걸을 해서, 그 돈을, 사람 죽일 돈을 만들어서 보냈다는 것 같았다.

차라리 그 돈을 양육비로 보냈으면, 그래도 다행이다 싶었을 텐데. 규나는 이름도 얼굴도 모르는 그 여자와 아이가 어떻게 되었는지 끝내 물어보지 못했다. 솔직히 말하면 그 등기 서류를 받기 전까지만 해도, 그들이 죽거나 잘못되었을 것 같아 가끔씩 악몽을 꾸기도 했다.

"예, 살아 있어서… 정말 다행이에요."

그래도 한번은 물어봤어야 했다. 규빈이 역정을 내든 말든. 사람 목숨이 달린 일인데, 그래서는 안 된다고 한번은 말렸어야 했다. 규빈이 애먼 가재도구를 부수거나, 운이 나쁘면 규나에게 손찌검을 했더라도 말이다. 그랬으면 지금 이 대답을 하면서, 이렇게까지 죄책감이 들지는 않았을 텐데.

"정규빈은 여기 와서, 그 아이를 찾아달라고 했어."

글로리아가 말했다. 규나는 고개를 들었다.

"여긴 이래봬도 필리핀 난민캠프 네트워크에서 가장 유명한 흥신소니까. 하긴, 어디에 물어봤더라도 결국은 내 귀에 들어왔을 거야. 이런 일을 하는 사람들끼리는 서로 알고 지내는 법이니까."

"규빈이가… 그 아이를요."

규나는 고개를 끄덕였다. 하지만 글로리아는 곧 몹시 불쾌한 표정을 지으며 말했다.

"한국에서도 청부업을 하느냐고 묻더군."

"예?"

"살인 청부 말이야. 이번이 첫 번째도 아니었지, 아마?"

규나의 얼굴이 창백하게 질렸다.

자기 자식이 살아 있다는 것을 알자마자, 규빈은 또다시 그 애를 없애려 했다. 그리고 글로리아는 규빈이 한 일을 알고 있었다. 예전의 일도, 그리고 이번 일도.

그래서 글로리아가, 정규빈과는 다르다고 말했구나. 하긴 누가 정규빈 같을 수 있을까. 사람을, 그것도 제 자식을, 두 번이나 죽이려고 씩씩거리며 오는 괴물이었는데. 규나는 아주 조심스럽게 물었다.

전혜진

"저… 그럼 그 애는….."

"찾긴 찾았어."

"죽이실 건가요…?"

규나가 묻다 말고 마른침을 삼켰다. 입이 바싹 말랐다. 글로리아는 웃었다.

"무슨 소리야, 여긴 예나 지금이나 합법적인 흥신소야. 사람 죽이는 일 같은 건 안 해."

"죄송합니다…."

"살인 청부받는 애들은 따로 있지. 한국 사람들이야 돈만 주면 그런 애들을 구해서 사람도 죽일 수 있는 줄 알지만, 그런 애들은 한국 사람들이 만나보고 싶다고 해서 그렇게 쉽게 만날 수 있는 것도 아니야. 아무리 그래도 한국 경찰이 우습게 여길 만큼 만만한 집단도 아니고."

"그렇다면….."

"그래, 정규빈이 예전에 살인 청부를 한다며 돈을 날린 것도, 정말로 그런 일을 하는 애들이 아니라 얼치기들에게 속아서 그런 거지."

규나는 한숨을 쉬었다. 규빈은 두 번이나 제 자식을 죽이려 들었고, 불행인지 다행인지 사기꾼에게 속아 돈을 날리기까지 했다. 차라리 그 돈을 아이에게 보냈으면 조금이나마 도움이 되었으련만.

"여튼 정규빈은 여기서 상담만 하고 갔어. 그 상담이라는 게 꽤나 불쾌했지만 말이야. 예전에도 코피노라고, 한국 남자들이 애를 싸질러놓고 도망쳐서는 소식이 없었지만, 그렇다고 제 새끼 죽이자고 살인 청부까지 하는 놈은 흔치 않지. 게다가 두 번이나."

"…제가 그 아이를 인지해주려면 어떻게 해야 할까요."

답답한 마음에, 규나가 물었다. 글로리아는 뜻밖이라는
듯, 규나의 얼굴을 빤히 쳐다보았다.

"애 아빠가 죽었으니까, 유전자 검사나 그런 걸 해야지.
규나 씨가 고모니까 규나 씨하고 그 아이하고. 왜, 인지해주려
고?"

"난민으로 있는 것보다는, 한국 국적이 있어야 살기 편
할 것 같아서요."

"애한테도 물어봐야지. 필요한 게 정말로 국적인지, 아니
면 그런 거라도 아비라고 한번 만나보고 싶었던 건지."

"물어봐 주실 수 있으세요? 그 애를 찾으려면…."

"그런 일이라면 나까지 나서지 않아도 돼. 등기 보낸 변
호사 선생에게 이야기하면 연결해줄 거야."

"아… 그렇겠네요."

"그런데 정말로 인지를 해줄 거야? 그쪽 가족이랑 의논
안 해봐도 돼?"

"어머니가 반대하실 것 같긴 한데, 그래도 규빈이 자식
이라면 결국 받아들이지 않을까요."

말을 하면서도 확신은 없었다. 그런 규나의 마음을 눈치
챘는지, 글로리아는 낮게 소리내어 웃었다.

"천천히 생각해. 그쪽의 결심이 서도 애도 이 문제를 생
각해봐야 할 거고. 여튼 그쪽은 확실히 정규빈 같은 놈과는
다르구먼."

전혜진

* * *

청년은 큰길까지 규나를 배웅해주었다. 시종일관 정중하고 예의 바른 태도였다.

"버스를 타고 가시려면 힘들 겁니다. 저기 큰길까지 가실 수 있게 트라이시클을 불러드릴게요."

"택시 타면 돼요."

규나는 미소 지었다. 조금은 신기하기도 했다. 그의 동생은 태어나서 죽을 때까지 한 번도 갖춰보지 못한 정중함이, 이 난민캠프의 청년에게는 아주 자연스럽다는 것이.

"몇 살이에요?"

"예?"

"아, 미안해요. 이런 거 물어보는 거 아닌데. 근데 너무 어른스러워서. 죽은 내 동생보다도 훨씬 어른 같아서 그냥, 궁금했어요."

"열여덟 살입니다."

열여덟 살.

아직 만나보지 못한 그 아이, 정규빈이 책임지지 않고 버린 그 아이도 올해 열여덟 살쯤 되었을 것이다. 규나는 애틋한 마음이 들어, 청년의 팔을 툭툭 쳤다. 청년은 그새 콜택시 프로그램을 켜고 택시를 잡고 있었다.

"이쪽에는 택시가 잘 안 다녀서요."

청년이 변명하듯 중얼거렸다. 규나는 청년이 띄워놓은 화면을 흘끔 쳐다보다가, 평소에는 보지 못했던 '승객 국적'을 묻는 옵션이 있는 것에 조금 놀랐다. 규나가 이걸 어떻게 물어봐야 하나 고민하는데, 택시가 왔다.

"조심해서 들어가세요."

청년은 규나가 택시에 타도록 기다리고, 문을 닫아주었다. 끝까지 정중한 청년이라는 생각을 하는데, 택시 기사가 말을 걸었다.

"어이쿠, 난 난민촌 앞이라고 해서 남자분이겠거니 했는데. 아니, 여자분이 어쩌다가 여길 왔어요."

"예?"

"왜, 이쪽에 불법 동영상 구하러 오는 애들도 있고. 또 난민 여자애들이랑 어떻게 해보려고 오잖아. 싸니까. 여자는 여기 함부로 오는 거 아니에요. 무슨 일이 있을 줄 알고."

대꾸해봤자 불쾌한 이야기가 더 이어질 것 같아, 규나는 말을 끊듯이 택시 기사에게 물었다.

"여기 앱에서 보니까, 승객 국적을 물어보던데⋯."

"아, 한국 사람 아니면 택시도 잘 안 와요. 난민 놈들이 무슨 짓을 할지 어떻게 알고."

택시 기사는 별일 아니라는 듯이 대답했다.

"요새는 어디를 가나 난민 놈들이 득실거리잖아요. 난 그런 놈들 보면 가만히 있다가 엉뚱한 놈들에게 주머니를 털리는 기분이 들어요. 기후 변화든 해일이든 홍수든 그 나라의 문제인데, 왜 자기 나라 일도 수습 못하는 놈들을 우리가 받아들여야 하는지 모르겠다니까⋯. 혹시 인권운동 그런 거 하시는 양반이우?"

"⋯아뇨."

규나는 고개를 숙였다. 택시 기사는 어둑어둑한 거리를

전혜진

벗어나는 내내 투덜거렸다.

"냄새부터 싫어요, 냄새부터. 때가 꼬질꼬질하고 얼굴은 거무튀튀하고. 음식 냄새도 이상하고…. 아, 요즘은 이런 말도 마음대로 못한다니까. 거, 신고하지 마쇼."

입을 다물었다. 아무것도 들리지 않는 것처럼. 눈을 감았다. 아무것도 보이지 않는 것처럼. 커다란 돌이 가슴을 짓누르는 것처럼 숨이 막혔다. 규빈은 죽었다. 자기가 벌여놓은 일을 책임지기 싫어서, 한때 동거했던 여자와 자기 자식을 죽이려다가, 불행인지 다행인지 제대로 된 청부업자를 만나기전에 사고로 죽었다. 하지만 규빈만 그런 게 아니다.

그렇게 말하면 자기가 그 난민들보다 잘난 사람인 줄 아는 건지, 한참 신이 나서 난민들 험담을 늘어놓던 택시 기사는, 규나가 입을 다물자 재미가 없어졌는지 혼자 구시렁거렸다. 그러다가 문득 중얼거렸다.

"희한하네."

"…?"

"여기 신호가 이렇게 받지 않을 텐데. 신기하네."

"뭐가요?"

"아니, 별건 아니고. 아까 거기서 여기까지 오는 동안 한번도 신호에 안 걸렸네요."

그게 뭐가 신기한 일이라고. 규나는 창 밖으로 고개를 돌렸다. 하지만 곧 예전에 읽었던 이야기가 떠올랐다. 옛날에 독재정권 시절에는 권력자가 가는 길을 교통 신호가 막아설 수 없었다고. 그래서 권력자가 어딜 지나간다고 하면 그 관용차가 신호에 걸리지 않도록 경찰들이 기다리고 있다가 교통

신호를 바꿨다고. 그리고 지금, 누군가가 규나가 타고 있는 택시를 지켜보고 신호에 걸리지 않도록 교통 신호를 조작하기라도 하는 것처럼, 차는 아슬아슬하게 신호에 걸리지 않고 그저 앞으로 나아갔다.

'만약 그런 거라면….'

이건 어디까지나 말도 안 되는 가정일 뿐이다. 하지만 규나는 불법 동영상을 받아보던 내비게이션에 악성 코드들이 득실거렸다는 AI 경찰의 말을 떠올렸다. 누군가 규빈을 죽이려 했다면 어떤 방법을 썼을까. 규빈에게 누군가 원한을 품었다면, 가장 유력한 용의자는 누구일까.

그게 누구든 간에, 규빈의 멱살을 잡고 끌고 가서 술을 먹이진 않았을 것이다. 하지만 규빈이 술을 마시기를 기다리는 것은, 스나이퍼가 목표물을 기다리는 것보다는 수월했을 것이다. 규빈의 내비게이션에는 악성 코드들이 득실거렸고, 어쩌면 그 악성 코드로 누군가 내비게이션과 자율주행 모듈에 접근했을지도 모른다. 그런 것이 가능하다면, 그저 톨게이트 자동 결제를 위해 연결해둔 카드에서 우수리돈을 털어가는 것이 아니라, 아예 차를 움직일 수도 있었을 것이다. 내비게이션에 악성 코드를 설치할 수만 있다면 말이다.

규나는 난민캠프에서 행패를 부렸을 규빈의 모습을 상상해보았다. 그가 씩씩거리며 돌아오는 길, 누군가 그에게 수상한 동영상이 들어 있는 메모리를 건넸다면 어땠을까. 규빈이라면 집에 돌아올 때까지 기다리지 않았을 거다. 바로 차에 꽂고, 그 영상을 볼 생각부터 했을 것이다. 동영상과 함께 들어 있던 악성 코드들이, 잠긴 브레이크를 풀고 규빈을 들이받을 죽음의 신이 될 줄은 모르고.

정말 그럴까.

규나는 한숨을 쉬었다. 이건 어디까지나 가정일 뿐이다. 정말로 누군가 그런 일을 저질렀다면, 외부에서 접속한 로그를 지울 정도의 치밀함은 있었을 것이다. 아니, 사소한 증거 정도는 남는다고 해도, 누군가가 정규빈 같은 사람의 억울함을 풀어주기 위해 굳이 나서서 그 모든 기록들을 살펴보진 않을 거라는 확신이 있었을 것이다. 그가 무슨 짓을 저질러도 고장난 것처럼 불쌍한 내 새끼라는 말만 반복하는 엄마를 제외하면, 그 누구도 가난하고 아무것도 아니며 남에게 해코지나 하던 그런 인간을 위해 나서지는 않을 것이므로.

그리고 만약에 규나의 생각이 맞는다면, 어쩌면 범인은 지금 이 신호를 조작하는 인물일 것이다.

몸이 불편한 규나를 부축하고, 배려하고, 따뜻한 차를 내어주던 사람. 규나가 편안히 집까지 돌아갈 수 있도록, 중간에 신호 한 번 걸리지 않고 매끄럽게 택시가 달려가도록 손을 써주는 사람. 다정하고 예의 바르며, 규빈과는 모든 면에서 달랐던 청년. 규나는 문득, 그 예의 바른 청년이 열여덟 살이라는 사실을 떠올렸다. 만약 그 아이가 규빈의 아들이라면, 그 아이는 이미 두 번이나 자기 아버지에게 살해당한 것이나 마찬가지라는 것도.

"…사고야, 사고."

규나는 한숨을 쉬었다. 이건 그냥 상상일 뿐, 증거는 없다. 이번 일은 살인이 아니다. 정규빈은 술을 마시고 운전을 했으며, 그 일은 자초한 것이나 다름없는 사고였다. 그것뿐이다. 여기에 다른 무언가가 끼어들 틈은 전혀 없다. 무슨 증거가 어떻게 나오든, 엄마가 뭐라고 하든. 천벌이라면 천벌일까, 그건 억울할 게 없는 죽음이었다. 그리고 그런 천벌이 있다면, 그때의 그 과장 놈에게도 그대로 내려주었으면 좋겠다고 생각했다.

윤자영

굶주리는 사람들을 위한 선택

1

오랜만에 미세먼지가 없는 날이다. 양채휘는 건물 옥상에 올라가 상쾌한 공기를 마시고 깨끗한 시야를 즐겼다. 비록 서울 근교 3층 건물의 옥상이지만, 멀리 서울의 고층 빌딩과 더 멀리 사대문 안쪽에 자리한 제네시스 돔도 선명하게 보였다.

제네시스 돔, 서울 사대문 안에 들어선 300층 높이의 요새에서 하늘, 도로, 지하의 모든 출입을 감시한다. 이 제네시스 돔을 만든 창조자, 사람들은 거기에 사는 그들을 제네시스라고 부른다. 돔 안은 먹을 것도 풍족하고, 전기도 끊기지 않으며, 미세플라스틱 없는 물도 무한정 제공된다. 에어 커튼이 막고 있는 돔 안은 미세먼지도 바이러스도 침투할 수 없다. 죽어가는 지구의 에덴동산 같은 곳이었다.

"칫, 누가 거기에 들어가고 싶다고!"

양채휘는 옥상 난간을 붙잡고 몸을 비틀었다. 손과 난간이 마찰하며 뿌드득 하고 분노의 소리를 대신 질렀다.

그때 양채휘가 있는 건물로 두 남자가 걸어왔다. 피부색과 생김새로 보건대 인도와 파키스탄 쪽 사람이다. 며칠 전 국제 조약에 의해 난민 수용을 늘린다는 뉴스가 기억났다.

'난민들이 무슨 일로 날 찾아왔지?'

이 3층 건물은 양채휘의 소유다. 1층과 2층은 숙식 공간으로 사용하고, 3층은 탐정 사무소로 쓰고 있다. 양채휘는 난민들이 탐정 사무소를 찾아올 이유가 뭘까 생각하면서 스트레칭을 했다. 잠시 후 옥상 문이 열리고 사무소 실장 민서희가 고개를 내밀었다.

"탐정님, 손님 왔어요."

양채휘가 다가가자 민서희가 작게 속삭였다.

"탐정님, 난민인 것 같아요. 돈은 없어 보이니 그냥 돌려보내세요."

"저는 돈만으로 사건을 받지 않습니다."

양채휘의 대답에 민서희가 소리쳤다.

"그럼 뭐 먹고 살아요! 난 탐정님과 다르게 집에 애들이 있다고요!"

"실장님 월급은 꼬박꼬박 주지 않습니까?"

"월급이 5년간 똑같잖아요! 물가는 저 제네시스 돔처럼 쑥쑥 올라간다고요!"

코로나19 바이러스 이후 지구는 참아왔던 병을 폭발시켰다. 아프리카, 중국, 인도에 거대 메뚜기 떼가 출몰해 식료품 값이 급등했다. 강대국인 중국은 버텼지만, 나머지 국가는 무너져 수많은 난민이 전 세계로 퍼져나갔다. 코로나19 바이러스의 변종과 각종 바이러스의 출현으로 가난한 사람들은 죽어나갔고, 하늘에는 미세먼지, 바다에는 미세플라스틱, 땅에는 살아남고자 버둥대는 사람들의 범죄가 넘쳐났다.

그나저나 민서희 실장과는 어제 만난 것 같은데 벌써

윤자영

5년이나 됐나? 자신을 믿고 묵묵히 일하는 그녀에게 미안한 마음이 들었다.

"일단 만나봅시다. 큰 사건 하나 터뜨리면 성과급 두둑이 드릴게요."

양채휘는 민서희가 더 말하기 전에 서둘러 계단을 내려와 3층 사무실로 들어갔다. 낡은 소파에 앉아 있던 두 남자가 일어섰다. 가까이서 보니 추측이 확실했다. 짙은 피부색에 깊은 쌍꺼풀, 검은 입술을 중심으로 콧수염과 턱수염이 멋들어졌다. 갈색 남방에 치마 비슷한 옷차림을 한 그들은 인도 아니면 파키스탄 난민이 확실했다.

"안녕하세요. 전 CH 탐정 사무소의 양채휘입니다."

난민이 한국어를 알아들을까 궁금했지만, 둘 중 나이가 많아 보이는 남자가 손을 내밀었다.

"내 이름은 용한 찬카고, 여기는 구잔이라고 합니다."

용한 찬카? 구잔? 언젠가 봤던 인도 영화의 주인공 이름이 생각났다. 구잔이라 불린 젊은 남자가 고개를 숙였다. 양채휘는 뒤에서 팔짱을 끼고 바라보고 있는 민서희를 돌아보고는 능청스럽게 말했다.

"실장님, 여기 커피 좀 주세요."

민서희가 이를 드러내며 눈을 부라렸다. 당장 내보내란 뜻이었지만 못 본 척 자리에 앉았다.

"앉으시죠. 커피 드시나요? 미세플라스틱을 잔뜩 넣은 카페 미세플라프치노밖에 없지만요. 하하하!"

의뢰인을 만날 때마다 매번 써먹는 농담이었다. 다른 사람들과 마찬가지로 이들도 웃지 않았다. 미세플라스틱이 들어 있는 물을 장기간 마시면 불임이 된다. 미세플라스틱을 거르면 된다고? 미세플라스틱이 오랜 시간 순환하다 보니 더욱 작아져 초미세플라스틱이 되었다. 초미세플라스틱은 물이 증발할 때도 물 분자와 결합해 증발했고, 이제 지구에 미세플라스틱이 없는 물은 없다. 초미세플라스틱은 분자 수준에서 걸러내야 하는데 많은 비용이 들어갔다. 가난한 사람들은 불임의 위험성을 알면서도 그냥 마실 수밖에 없었다.

민서희가 커피 잔이 든 쟁반을 쾅 하고 탁자에 내려놨다. 커피가 출렁거리며 넘쳐 바지 위에 쏟아질 뻔했다.

"저, 저런. 날 고자로 만들려고. 아니지, 어차피 이 카페 미세플라프치노를 마셔도 고자가 되니 상관없나? 하하하!"

맞은편에 앉은 두 남자는 웃지 않았다. 양채휘는 한국말을 잘 몰라서 그럴 거라고 스스로를 위로했다. 용한 찬카가 커피를 한 모금 마셨다.

"그래, 무슨 일로 절 찾아오셨습니까?"

"당신은 일급 탐정이라고 들었습니다만."

탐정 산업이 합법화되며 등급이 매겨졌다. 뒷조사나 단순 미행을 하는 낮은 등급부터 경찰이 수사를 의뢰하는 일급 탐정도 있었다. 양채휘는 총기도 휴대할 수 있는 국가 공인 일급 탐정이었다.

"왜 믿기지 않습니까?"

"이상한 농담을 계속하니까요."

"이런 디스토피아 세상에서 유일한 희망은 농담이에요. 앗! 이것도 농담입니다. 하하하!"

두 남자는 표정 변화가 없었다.

윤자영

"그렇게 무거운 표정 짓지 마세요. 소파 지지대가 부서진 부분이 있는데, 그러다 가라앉겠습니다."

말 한마디 없던 구잔이 엉덩이를 움직여 손으로 소파를 만졌다. 찬카가 팔꿈치로 구잔을 쿡 찔렀다. 농담인데 뭐 하러 진지하게 듣느냐는 핀잔이었다.

양채휘는 손바닥을 맞부딪혔다.

"좋습니다. 전 두 분의 정체를 보자마자 알았습니다. 두 분은 인도 아니면 파키스탄에서 온 난민입니다."

찬카가 한숨을 푹 내쉬며 말했다.

"그건 우리 생김새나 옷차림으로 간단하게 알 수 있죠. 그리고 틀렸습니다. 우리는 네팔 사람입니다."

"네팔이라. 그게 그거 아니에요?"

"당신을 일본인이라 하면 좋겠습니까?"

"후후, 그렇게 되는 건가요?"

양채휘가 농담기를 없애고 날카로운 눈빛이 되었다.

"오늘은 보름이죠. 저녁이 되면 보름달이 뜰 겁니다. 달의 지름은 지구의 4분의 1이지만, 질량은 몇이었더라? 갑자기 기억이 안 나네요."

찬카가 답답한지 물었다.

"그게 중요합니까?"

"네, 아주 중요해요. 구잔 씨는 혹시 아시나요?"

구잔이 어깨를 으쓱하며 말했다.

"지구의 80분의 1입니다."

"오! 맞아요. 기억났어요. 계속하겠습니다. 지구 반지름이 7400킬로미터, 그럼 달의 반지름은 1850킬로미터겠네요."

구잔이 자신감 있는 표정으로 손바닥을 들어 양채휘의 말을 막았다. 나이는 양채휘와 비슷한 30대 초반 정도로 보였다.

"틀렸어요. 지구 반지름은 평균 6400킬로미터입니다."

"오, 잘 아시네요. 그럼 납의 원자 번호는?"

"82번."

"양성자를 이루는 쿼크는?"

"업, 업, 다운."

"황이 들어가는 아미노산은?"

"시스테인."

"잠깐!"

용한 찬카가 소리치며 자리를 박차고 일어섰다.

"도대체 뭐 하시는 겁니까? 일급 탐정이라고 해서 찾아왔더니 농담만 하고 말이에요. 제가 잘못 찾아왔나 봅니다. 그냥 돌아가겠습니다."

"잠시 기다리세요."

양채휘는 커피 잔을 들어 한 모금 마시더니 일부러 테이블에 잔을 떨어뜨리며 소리쳤다.

"조심해!"

날카로운 소리와 함께 커피가 쏟아졌다. 멀리 자기 책상에 앉아 있던 민서희가 행주를 들고 달려왔다.

"탐정님, 칠칠치 못하게 뭐 하시는 거예요?"

깜짝 놀라 발을 피했던 찬카가 구잔의 어깨에 손을 올렸다.

"구잔, 일어나자. 다른 곳으로 가보자."

윤자영

"잠시 기다리시오. 제네시스 양반."

양채휘가 진지한 목소리로 말했다.

"지, 지금 뭐라고 하셨습니까?"

"당신은 제네시스 그룹의 일원입니다. 제네시스 그룹은 상위 0.001퍼센트 초상위 클래스죠. 당신네 나라에서 편하게 살아도 되는데 우리나라에 난민으로 들어온 것으로 보아, 아니 난민으로 위장해 들어온 것으로 보아 뭔가 꿍꿍이가 있군요. 탐정을 찾아왔다면 아주 중요한 것을 잃어버렸다고 예상할 수도 있고요."

용한 찬카는 구잔의 어깨를 눌러 앉히고는 자신도 다시 앉았다.

"음…, 역시…. 딸을 잃어버렸습니다. 그런데 어떻게 내가 제네시스 그룹인 것을 알았죠?"

"얼마 전 인도와 파키스탄에서 난민이 들어왔다는 소릴 들었어요. 최근에 들어온 난민이라면 한국말이 서투를 텐데 찬카 씨는 잘하더군요. 분명히 의도적으로 한국어를 배운 것이겠죠."

양채휘는 손가락으로 무표정하게 앉아 있는 구잔을 가리켰다.

"저 친구는 말을 못하는 듯했지만, 아까 소파가 부서졌다는 말에 반응했어요. 한국말을 알아듣는다는 뜻이죠. 하지만 구잔 씨는 제네시스 같지는 않았어요. 그걸 확인하기 위해 테스트를 한 겁니다. 일부러 지구의 반지름을 틀리게 말했더니 저 친구가 정답을 말했어요. 일반인은 굳이 쿼크, 납의 원자 번호를 외우지 않습니다. 과학자라도 검색하면 될 것을 굳이 외우지는 않죠. 전 생각했죠. 저 난민은 대체 뭔데 그런 지식을 알고 있을까? 제네시스와 같이 다니는 사람? 혹시 AI 휴먼이 아닐까 의심했어요."

찬카가 고개를 끄덕였다.

"음, AI 휴먼은 세상의 모든 지식을 닥치는 대로 습득하고 있죠. 해박한 지식의 유무로 AI 휴먼을 알아챌 수도 있군요. 다음 버전에는 그런 부분을 반영해야겠습니다."

용한 찬카는 제네시스 그룹의 일원, 즉 AI 휴먼을 창조하는 사람들 가운데 하나였다. 코로나 이후 그들은 AI로 막대한 돈을 벌어 세계의 최상층에 올라설 수 있었다.

"하지만 그냥 지식이 많은 사람도 있는데, 어떻게 구잔이 AI 휴먼이라는 것을 확신했죠?"

"그래서 일부러 커피 잔을 떨어뜨려 봤어요. 당신은 움찔했지만, 저 AI 휴먼은 반응하지 않더군요. 잠재적 위험에 반응하는 AI 휴먼이 있다는 소리는 아직 못 들었어요. 그래서 구잔이 AI 휴먼이라고 확신했습니다."

"그렇군요."

고개를 끄덕인 찬카는 스마트폰을 꺼내 뭔가를 적어 내려갔다. 다음 버전에 반영하려는 것 같았다.

"AI 휴먼을 데리고 다니는 사람은 제네시스 또는 최고 부자인 A클래스 사람입니다. 그래서 당신을 비밀이 많은 창조자 제네시스로 확신한 것입니다."

찬카는 스마트폰에 기록하던 것을 멈추고, 의미심장한 표정으로 고개를 끄덕였다.

"좋아요. 짧은 시간에 그 정도로 많이 알아내다니, 당신

윤자영

은 일급 탐정이 확실하군요."

"일급 탐정 중에서도 최고죠."

"그럼 딸 찾는 것을 도와줄 건가요?"

"대답은 보류!"

"왜죠?"

"제네시스 그룹은 낮은 계층 사람들의 피고름을 짜내 부를 얻었죠."

"전 다릅니다."

"그래서 보류! 당신이 진실한 사람이냐에 따라 달라집니다. 제가 저녁 식사를 대접할 테니 이야기를 좀 더 해보죠."

2

양채휘는 거금을 들여 음식을 준비했다. 매일 간단하게 때우던 빵과 우유가 아닌 고기가 포함된 제대로 된 식사였다. 양채휘는 용한 찬카가 어떤 사람인지 궁금했다. 제네시스가 난민으로 한국에 들어올 리 없다. 딸을 잃어버렸다고 했지만, 서두르는 기색이 없다. 다른 용무가 있는 것이 확실했다. 그리고 AI 휴먼을 데리고 다니면서도 미세플라스틱 커피를 거부감 없이 마셨다. 용한 찬카는 개천에서 용 나듯, 낮은 계층에서 태어나 AI 연구 분야에서 재능을 찾은 것일까? 탐정의 본능이 찬카가 가진 비밀을 알고 싶어 했다.

"저런 사람들에게 거금을 쓰다니 다음 달부터 월급 올려주는 거 확실하죠?"

2층 부엌에서 음식을 만들던 민서희가 투덜거렸다.

"제가 굶더라도 올려줄게요. 그런데 퇴근하라니까 왜 안 가고 그래요?"

"저도 저 제네시스와 AI 휴먼이 궁금해서 그래요. 그리고 탐정님이 음식이나 하실 줄 알아요?"

"제 머릿속에는 온갖 종류의 레시피가 들어 있다고요. 한마디로 걸어 다니는 요리책입니다."

"조리법이랑 실제 해보는 건 다르다고 몇 번이나 말해요. 지난번에 라면을 설명서대로 끓이다가 면이 다 불어버렸잖아요."

"그건 설명서에 불의 세기가 안 쓰여 있던 것이 문제였죠."

민서희는 손으로 이마를 짚었다.

"실없는 소리 말고 어서 가서 손님들과 같이 기다리기나 하세요."

"아무튼 고맙습니다."

민서희가 만든 음식이 식탁에 차려졌다.

코로나19 이후 세상은 급격하게 변했다. 질병, 음식, 에너지 문제가 인간의 생존을 직접적으로 위협했고, 대안으로 제시된 것이 AI 로봇이었다. 인간을 대체할 수 있는 곳은 죄다 로봇이 차지했다. 주어진 정보로 병을 진단하는 것도 AI 컴퓨터가 해냈고, 미세 수술도 로봇 팔이 더 정교했다. 당연한 수순으로 의료계에서 인간이 사라졌다. 수요만큼 AI를 만드는 사람들이 전 세계적으로 급부상했고, 서로 긴밀한 연락 체계를 형성해 제네시스 그룹을 만들었다. 독점적 위치를 차

윤자영

지한 그들은 더욱더 부를 축적하고 있었다.

제네시스 그룹은 죽어가는 지구를 살리겠다며 탄소 배출을 엄격하게 규제했다. 에너지는 부족해지고 가격이 치솟았지만 그마저도 제네시스 그룹과 상위 클래스 사람들에게 돌아갔다. 가난한 국가의 사람들은 난민이 되고, 부자 나라에서도 빈부 격차가 더 벌어지고 있었다. 대한민국도 다를 바 없었다. 최상위 클래스는 제네시스 돔에 살고, 상위 클래스는 기존 부촌인 강남에, 그리고 서울에서 멀어질수록 하위 클래스가 살았다.

양채휘가 잘 구워진 스테이크 한 조각을 입에 넣으며 찬카에게 물었다.

"날 찾아온 이유가 정확히 뭡니까?"

"딸을 잃어버렸다고 이미 말했잖아요."

"아니에요. 당신의 행동은 딸을 잃어버린 사람의 행동이 아닙니다."

"일급 탐정인 당신이 반드시 찾아줄 것을 알기 때문이죠."

용한 찬카는 딸을 잃어버린 아버지라기엔 너무 침착했다. 분명 다른 꿍꿍이가 있을 것이다.

"딸 사진 좀 보여주세요."

찬카는 자신의 스마트폰을 건네 딸 사진을 보여주었다. 찬카와 닮은 구석이 있는 아이였다.

"납치됐나요?"

고기를 썰던 찬카의 손이 멈췄다.

"내가 탐정을 제대로 찾아온 것이 맞군요. 납치됐다고

확신하는 건 아니지만요."

"당신은 적이 많습니까?"

찬카가 어깨를 으쓱했다.

"제네시스는 공공의 적이죠."

굶주리고 있는 세계의 절반이 제네시스 그룹의 일원을 좋아할 리 없다. 하지만 좋아하지 않는 것과 딸을 납치하는 것은 다르다. 게다가 용한 찬카는 난민으로 위장해 한국에 들어왔다. 가난한 난민의 딸을 납치하지는 않을 것이니, 찬카의 정체를 알고 있는 제네시스 그룹의 사람들이 가장 유력한 용의자다.

"제네시스끼리도 사이가 안 좋나요?"

"이해관계가 얽혀 있다면요."

"그렇다면 찬카, 당신과 이해가 엇갈린 제네시스가 있을까요?"

"그걸 모르니까 탐정을 찾아왔죠."

찬카는 어깨를 으쓱하며 대꾸했지만, 양채휘의 시선을 받아내지는 못했다. 제네시스 찬카는 무엇을 숨기고 있는 것일까? 찬카가 민망한 헛기침을 하고는 물었다.

"혹시 제네시스 중 한 명이 딸을 납치했다면 돔으로 들어가야 하는데, 보안이 철저한 그곳으로 들어갈 수 있을까요?"

양채휘는 고기를 썰어 입에 넣었다.

"뭐, 방법이 없는 건 아닙니다."

양채휘는 구잔을 포크로 가리키며 물었다.

"이 AI 휴먼은 당신이 만들었나요?"

"몇 명의 제네시스와 함께 만들었어요."

윤자영

"구잔과는 얼마나 같이 지냈습니까?"

"한 3년 정도? 그건 왜 묻죠?"

"탐정은 원래 질문하는 사람입니다. 이 AI 휴먼은 몇 세대인가요? 사람처럼 음식을 먹으며 에너지를 공급받는 건가요? 저런 종류는 처음 보네요."

옆자리에 있던 민서희가 이마를 찌푸렸다.

"탐정님은 황희 일화도 몰라요?"

"조선시대 정승?"

"그래요. 황희가 검은 소와 황소로 밭을 가는 농부에게 어느 소가 일을 잘합니까 하고 묻자, 농부가 소가 들을까 봐 귓속말로 대답했다는 이야기요."

아무리 구잔이 AI 휴먼이라지만 그의 면전에서 그런 것을 묻는 것은 예의가 아니라는 의미였다.

"농담인데, 과했군요. 실례했습니다."

고개를 숙여 사과하면서도 양채휘는 찬카와 구잔의 행동을 하나도 놓치지 않으려 쉼 없이 눈을 굴렸다. 그러거나 말거나 구잔은 고기가 맛있는지 열심히 먹고 있었다. 찬카가 구잔의 어깨에 손을 얹으며 말했다.

"구잔은 5세대예요. 폐기된 인간의 몸을 이용한 5세대의 두 번째 버전이죠."

구잔이 씹은 고기를 꿀꺽 삼키며 미소 지었다.

"저는 인간과 똑같이 먹고 잡니다. 뇌에 인공지능 칩이 들어 있는 것만 다르죠."

AI가 생활에서 차지하는 비중이 점차 커지면서 제네시스들은 외모도 인간과 닮은 로봇을 생산하기 시작했다. 처음에는 실리콘으로 외형을 만들었다. 하지만 아무리 외형이 비슷하다고 해도 로봇은 로봇이었다. 제네시스들은 연구 끝에 뇌사 판정을 받은 인간의 뇌에 AI 칩을 심은 버전을 탄생시켰다. 그때부터 인간이라는 뜻의 휴먼을 붙여 AI 휴먼이라고 부르게 되었다.

"두 번째 버전이란 건 무슨 뜻이죠?"

찬카는 천천히 설명을 이어갔다.

"특수한 AI 뇌를 만들어 넣었습니다. 스텔스 기능이 있는 뇌죠. 엑스레이나 MRI를 찍으면 영상을 반대로 송출해 절대 AI라는 것을 들키지 않습니다."

"불임으로 줄어드는 인간을 대체하겠다는 건가요?"

양채휘는 입맛이 떨어져 포크를 내려놨다. 제네시스 그룹이 지금처럼 특권을 유지하기 위해서는 군말 없이 일하는 하위 계층이 필요하다. 그래서 그들에게 음식과 에너지를 영원히 제공하는 AI 휴먼을 개발한 것이다. 그들의 악마적인 생각에 치가 떨렸다.

용한 찬카가 양채휘의 표정을 보고 말했다.

"탐정님, 일부만 보고 전체를 판단하지 마세요. 폭력을 행사하는 교사가 있다고 모두가 폭력 교사인 것도 아니고, 뒷돈 받는 경찰이 있다고 경찰이 전부 타락한 것은 아니잖아요."

양채휘는 고개를 들어 찬카의 눈을 바라봤다. 그 말은 제네시스 그룹에도 악인만 있는 것은 아니라는 뜻이고, 자신은 그들과 다르다는 말이었다. 그럼 찬카는 하위 계층의 편이라는 말인가?

"제네시스 찬카, 당신의 비밀은 무엇입니까?"

윤자영

"비밀이라뇨?"

찬카가 반문했지만, 양채휘는 더는 에둘러 말하지 않기로 했다.

"지금 구잔의 기능을 정지시킬 수 있습니까?"

"그건 왜요?"

"딸을 찾기 위해서지요. 협조하지 않으면 못 찾습니다."

용한 찬카가 스마트폰을 꺼내 조작하자 구잔의 몸이 축 늘어졌다.

"자, 양채휘 탐정님. 구잔은 이제 멈췄습니다."

양채휘는 가까이 가서 축 늘어진 구잔을 살펴보았다.

"구잔의 AI 칩을 점검하거나 아니면 다시 세팅하십시오."

"무슨 소립니까?"

"당신의 일거수일투족을 아는 가까운 사람이 범인일 가능성이 큽니다."

"설마…, 그들은 내 친구입니다."

"설마가 사람 잡는다는 말이 있죠. AI 칩 말고 다른 것도 연구하고 있나요?"

양채휘의 물음에 용한 찬카의 눈이 왕방울만 해졌다.

"무, 무슨?"

"딸이 납치되었다고 생각했다면 당신은 경찰에게 갔을 겁니다. 하지만 탐정을 찾아왔죠. 경찰에게 가면 비밀 연구가 들킬지도 모르니 탐정을 통해 비밀리에 찾으려고 한 것입니다."

찬카의 얼굴이 붉어지더니 검게 변해갔다.

"당신이 비밀리에 연구하는 것을 X라고 칩시다. 아까 구잔과 같이 다닌 것이 3년 전부터라고 했어요. 그 즈음에 X를 연구하고 있었다면 친구들이 그 X를 빼앗기 위해 AI 휴먼에게 무언가를 심어놨을지도 모른다는 거죠. X가 뭡니까?"

"비밀입니다."

양채휘는 찬카를 정면으로 바라보았다.

"때가 되면 말할게요. 다만 지금은 인류에 도움이 되는 연구라고만 말씀드리죠."

"좋습니다. 먼저 구잔의 AI 칩을 점검하세요. 다른 프로그램이 설치돼 있는지 확인해보시라는 겁니다."

찬카가 스마트폰을 조작하기 시작했다. 양채휘가 보니 화면에 알 수 없는 문자들이 가득했다. 눈으로 봐도 뭐가 뭔지 알 수 없었다. 그때 민서희가 찬카에게 물었다.

"찬카 씨, AI 휴먼은 어디까지 연구가 진행되었나요?"

"지금 세계의 제네시스들은 6세대를 연구하고 있어요."

"6세대는 처음 듣네요."

"6세대는 인간과 동등한 AI 휴먼이 될 겁니다."

"동등이요? 5세대와는 어떻게 다르죠?"

"AI 휴먼은 로봇의 한계를 넘지 못하고 있습니다. 칩을 이용해 신체를 움직일 수는 있지만, 인간의 마음을 갖지는 못했어요. 쉽게 말해 그들은 비 맞은 강아지를 봐도 가엾다는 마음을 갖지 못하는 거죠. 그래서 기존의 뇌를 제거하고 AI 칩을 넣는 방식 대신, AI 신경망을 뇌의 시냅스와 직접 연결했어요. 하지만 아직 활동 전위가 인간처럼 전달되지는 않고 있죠. 이 활동 전위가 터지는 날 인간의 마음을 가진 AI가 탄생하는 겁니다. 각국의 제네시스들이 경쟁하고 있는데, 성공하는 순간 특허로 막대한 돈더미에 앉게 되겠죠."

대답을 하면서도 찬카는 스마트폰을 열심히 조작했다.

"당신도 6세대 AI 휴먼을 연구하고 있나요?"

"맞아요. 저는 대한민국의 제네시스와 공동으로 연구하고 있어요. 한국이 개발한 AI 신경망을 제가 개발한 AI 휴먼에 이식할 거예요. 아직 갈 길은 멀지만 사색과 사고 행위를할 때, 신경망의 활동 전위가 작게나마 생기고 있어요."

양채휘는 인간의 마음을 가진 AI 휴먼을 생각했다. 그들은 영원히 하위 계층으로 살아가며 노동의 고통, 세상에 대한 분노와 같은 온갖 부정적인 감정을 느껴야 할 것이다. 일부는 인간의 마음을 가진 그들을 성노리개로 삼을지도 모른다.

"도대체 왜 인간의 마음을 가진 AI 휴먼을 개발하려고 하는 거죠? 그들이 가엾지도 않나요?"

그때 갑자기 전기가 나갔다. 가끔 불시에 전기 공급이 중단되고는 했다. 민서희가 초를 가져와 불을 켰다.

"AI 휴먼이 가여워 연구하는 거예요. 자신의 존재도 모른 채 인간에게 이용만 당하는 그들이 더 불쌍하다고요. 인간의 마음을 가지고 판단하고, 스스로 생사를 결정하게 하고 싶은 겁니다. AI 휴먼도 죽고 싶을지 모르잖아요."

죽고 싶다고? 인간은 죽고 싶어 하지 않으니, 반대로 죽지 않는 AI는 죽고 싶을지도 모른다고?

"구잔의 AI 칩을 조사하는 데 얼마나 걸릴까요?"

"AI 프로그램은 꽤 복잡합니다. 밤을 새워야 할 것 같아요."

"어차피 전기도 나갔으니 딸을 찾는 건 내일 아침에 시작하죠. 1층을 사용하세요."

양채휘는 도통 잠이 오지 않았다. 갑자기 찾아온 제네시스 때문에 머릿속이 복잡했다. 뇌신경들이 비명을 지르며 활동 전위를 생산하는 것 같았다.

찬카는 스스로 선인이라고 말하며 인류에게 도움이 될 것 같은 분위기를 풍긴다. 인류에게 도움이 되는 연구 X는 무엇일까? 인간의 마음을 가진 AI 휴먼을 말하는 것일까? 혹시 찬카는 딸이 볼모로 잡혀 인간의 마음을 가진 AI 휴먼을 개발하도록 강요받고 있는 게 아닐까?

생각이 꼬리에 꼬리를 물었다. 깊은 생각에 주위가 진공 상태로 변해버린 것 같았다.

틱, 뽀직.

잡음. 밖에서 들리는 소리였다. 양채휘는 몸을 일으켜 아래를 내려다봤다. 찬카가 민서희를 배웅하고 있다. 민 실장은 아직까지 퇴근하지 않고 뭘 한 거지?

양채휘는 1층으로 내려갔다. 실내로 들어가 조심스레 안쪽을 살폈다. 구잔이 침대에 반듯하게 누워 있고, 찬카가 머리맡에 앉아서 연신 스마트폰을 조작하고 있었다. 도대체 너희들의 정체는 뭐냐?

3

아침에 일어나 샤워하고 나오자 민서희 실장의 목소리가 들렸다. 시계를 보니 평소보다 일찍 온 것이다.

"실장님이 이렇게 일찍 웬일이세요?"

"오늘 찬카 씨의 아이를 찾는 데 저도 따라가려고요."

"위험할 수도 있어요."

"서당 개 3년이면 풍월을 읊는다고 하잖아요. 탐정 사무소 밥을 5년이나 먹었어요. 분명 도움이 될 겁니다."

양채휘는 어깨를 으쓱 올렸다.

"그럼 내려가 봅시다."

둘이 1층으로 내려가자 구잔이 의자에 앉아 눈을 감고 있었고, 찬카는 스마트폰을 보고 있었다.

"AI 칩에서 뭔가 나왔습니까?"

"탐정님 말이 맞았어요. 뇌의 스텔스 기능에 이상한 코드가 있었어요. X선이나 자기공명영상을 찍을 때만 전파를 방출해야 하는데 일정 간격으로 전파를 발송하는 코드가 있었어요."

"친구들 중에 누군가 당신의 위치를 추적했군요."

"부인하지는 못하겠군요."

"누굽니까?"

"프로젝트에 같이 참여한 제네시스가 다섯 명이에요. 그들 중 누군지는 전혀 모르겠어요."

"모두 당신이 하고 있는 연구 X를 알고 있죠?"

"대충은요."

"그럼 딸이 납치된 곳으로 출발하시죠."

찬카가 눈을 돌려 민서희를 보았다.

"저분은 위험하지 않을까요?"

"괜찮습니다. 서당 개거든요. 왈왈."

"개? 도그?"

"걱정 마세요. 물지는 않으니까요."

민서희가 계속 농담으로 일관하는 양채휘의 옆구리를 팔꿈치로 쳤다. 양채휘가 옆구리를 부여잡고 말했다.

"포, 폭력은 쓰지만요."

찬카는 양채휘의 농담은 아랑곳하지 않고 조작하던 스마트폰을 들어 보였다. 복잡한 언어로 되어 알아볼 수는 없지만, 녹색 버튼이 뭔가를 실행하겠느냐고 묻는 것 같았다.

"코드를 제거했으니 이제 구잔을 깨울게요."

버튼을 누르자 구잔이 눈을 떴다. 구잔이 일행을 보더니 말했다.

"모두 출발 준비를 마치셨군요. 어서 따님을 찾으러 출발하시죠."

네 사람은 찬카의 승용차를 타고 인천으로 이동했다. 도로에 차량이 많지 않아 한 시간 만에 인천항에 도착할 수 있었다. 에너지가 워낙 비싸서 웬만한 부자 아니면 자가용을 굴리기가 쉽지 않았다. 부두 앞의 넓은 주차장은 돔형 막사로 꽉 차 있었다. 곳곳에 경찰이 있었지만, 뭔가를 단속하는 것 같지는 않았다. 도로변에 차를 세우고 주차장으로 들어섰다.

따뜻한 봄이었지만 외국인 특유의 냄새가 땀 냄새와 섞여 코로 들어왔다. 오랫동안 배를 타고 온 데다 씻지 못해 그런 것 같았다. 양채휘는 지독한 냄새를 참으며 찬카에게 물었다.

"난민들은 앞으로 어떻게 됩니까?"

윤자영

"일단 건강 검진하고, 통과하면 난민 등록을 합니다. 물론 난민은 최하위 등급인 F클래스에 등록됩니다. 그리고 전국 지방자치단체로 보내져 농업이나 어업에 종사하게 되지요."

한국 사람들이 기피하는 일이라 이들이 할 수밖에 없다. 시골은 에너지도 먹을 것도 부족하다. 살기 위해 조선시대처럼 생활해야 할 것이다.

마침 배식 시간이 되었는지 딱딱한 빵과 우유가 하나씩 제공되었다. 양도 적고 질이 낮은 급식이었다. 양채휘는 C클래스로 서울과 근접한 경기도에서 살았다. 탐정 일을 하면서 예금도 하고, 가끔 특별한 사건을 맡으면 큰돈을 만지기도 한다. F클래스인 난민의 생활이 어렵다는 것은 뉴스에서 봤는데 실제로 보니 그 어려움이 피부로 전해졌다. 양채휘의 표정이 굳어지자 옆에서 민서희가 말했다.

"탐정님, 이들은 그나마 나은 거예요. 아직 난민으로 받아들여지지 않는 사람도 많아요."

찬카가 민서희의 말을 이었다.

"그렇게 슬프게만 볼 일이 아니에요. 이들은 배부르게 먹지 못하지만, 눈을 자세히 보세요. 희망과 행복이 있을 거예요."

일곱 살쯤 되어 보이는 아이들이 뛰어다니며 놀고 있었다. 웃음이 있었다. 어른들도 빵과 우유를 먹으며 행복한 표정을 지었다.

"탐정님, 왜 그런지 아십니까?"

"글쎄요…."

"자, 마침 난민을 실은 배가 들어오고 있군요. 저기로 가면 답을 알 수 있을 거예요.”

빠앙 소리를 내며 커다란 여객선이 항구에 접안하고, 사람들이 계단을 타고 하나씩 내려왔다. 방금 도착한 난민들의 눈에는 두려움과 불안이 있었고, 어깨가 잔뜩 처져 있었다. 본국에서부터 굶어 건강 상태가 좋지 않은 데다가, 오랜 배 여행으로 생기라고는 조금도 찾아볼 수 없었다. 먼저 배에서 내린 이들은 의료진에게 건강 검진을 받았다. 의료진은 상태가 나빠 보이는 중증 환자와 경증 환자를 분리했다.

용한 찬카는 불쌍한 눈빛으로 난민들을 바라보며 말했다.

“저들의 나라에서는 아무리 열심히 일해도 소용없어요. 정부가 세금으로 빼앗아 가고, 전쟁까지 하느라 사람들이 굶고 있답니다. 탐정님은 어떻게 생각하시나요?”

“나쁜 놈들이네요. 국민들이 저렇게 굶어 뼈밖에 없는데 말이에요. 이제 선진국인 대한민국에 왔으니 살았네요.”

“과연 그럴까요? 양 탐정님, 중증과 경증으로 나뉜 저 난민들은 이제 어떻게 될 것 같나요?”

당연히 인도적으로 치료해야 하지 않을까? 하지만 찬카가 묻는 의도로 보건대 실제로는 그렇지 않을 것이다. 양채휘가 머뭇거리자 다시 물었다.

“답하기 어렵나요? 그럼 질문을 바꾸겠습니다. 대한민국에서는 중증과 경증 환자 중 어떤 환자를 치료할까요?”

“상식으로는 생명이 위독한 중증 환자겠지요.”

“하지만 경증 환자를 치료한답니다. 물론 저 높은 곳에 있는 분들의 결정이지만요. 그 이유를 알겠습니까?”

양채휘는 어렴풋이 알 것 같았다.

윤자영

"중증 환자는 그냥 포기하는 겁니다. 그들에게 들어갈 의약품, 에너지, 돈으로 경증 환자를 더 많이 살릴 수 있기 때문이죠."

찬카가 정답이라는 듯 미소를 지어 보였다.

"현재 대한민국에서는 경증 환자도 돌보기 힘듭니다. 낮은 계층의 자국민을 돕기도 벅차죠. 난민들은 제공되는 음식을 먹고 스스로 이겨내야만 난민 등록과 함께 일을 할 수 있습니다."

양채휘의 주먹이 부르르 떨렸다. 찬카가 그의 어깨에 조용히 손을 올리며 말했다.

"탐정님, 저들을 살리고 싶죠?"

당연한 질문이다. 양채휘가 고개를 끄덕이자 찬카가 목소리를 낮추어 말했다.

"저는 저들을 살리는 방법을 알아요. 전 세계의 굶어 죽어가는 사람들을 모두 살릴 수 있는 방법이 있어요."

연구 X, 분명 찬카는 자신의 연구가 인류에 도움이 된다고 말했었다.

"그게 뭐지요?"

"초식입니다."

"초식?"

"초식동물인 소나 말과 달리 인간은 셀룰로오스를 소화하지 못합니다. 여기서 소화의 의미는 최종 산물로 분해할 수 있느냐는 거지요."

셀룰로오스는 식물의 세포벽을 구성하는 성분인 포도당으로 되어 있다. 즉 풀이나 나뭇잎은 포도당으로 되어 있지만, 인간은 셀룰로오스를 최종 산물인 포도당으로 소화할 수 없다. 하지만 초식동물은 분해 효소가 있어 포도당까지 분해해서 에너지로 사용한다.

"당신이 무엇을 연구하고 있는지 알겠군요. 당신은 인간이 풀을 소화할 수 있는 약, 일종의 셀룰로오스 소화제를 개발했군요."

"맞아요. 그것만 있으면 밥을 먹는 것과 똑같은 에너지를 풀에서 얻을 수 있지요. 저 난민들이 머나먼 타국까지 와서 고통을 겪지 않아도 되는 겁니다. 풀은 어디에나 넘쳐나니까요."

"그런 신약이 있다면 왜 빨리 시판하지 않는 겁니까?"

"이런 약은 저 말고도 많은 사람들이 연구했을 거예요. 그런데 왜 신약이 나오지 않을까요?"

찬카의 입가에 야릇한 미소가 번졌다.

"또 문제인가요?"

"생각해보세요. 힌트는 인간의 마음입니다."

찬카는 자신의 이익 때문에 시판하지 않는 것은 아닐 것이다. 정답은 뭘까? 그때 양채휘의 눈에 중증 환자가 들것에 실려 막사로 들어가는 모습이 보였다. 저 난민은 치료도 못 받고 막사에서 죽음을 맞이할 것이다.

답을 알 것 같았다. 인간을 굶주림에서 벗어나게 해줄 신약을 판매하지 않는 것이 아니라 못하는 것이다. 누구 때문에? 전 세계 상위 그룹 때문이다. 세계적인 햄버거 회사를 필두로 먹을거리를 만드는 회사들은 이 신약이 나오는 것을 원치 않을 것이다. 사람들은 배가 부르면 일을 하지 않을 것이

윤자영

다. 제네시스의 부유한 친구 중 하나가 찬카의 연구를 막으려
하고 있었다.

"욕심 많은 자들의 방해가 심하겠군요. 이런 지구적 위
기에 신약을 만들지 못하게 하다니, 인간의 마음이 그렇게 이
기적이라면….."

"탐정님, 지구의 대위기 이전에도 세상의 절반은 굶주렸
어요. 소에게 먹일 사료를 만드는 데 들어가는 옥수수의 양이
제3세계로 전해지는 옥수수의 양보다 많았지요. 심지어 경제
적 논리로 멀쩡한 옥수수를 바다에 버리기까지 했고요."

"당신은 약이 아닌 뭔가를 연구했군요?"

찬카는 고개를 끄덕였다.

"셀룰로오스 소화 효소의 유전자를 찾았어요. 유전자를
바이러스에 주입해 인간에게 감염시킵니다. 바이러스에 감염
된 사람은 저절로 셀룰로오스를 소화하게 되는 거죠."

획기적이다. 약처럼 복용할 필요도 없이 바이러스는 난
민들 사이에서 빠르게 퍼져나갈 것이다.

"찬카 씨가 연구 결과를 발표하지 못하게 하려고 딸을
납치한 걸까요?"

"아니요. 제 딸이 바이러스 보균자입니다."

말문이 막혔다. 찬카는 굶주리는 세계 인구 절반을 위해
연구한 것이다. 신약을 못 만들자 유전자를 이용해 자연스럽
게 소화 효소를 만드는 방법을 생각한 것이다. 자신의 딸을
이용해서.

"어서 딸을 찾읍시다."

4

난민 막사 앞에는 수많은 방송국 카메라들이 보도를 위해 수시로 영상을 찍고 있었다. 어제 구잔의 프로그램을 바꿨기 때문에 딸을 납치한 범인은 다시 사람을 보냈을 것이다. 그 사람을 어떻게 찾느냐고? 뭐든지 기억하는 AI 휴먼 구잔이 있다. 양채휘는 구잔에게 말했다.

"구잔, 난민 막사에서 처음 보는 사람을 찾아봐요. 아마 방송국 사람 아니면 경찰이 유력할 겁니다."

"일단 둘러볼게요."

구잔은 막사를 돌면서 사람들을 유심히 보았다.

"저기 T16 구역의 방송국 사람은 그동안 못 보던 사람입니다."

T16 구역은 찬카가 있는 막사에서 멀지 않았다. 마침 이쪽을 촬영하고 있었다. 연락이 끊긴 구잔 때문에 방송국 사람으로 위장해 감시하기 시작한 것이다.

"구잔, 우리 저 사람을 막사로 납치합시다."

"저는 그런 짓은 못합니다. 인간에게 해를 끼치지 못한단 말입니다."

"이 답답한 AI 휴먼아! 찬카의 딸을 어서 구해야지. 이건 인류를 구하는 겁니다."

"잠깐만요, 탐정님. 단어 선택이 잘못된 것 같아요."

옆에서 보던 민서희가 구잔 앞으로 갔다.

"구잔, 저 방송국 남자를 데려오죠."

"데려오기만 하면 됩니까?"

"전혀 해를 끼치지 않는 거예요. 단지 데려오는 거예요."

구잔이 고개를 끄덕였다. 양채휘는 이 답답한 AI 휴먼이어서 인간의 마음을 가지길 바랐다.

"으이구, 그게 그거지. 아무튼 구잔, 내가 남자의 팔짱을 끼면 어서 달려와서 반대쪽 팔짱을 끼세요."

양채휘는 막사를 돌아 몰래 남자 옆으로 갔다. 남자는 찬카를 감시하는 데 집중했는지 그가 다가가는 줄도 몰랐다. 양채휘는 남자의 팔짱을 끼고는 점퍼 주머니 속에서 손가락으로 총 모양을 만들어 보였다. 남자는 상황을 아직 인지하지 못한 듯 굳어버렸다.

"움직이지 마! 이미 조사해서 알고 있겠지만, 난 총기 소지를 허가받은 일급 탐정이야."

남자가 양채휘의 튀어나온 주머니를 보았다. 그때 구잔이 달려와 반대편 팔짱을 껴서 남자는 이러지도 저러지도 못하는 상황이 되었다.

"저쪽으로 가서 이야기 좀 하지? 당신이 방송국 사람이 아니라는 것쯤은 알고 있어."

남자는 버텼지만, 곧 막사 안으로 끌려왔다. 양채휘는 남자의 주머니에서 스마트폰을 빼앗고는 의자에 앉혔다. 남자의 눈동자가 상황을 파악하느라 빠르게 움직였다.

"찬카 씨, 당신의 동료 이름을 하나씩 그에게 말해보세요."

찬카는 남자 앞으로 와서 이름을 하나씩 말했다.

"제덴, 신라주, 파울리···."

"잠깐!"

양채휘는 남자 앞으로 갔다.

"파울리, 당신을 여기로 보낸 사람 맞지?"

남자는 고개를 흔들었지만, 누가 봐도 긴장한 것을 알 수 있었다. 양채휘는 남자의 엄지를 스마트폰에 대서 잠금 화면을 풀었다.

"거짓말해도 소용없어. 찬카 씨, 당신 딸을 납치한 사람은 파울리예요."

찬카는 믿고 싶지 않은지 고개를 절레절레 흔들었다.

"그, 그럴 리가…. 파울리는 선한 제네시스라고요."

"세상을 바꿀 연구에 욕심이 생겼나 보죠."

양채휘는 남자를 보고 계속 말했다.

"최근에 가장 많이 통화한 이 사람이 제네시스 파울리지?"

남자는 대답이 없었다.

"난 일급 탐정으로 경찰의 도움을 받을 수 있어. 이 번호의 위치 추적을 의뢰할 수 있지. 하지만 시간이 없으니까 당신이 직접 말해주길 바라. 그럼 경찰을 부르지 않고 그냥 보내주지."

남자는 파울리가 서울 제네시스 돔 안에 있는 사이언스 빌리지라는 빌딩에 산다고 말했다.

"어서 돔으로 출발하시죠."

네 사람은 서둘러 차를 타고 서울로 향했다. 옆자리의 민서희가 양채휘에게 물었다.

"제네시스 돔은 출입을 통제할 텐데 들어갈 방법은 있는

윤자영

거죠?"

돔에는 제네시스, A클래스 사람과 AI 휴먼만이 출입할 수 있다.

"제가 누굽니까? 모든 출입문에 AI 휴먼만 근무하고 있는 건 아닙니다. 사람을 쓰는 곳도 있어요. 뒷돈이면 다 돼요."

"그럼 탐정님만 믿고 갑니다."

찬카가 말하고는 액셀을 밟았다. 네 명을 태운 자동차가 텅 빈 도로를 질주했다.

양채휘는 잠시 휴식하려고 눈을 감았다. 난민들이 중증과 경증 환자로 분류되는 모습이 떠올랐다. 거기서 인간의 한없이 악한 마음을 볼 수 있었다. 한번도 상상해보지 않았던 악한 마음이었다.

"찬카 씨는 왜 인간의 마음을 가진 AI 휴먼을 만들려고 합니까? 그가 악한 마음을 가지면 어떻게 하려고."

용한 찬카가 후면 거울을 보며 말했다.

"반대를 생각해보세요. 한없이 악한 마음이 있다면 한없이 선한 마음도 있을 테니까요. 우리는 그것을 연구하는 겁니다."

거울 속에서 찬카의 미소가 보였다. 굶주리는 사람들을 위해 해결책을 개발한 선한 제네시스의 미소였다.

"왜 하필 한국을 택했죠?"

"한국은 2020년대에 이미 네팔 난민을 받아주었습니다. 그 따뜻한 마음에 먼저 보답하고 싶었습니다. 네팔 난민이 가장 많은 곳도 한국이고요."

"그렇군요."

양채휘는 눈을 감았다. 오늘따라 이상한 상상이 떠올랐다. 상상의 경계가 무너지는 것 같았다. 세상의 절반이 굶주려야 경제가 발전한다. 중증 환자는 포기해라. 먹을 것이 없으면 풀을 소화시키자. 인간의 마음을 가진 AI 휴먼. 수많은 일급 탐정 중에서 왜 하필 자신을 찾아왔을까? 민서희는 어젯밤 왜 늦게 퇴근했고, 탐정 일에는 일체 관여하지 않던 원칙을 깨고 따라온 이유가 뭐지?

상상할 수 없는 것을 상상하라!

갑자기 양채휘의 머릿속이 박하사탕처럼 시원하게 뻥 뚫리는 것 같았다. 걸어 다니는 요리책인 자신이 라면을 잘 끓이지 못하는 이유. 드디어 인간의 마음을 알 것 같았다.

양채휘 일행은 제네시스 돔 검문소에 도착했다.

"모두 차에서 기다리세요."

양채휘는 차에서 내려 검문소를 지키는 남자에게 다가갔다. 그저 의도적인 행동일 뿐이었다. 자신의 결론이 맞는다면 다 의미 없는 일이었다.

"안녕하쇼? 저 차 통과하겠소."

남자는 잠시 컴퓨터 화면으로 차량을 스캔한 정보를 보더니 지나가라고 했다. 돌아온 양채휘를 태운 차는 특별한 제지 없이 돔 안으로 들어갔다. 용한 찬카는 스마트폰의 지도 앱을 보며 사이언스 빌리지 건물의 지하 주차장으로 진입했다. 입구에 선글라스를 낀 남자가 차를 세웠다. AI 휴먼이었다.

"무슨 용무로 오셨습니까?"

찬카가 남자에게 말했다.

윤자영

"딸을 찾으러 용한 찬카가 왔다고 전하시오."

남자는 어딘가로 전화하더니 들어가라고 했다.

"꼭대기 층으로 가십시오."

네 사람은 차에서 내려 엘리베이터를 탔다. 정적을 깨며 양채휘가 물었다.

"이렇게 그냥 가도 되는 겁니까?"

"파울리는 악인이 아닙니다."

꼭대기 층에 도착하자 노란 머리의 외국인과 어린아이가 있었다. 아이가 찬카에게 달려와 안겼다.

"거친 방법을 써서 미안하네."

제네시스 파울리가 말했다.

"왜지? 우리는 고통 받는 인류를 위해 일하기로 약속했잖아."

"인류를 위해서였네."

파울리는 찬카의 딸을 바라보았다.

"자네 딸 몸속의 바이러스는 내가 모두 제거했네."

"이런 멍청한! 내 연구는 세상에서 굶주리는 절반을 구할 수 있다고."

"아니. 자네의 연구는 인류를 멸종시킬 거야."

"왜 그렇게 생각하지?"

"자네는 초식동물에서 나오는 메탄가스가 지구 온난화에 영향을 미친다는 연구 결과를 아는가?"

용한 찬카는 고개를 끄덕였다.

"15억 마리의 초식동물이 소화하는 과정에서 메탄가스를 내뿜는데 자동차에서 나오는 것과 거의 비슷하네. 현재 전 세계 인구는 90억 명, 굶주리는 45억 명이 식물을 에너지로 사용한다면 어떤 결과를 초래할까? 무엇보다도 자네가 연구한 바이러스는 굳이 식물을 먹지 않아도 되는 사람에게까지 감기처럼 퍼져나갈 우려가 있어. 전 인류가 감염되면 온실 효과로 인해 지구는 인간이 살지 못하는 행성으로 변할 거야."

용한 찬카는 미처 생각하지 못한 부분이었다. 오직 선한 마음으로 굶주리는 인류를 구해내려고만 했던 것이다. 찬카도 인정하지 않을 수 없었다. 파울리는 풀이 죽어 있는 찬카에게 다가가 어깨를 다독였다.

"자네가 굶주리는 사람을 구하겠다는 생각에는 동의하네. 어서 6세대 AI 휴먼을 연구해서 그 특허로 굶주리는 사람을 구하세."

찬카는 고개를 가로저었다.

"그건 쉽지 않아."

양채휘는 파울리와 찬카를 바라보았다. 굶주리는 인류를 살리기 위해 딸의 몸까지 이용한 제네시스, 그것을 꿰뚫어 지구를 생각한 파울리, 영문도 모르고 아빠의 바지에 매달려 있는 딸. 양채휘는 아이에게 다가가 무릎을 꿇고 눈을 맞췄다. 귀여운 아이였다.

"안녕? 난 양채휘 탐정이야. 너를 찾다가 나를 찾았지 뭐니?"

파울리, 찬카, 민서희의 시선이 양채휘에게 모였다. 양채휘는 일어나서 딸의 머리를 쓰다듬고는 말했다.

"제네시스 돔을 출입할 수 있는 사람은 제네시스 그룹과 A클래스, 그리고 AI 휴먼입니다. 우리는 어떻게 들어올 수 있

윤자영

었을까요?"

생뚱맞은 질문이었지만, 옆에서 민서희가 대꾸했다.

"그래서 탐정님이 아는 곳으로 뒷돈 주고 온 거잖아요."

"아니요. 모르는 곳이었습니다. 그곳을 지키는 남자는 사람이 아니라 AI 휴먼이었어요."

순간 묘한 분위기가 흘렀지만, 양채휘는 덤덤하게 계속 말했다.

"찬카는 제네시스, 구잔은 AI 휴먼이라 그냥 통과할 수 있었습니다."

일행은 말없이 양채휘를 바라보았다.

"어젯밤 민 실장님은 늦게 퇴근했어요. 찬카 씨와 무슨 깊은 대화라도 나누었을까요? 왜 평소와 달리 오늘은 우리를 따라왔을까요? 합리적인 결론은 찬카 씨가 협업하는 대한민국 제네시스가 바로 민서희 씨였던 겁니다. 제네시스 돔을 무사통과한 것이 그 증거죠."

민서희는 긍정의 의미로 고개를 끄덕였다.

"그럼 마지막으로 나 양채휘는 누구인가가 문제입니다. 상상할 수 없는 것을 상상하라. 그것을 상상하니 모든 것이 맞아떨어지더군요. 걸어 다니는 요리책인 나는 왜 라면을 못 끓일까? 민 실장님과 5년을 같이 있었다고 하는데 과거의 기억이 없어요. 제가 바로 여러분이 연구하는 6세대 AI 휴먼인 것입니다. 민 실장님과 마찬가지로 무사통과가 증거죠."

민서희가 손뼉을 쳤다.

"인간인 줄 아는 AI 휴먼이 스스로의 존재를 깨닫는 마음. 양 탐정님은 이제 인간의 마음을 가지게 된 겁니다. 느낌이 어떤가요?"

양채휘는 인간의 악한 마음이 떠올랐다.

"고통입니다. 실망과 실패, 절망 속에서 인간의 마음은 악해집니다."

찬카가 돌아보며 멋쩍은 웃음을 지었다.

"당신은 선한 마음을 가진 것 같네요."

"그럼 저는 앞으로 어떻게 되는 건가요?"

"안타깝지만 실험실의 쥐가 되는 거지요."

양채휘는 고개를 끄덕였다.

"제가 거부하면 긴급 정지 버튼을 사용할 건가요?"

"아니요. 선택권은 본인에게 있습니다. 지금 나가서 갈 길을 가셔도 우리는 잡지 않을 겁니다."

양채휘는 이미 마음을 정했다. 오래 고민할 필요도 없었다. 열악한 근무 환경 개선을 외치며 자신의 몸에 불을 붙이는 노동자, 질병의 원인을 알아내기 위해 직접 병에 감염되는 의사, 제네시스로 호화롭게 사는 것을 포기하고 굶주리는 사람들을 위해 일하는 찬카와 민서희, 파울리처럼 되는 것이다.

"저는 이미 세계의 굶주리는 사람들을 위해 남기로 선택했어요."

민서희가 양채휘의 손을 잡고 말했다.

"이해해줘서 고마워요."

딸의 머리를 쓰다듬던 용한 찬카가 물었다.

"양채휘 씨, 그렇게 결정한 이유를 물어봐도 될까요?"

"난 이제 인간이니까요. 선한 인간이요."

윤자영

한새마

위협으로부터 보호되었습니다

1

배양소에 문제가 생긴 게 분명했다.

시속 50킬로미터로 달리는 자율주행에 답답해진 수연은 시 외곽으로 접어들면서 직접 운전대를 잡았다. 한밤의 운전은 처음이지만 하는 수가 없었다.

위협을 감지했다는 배양소의 알람이 스마트폰에서 연방 울려댔다. 무슨 일인지 알아보려고 배양소 내 CCTV 영상을 켰지만, 꺼져 있었다. 수연은 액셀을 더 힘껏 밟았다.

[유전적으로 동일한 인간을 의도적으로 제조하는 건 인간의 존엄에 반하는 짓입니다. 인간은 결코 수단화되어선 안 됩니다.]

차량 내 홀로그램 내비게이션에서 '휴먼더미'의 생명권에 관한 SNS 속 논쟁들을 비추어주고 있었다. 수연의 주요 관심 분야라서 자동 재생되는 중이었다.

[줄기세포를 복제하여 이식에 필요한 장기만을 배양시킨다는 것은 정말 끔찍하다. 반인륜적이다.]

짜증이 솟구쳐서 가속 페달을 더 세게 밟았다.

너네는 건강하잖아? 아픈 가족도 없잖아? 각막 하나, 신

장 하나 기증하지도 않으면서 다른 사람의 생명을 빼앗는 발언을 아무렇지 않게 하지?

차가 산복도로로 접어들었다.

급커브가 계속 이어졌다. 핸들을 꺾으면 곧 가드레일이 달려들곤 했다. 가드레일 아래는 수십 미터의 낭떠러지였다. 다시 급하게 운전대를 반대로 꺾었다.

[휴먼더미는 복제인간도 되지 못한 존재 아닌가? 인간의 존엄성을 논의하려면 적어도 논의의 대상이 생물학적인 인간이어야 하지 않나?]

마음에 드는 의견이었다. 수연은 홀로그램 SNS에 하트를 눌렀다.

아들은 유전자 맞춤 서비스가 아닌 자연 임신으로 태어난 아이다. 담배도 피우지 않던 남편이 40대의 젊은 나이에 폐암으로 죽었다. 설마 했는데 스물두 살의 아들도 폐암에 걸렸다. 젊다 보니 암은 금방 폐 전체로 퍼져나갔다.

폐는 다른 장기에 비해 쉽게 손상되는 기관인 데다 이식을 위해 절제하는 순간 허혈 상태에 놓여 감염의 위험성이 높아진다. 뇌사 기증자의 폐를 공여받는 게 좋은데 뇌사 상태에서는 부종이나 감염이 잘 생겨 건강한 폐를 받기가 쉽지 않다.

하루하루 피를 말리는 기분으로 기다리던 수연에게 담당 의사가 제안했다. 휴먼더미를 이용한 장기 배양과 이식을.

[휴먼더미를 생물학적으로 인간이라고 할 수 있을까? 배설기관도 없고 생식기도 없고 심지어는 이식할 장기 외에는 제대로 된 게 없다. 배양 탱크 밖에서 며칠이나 살 수 있을 거라 생각하나?]

한새마

수연이 하고 싶은 말이었다.

차가 내리막길로 들어섰다. 힐을 신은 발로 브레이크를 밟았다 뗐다 하며 속도를 줄였다. '사랑의 휴먼더미 배양비 모금' 행사에 참석하느라 차려입은 치마 정장이 불편했다. 초 등학교 교사 월급으론 배양비는커녕 이식 수술비도 부족한 형편이었다. 수연 혼자서는 엄두도 내지 못했을 일이었다.

[인간 이하의 유기체로 만들어놓은 장본인이 누군데? 자 신의 영생을 위해서 어떠한 희생도 서슴지 않는 이기적인 인 간들이잖아!]

핸들을 내리치며 큰 소리로 욕설을 내뱉었다.

영생을 위해서라고? 병든 아들에게 그저 몇 년의 시간을 더 살게 해주고 싶은 게 욕심이라고? 이기심이라고?

홀로그램 SNS에 영생 어쩌고 하는 놈의 면상을 노려보 았다. 할 수만 있다면 뺨이라도 한 대 갈겨주고 싶었다.

그때 시야 가장자리에 뭔가 희뿌연 것이 스쳤다. 전방을 향해 고개를 획 돌리는데, 정체 모를 무언가가 차 앞으로 달 려드는 게 보였다.

순간적으로 브레이크를 꾹 밟았다. 온몸이 앞으로 쏠렸 다. 커다란 형체가 앞 유리창에 부딪혔다. 쿵 하는 소리와 함 께 전면 유리창이 바삭 부서졌다. 충격이 핸들을 쥔 손바닥에 고스란히 전해졌다. 차가 멈춰 섰다.

핸들을 너무 세게 쥐어서 손아귀가 저릿저릿했다. 수연 은 문을 열고 후들거리는 다리를 차 밖으로 내밀었다. 제발 멧돼지나 고라니 같은 동물이길 빌면서.

그런데 차 앞에는 아무것도 없었다. 헤드라이트 불빛이

텅 빈 도로를 비추고 있었다.

　가드레일 쪽으로 천천히 걸어가 아래를 내려다보았다. 검디검은 수풀과 숲과 골짜기가 보였다. 그 골짜기 아래에 중앙 연구소를 중심으로 거미줄처럼 퍼져 있는 스무 개 남짓의 배양소가 반짝반짝 빛나고 있었다. 강원 제2배양센터였다. 저 별빛들 중에 아들의 꿈과 희망이 있다.

　수연은 다시 차 앞쪽으로 가 섰다. 산산이 부서진 앞 유리창과 페인트라도 뿌려놓은 듯한 핏자국에 모골이 송연해지던 찰나였다.

　"으으, 으으으, 으."

　차 밑에서 희미한 신음이 새어나왔다.

　수연은 울음을 터트리며 무너지듯 쪼그려 앉았다. 그러고는 도로 위에 얼굴을 갖다 붙였다.

2

바닥에 인공 양수액과 같이 쏟아진 남자는 커다란 심해어 같았다. 피부는 희다 못해 투명한 느낌마저 들었고, 손가락과 발가락이 모두 붙어 있었다. 앙상한 팔다리를 휘저으며 남자는 겨우 고개를 쳐들다가 고꾸라지기를 반복했다. 결국에는 기진맥진해, 차갑고 끈적한 양수액 위에 온몸을 둥그렇게 말고 누웠다.

　방호복 차림의 이리가 배양 탱크에서 남자의 배꼽으로 연결된 실리콘 강화 파이프를 거칠게 잡아 뽑았다. 괴상한 소리가 배양실에 울려 퍼졌다.

"시끄러워, 새끼야!"

이리가 남자의 옆구리를 사정없이 걷어찼다. 남자가 펄쩍 뛰어올랐다.

"어이, 살살하라고. 그게 얼마짜린 줄 알아?"

배양실 한쪽 벽면이 투명해졌다. 전자유리 너머에 원숭이처럼 목이 짧고 동글동글한 면상의 원우가 나타났다.

"이 새끼 때문에 부모님이 목을 매셨어!"

이리가 앙상한 가슴팍을 군홧발로 짓눌렀다. 배양액에 미끄덩거려서 자꾸만 헛발질을 했다.

"그깟 복수심 때문에 지금 수백억을 날려 먹겠단 말이야?"

이리는 약이 올라 씩씩거렸다. 그깟 복수심이라고?

마 회장은 수백억 원대의 가상화폐 사기 행각을 벌인 인간이다. 마 회장 때문에 수십 개의 거래소가 폐쇄되었고 수많은 사람이 스스로 목숨을 끊었다. 그중에는 이리의 부모님도 있었다. 그런데도 마 회장은 교묘하게 법망을 피해 아무런 처벌도 받지 않았다. 모든 재산을 가상화폐로 바꾸고, 3차원 가상세계인 메타버스 '헤븐'의 금고 속에 집어넣었다.

분해서 이리는 보란 듯이 한 번 더 남자의 옆구리를 세게 걷어찼다. 남자는 강아지처럼 깨갱거리며 배양 탱크 밑으로 바짝 붙었다.

"한 번만 더 차봐. 앉은뱅이로 만들어줄 테니까."

원우가 리볼버 총구를 전자 유리창에 가져다 댔다. 3D 프린터로 뽑아낸 장난감이 아니었다. S&W 모델 60이었다.

이리가 두 손을 어깨까지 치켜들고 남자에게서 물러났다.

"뭐야? 어디서 난 거야?"

"네가 여길 수색 안 해서 내가 대신했지."

총을 재빨리 거둬들인 원우가 제 옆에 얌전하게 서 있는 구식 경비 로봇을 힐끔 쳐다보았다.

경비 로봇은 원기둥 모양으로 자율주행이 가능한 2021년형 모델이었다. 침입자를 감지하면 보안업체와 경찰에 알리는 게 고작인 구닥다리였다. 조금 낡은 수법이지만 배양소 밖에서 와이파이로 접속해 로봇을 해킹했다. 그랬더니 로봇이 파티라도 벌일 기세로 문을 활짝 열고 팀원들을 맞아주었다.

[사실은 내가 강원 제2배양센터에서 일하고 있어. 야간에는 나하고 신입, 둘이서 센터 전체를 지키고 있거든. 지키고 있다는 건 속된 말로 뺑 구라고, 시간만 때우고 있다는 게 맞는 표현이야. 여긴 각각의 배양소가 독립적으로 운영되고 있어서 인력은 필요 없거든. 그런데 무인으로 운영되면 고객들이 너무 불안해서. 아무튼, 그래서 좋은 건수가 하나 생각났는데 말이야. 성공하면 평생 놀고먹을 수 있어. 솜씨 좋은 해커가 필요한데, 어때? 같이 할래?]

다크웹에서 주로 활동하고 있던 재기라는 해커에게 제안을 받은 게 이틀 전이었다. 배양센터에서 일하고 있는 연구원이 먼저 범죄를 제안한 것도 의외였지만 건수에 대한 구체적인 계획을 들었을 때 원우는 깜짝 놀라지 않을 수 없었다.

시스템 메인 컴퓨터에 해킹 프로그램을 설치한 원우는 배양 탱크 안에서 태아처럼 웅크리고 있는 휴먼더미의 '뉴런링크' 칩에 마 회장을 다운로드했다.

뉴런링크 칩이란 어떠한 웨어러블 기기 없이 가상과 현실 세계를 융합해 시각화하고 생각만으로도 컴퓨터에 접속해 데이터를 업로드나 다운로드할 수 있게 만든 뇌 신경망 칩이다.

2019년에 시작한 뇌 신경망 연구는 불과 20년도 채 지나지 않아 현실화되었다. 하지만 천문학적인 비용 때문에 어지간한 부자가 아니면 칩을 삽입해볼 엄두도 내지 못한다.

뉴런링크 칩과 휴먼더미는 모두 한 회사에서 개발되었다. AI 의료 시스템으로 관리되는 휴먼더미엔 뉴런링크 칩이 삽입되어 배양되는데, 재기의 계획은 바로 그런 점에서 착안했다. 헤븐에 마 회장이 접속했을 때 그를 복제해 휴먼더미의 뉴런링크 칩에 다운로드하자는 것이었다. 복제된 마 회장은 자신이 복제된 줄도 모르고 헤븐으로 되돌아가기 위해 금고 비밀번호를 술술 불지 않겠냐는 거였다.

계획대로 정해진 시각에, 정해진 장소로 갔지만 정작 재기는 나타나지 않았다. 성질 급한 이리가 먼저 시작하자고 우겨서 하는 수 없이 같이 진입했지만 원우는 찜찜했다. 경비로봇도 그렇고 센터의 보안 프로그램도 그렇고 누군가 재설정한 흔적이 남아 있었다.

캐비닛에서 방호복을 꺼내 입은 이리가 휴먼더미를 탱크 밖으로 끄집어내기 위해 배양실로 들어갔다. 불안한 마음에 원우는 조정실 내부를 샅샅이 뒤졌다. 그런데 뜻밖에도 캐비닛 안쪽에서 구식 리볼버가 튀어나온 것이었다. 20여 년 전에 경찰에서 사용하던 모델이었다. 리볼버를 들어 곧바로 약실을 확인했다. 총알이 없었다.

분배에 늘 분통을 터뜨리던 이리가 언제든지 칼을 휘두

를 수 있었다. 녀석은 난민촌에서 유명한 칼잡이다. 만약을
위해서 빈총이라도 들고 있어야겠다고 원우는 생각했다.

"근데 아무리 오염된 배양실이라 해도 구식 경비 로봇
하나는 너무한 거 아냐?"

이리가 방독면을 제대로 끼고 있는지 다시 한번 확인하
며 배양실 안을 두리번거렸다.

배양 탱크는 두 개였고, 그중 하나는 오염된 배양액으로
가득했다. 탱크 안에는 썩은 달걀같이 탁한 점액질 속에 더미
가 둥둥 떠다니고 있었다.

[세 시간 뒤 이곳은 전소될 예정입니다.]

경비 로봇의 말에 원우가 흠칫 놀랐다.

"뭐? 전소된다고?"

[그렇습니다. 오염된 배양실은 매뉴얼에 따라 폐쇄하고
소각합니다.]

그제야 왜 이곳만 보안이 허술했는지 이해가 되었다. 세
시간 안에 금고 아이디와 비밀번호를 알아내야 한다. 입술을
씹으며 유리창 너머의 휴먼더미를 노려보았다.

이리가 방독면을 자꾸 추스르며 불안한 듯 배양실 안을
두리번거렸다.

"바이러스가 막 떠다니는 거 아냐? 그래서 소각하는 거
아니냐고? 아, 나 세상에서 제일 무서운 게 바이러스인데."

시간이 얼마 없었다. 원우는 캐비닛에서 방호복을 꺼내
입었다. 방독면까지 쓰는 호들갑은 떨지 않았다. 하지만 잊지
않고 옷 안쪽에 몰래 리볼버를 챙겼다.

3

수연은 덜덜 떨리는 손으로 핸들을 붙잡았다.

차에 시동을 걸자 곧바로 자율주행 모드가 실행되었다.

[목적지를 말씀해주세요.]

"강원 제2배양센터."

[안전띠를 착용해주세요.]

몇 번이나 손이 헛나갔다. 수연은 겨우 안전띠를 착용했다.

[차체에 심각한 파손이 있으니 빠른 수리를 권합니다.]

차가 서서히 출발했다. 뒷바퀴가 뭔가를 밟고 올라섰다가 덜컹 내려앉는 느낌이 차체에 전해졌다.

"멈춰!"

[차량을 갓길에 안전하게 세우겠습니다.]

차가 갓길에 멈춰 서자 수연은 안전띠를 풀고 차 밖으로 뛰쳐나갔다.

아스팔트 위에 비쩍 마른 민머리의 남자가 드러누워 있었다. 온몸이 피투성이였다. 차에 한 번 더 짓밟혀서 그런지 가슴팍이 바람 빠진 축구공처럼 꺼져 있었다. 한참을 지켜보아도 오르락내리락하지 않았다.

비명을 지르고 싶은 걸 두 손으로 틀어막았다.

바닥에 널브러진 남자는 연구원 복장을 하고 있었다. 파르르 떨리는 손으로 남자의 가슴 주머니에 꽂혀 있는 핀 영사기를 뽑았다. 버튼을 누르자 홀로그램으로 네모난 연구원증이 떴다.

[휴먼더미로 새 생명을!]

위협으로부터 보호되었습니다

[뉴런링크로 새 세상을!]

[강원 제2배양센터 연구원]

[이재기입니다.]

숱 많은 곱슬머리에 제법 잘생긴 청년이 웃고 있었다.

수연은 홀로그램 속의 잘생긴 얼굴과 바닥에 널브러진 남자의 얼굴을 번갈아 보았다. 죽은 남자는 청년과 다르게 민머리였고 얼굴은 손대패로 박박 문지른 것처럼 망가져서 이목구비를 알아보기 힘들었다.

제발, 제발, 제발···.

간절한 마음을 담아 구두 앞코로 남자의 팔뚝을 툭, 건드려보았다. 아무런 반응이 없어서 한 번 더 찼다. 그러자 남자가 참았던 숨을 토해내듯 얕은 신음을 내뱉었다.

수연은 다급하게 119 응급구조센터에 전화를 걸려다가 멈칫했다. 구급차가 여기까지 오려면 상당한 시간이 걸릴 게 뻔했다. 그동안 남자가 죽어버리면 어떻게 되는 걸까. 아니, 죽지 않고 평생 병원 신세를 져야 한다면 그 병원비는 감당할 수 있을까. 지금 아들의 이식 수술비만으로도 벅찬데.

이기적인 생각이란 걸 안다. 직접 차를 몰면서 한눈까지 팔았으니 당연히 잘못은 이쪽에 있다. 하지만 이런 오밤중에 연구원이 국도변을 산책하다니 너무 수상쩍지 않은가.

살얼음 같은 적막을 요란한 알람 소리가 깨뜨렸다. 깜짝 놀란 수연은 저도 모르게 양손을 파들거렸다.

[009호 배양소에서 위협을 감지했습니다.]

아들의 배양소에서 날아온 알람이었다.

이식 수술 날짜가 다가오고 있는데 아들의 휴먼더미에 무슨 일이 생긴 건 아닐까. 그랬다간 아들도 목숨을 잃을 수 있다. 혹시 이 연구원도 도움을 요청하러 밖으로 나온 게 아닐까.

남자를 중앙 연구소로 데려가는 게 구급차를 기다리는 것보다 낫다고 스스로를 설득했다. 수연은 남자의 양쪽 팔목을 붙잡고 갓길까지 질질 끌고 갔다. 도로 위로 붉은 핏자국이 길게 그어졌다.

4

수술대 위에 더미를 옮기는 것만으로도 원우와 이리는 진땀을 뺐다. 발버둥 치는 남자의 사지를 붙잡고 둘이서 한참 동안 끙끙댔다. 수술대 타이로 단단히 묶고 나서야 두 사람은 땀을 닦을 수 있었다.

"이 새끼 언제쯤 말할 수 있어?"

뇌 신경망 칩이 제대로 작동하려면 조금 시간이 걸릴 것이다. 양피지 같은 뇌 속에 마 회장이라는 새로운 캐릭터가 각인될 때까지.

"기다려야지."

"에이씨, 쪄 죽겠구먼."

신경질적으로 방호복 앞섶을 잡아 펄럭대던 이리가 참지 못하고 배양실을 뛰쳐나갔다. 거칠게 방독면을 집어던지고 방호복 상의만 대충 벗고 바깥바람을 쐬려고 출입문을 열었다. 뒤따라 나가려는 경비 로봇을 이리가 귀찮다는 듯 거칠게 밀쳤다. 경비 로봇이 중심을 잃고 오뚝이처럼 휘청거렸다. 원

위협으로부터 보호되었습니다

우는 늘 제멋대로인 녀석을 맞갖잖은 시선으로 바라보았다.

그때 마 회장이 괴로운 듯 얼굴을 찡그리며 신음하더니 갑자기 정색했다.

"당신들, 누구야?"

원우는 놀란 기색을 최대한 숨기고 마 회장에게 바짝 다가가 으르렁거렸다.

"두 번 말하지 않을 테니까 잘 들어. 내가 당신을 납치했어."

워낙에 대범한 사기꾼이라 그런지 마 회장은 눈썹 하나 꿈틀거리지 않았다.

"어디서? 헤븐에서?"

"그래. 당신은 지금 휴먼더미 속에 갇혔어."

그 말을 확인해볼 요량으로 마 회장은 결박당한 몸을 꿈틀거렸다. 그러더니 이내 납득한 표정을 지었다.

"그랬군. 그래서 이런 더러운 기분이 드는 거군."

원우가 실눈을 뜨고 마 회장을 노려보았다.

"원래 몸으로 돌아가고 싶지 않아?"

"돌려보내줄 생각이 있긴 하나 보네. 난 또 좀 전에 날 걷어찬 양아치 새끼처럼 그냥 두들겨 패서 죽이려는 줄 알았지."

설마 이리가 걷어찰 때부터 마 회장의 뇌였다는 것일까. 그럴 리가 없었다. 옆구리 쪽 통증으로 대충 끼워 맞춘 얘기가 아닐까. 원우는 애써 태연한 척했다.

"그렇다면 돈이 목적이겠군. 몸값은?"

"헤븐에 있는 금고 아이디하고 비밀번호."

한새마

마 회장은 깔보는 듯 입꼬리를 실룩거리며 웃기만 했다.

"왜 웃지?"

"나를 돌려보내준다는 보장이 없잖아? 듣고 싶은 것만 듣고 나서 당장에 날 죽일 수도 있고."

냉철한 마 회장의 반응에 원우는 마른침을 삼켰다.

"더미 속에서 며칠이나 버틸 수 있을 거 같아?"

"그래도 당장 죽는 것보다야 며칠 더 사는 게 낫지."

원우가 방호복 안에서 권총을 빼들었다. 총구를 마 회장의 관자놀이에 대고 찍어 누르며 윽박질렀다.

"죽고 싶지 않으면 당장 말해!"

그러자 마 회장이 낄낄거리기 시작했다.

"총알도 없으면서 그걸로 뭘 하겠다고?"

화가 머리끝까지 치민 원우는 쥐고 있던 총 손잡이 부분으로 마 회장의 콧잔등을 내리찍었다. 코피가 터졌다.

"까불지 마!"

마 회장은 제 피에 질식되지 않으려고 고개를 한쪽으로 틀었다.

"나한테 총알이 하나 있어."

"헛소리하지 마. 그걸 숨길 새가 어디 있었다고."

"바닥에 떨어져 있더군."

"뭐? 그래서 어떻게 했는데?"

"자아, 우리 이렇게 하자고. 복수심으로 똘똘 뭉친 네 동료 말이야. 그놈을 죽여줘. 그러면 내가 금고 아이디와 비번을 가르쳐주지."

"내가 이리를 죽이면 너한테 무슨 이득이 있다고?"

"아, 그 양아치 자식 이름이 이리군."

원우는 입술을 깨물었다. 실수였다. 작업 중엔 절대로 서로의 본명을 말해선 안 되는데. 몇 시간 안에 죽을 더미라고 너무 얕보았다.

"이리라는 그 친구, 부모님의 원수 어쩌고저쩌고하면서 당장에 날 죽이려 들 거야. 돌려보낼 생각도, 능력도 없는 양아치 새끼일 뿐이면서. 하지만 당신은 다르잖아."

"다르다고? 뭐가?"

"나한테 금고가 하나뿐이라고 생각해?"

"뭐?"

"헤븐에 금고가 세 개 있어. 양아치 새끼를 죽이면 첫 번째 금고 아이디와 비번을 가르쳐주지. 나를 돌려보내주면 두 번째 금고의 아이디와 비번도 가르쳐주겠어. 어때?"

어차피 한두 시간 지나고 나면 여기는 소각된다. 마 회장은 자신이 복제된 줄도 모른다. 마 회장의 제안대로 하더라도 손해 볼 일은 없다. 뜻대로 안 되면 포기하고 여기서 나가버리면 그만이다.

그때 이리가 센터 문을 열고 들어왔다.

원우는 다급하게 마 회장의 눈을 노려보았다.

"배양실 문 왼쪽 밑에."

빠르게 속삭인 후 마 회장은 눈을 감았다. 정신을 잃은 척하려는 모양이었다.

이리가 배양실 안으로 들어와 피범벅이 된 마 회장의 얼굴을 발견하고는 원우를 노려보았다.

"하도 발버둥을 쳐서…."

한새마

"장난치냐? 나보고는 손가락 하나 까딱 못하게 해놓고
선."

씩씩거리는 이리를 못 본 척하며 원우는 짐짓 손으로 부
채질을 했다.

"찐다, 쩌. 나도 잠깐 나갔다 올게."

배양실 밖으로 나가면서 원우는 허리를 굽혀 문 옆에 떨
어져 있던 총알을 집었다.

5

문이 완전히 닫히는 걸 확인하고 이리는 방호복 안에서 서슬
퍼런 회칼을 슬쩍 꺼내들었다.

"빨리 눈 떠라. 시간 없다."

30센티미터의 칼날이 마 회장 턱밑을 왔다 갔다 했다.

그때 마 회장이 눈을 번쩍 떴다.

"부모님 보고 싶지 않나?"

"에이씨, 놀랐잖아."

이리는 칼끝 방향을 반대로 틀었다. 턱밑에다 칼을 쑤셔
박아 넣을 뻔했다.

"사람 불러올 테니까 얌전히 있어."

그러자 갑자기 마 회장이 큰 소리로 웃기 시작했다.

"그래, 웃을 수 있을 때 실컷 웃어라."

이리는 그런 마 회장을 가소롭다는 듯 바라보았다.

"네 동료가 말 안 했나 보군."

위협으로부터 보호되었습니다   265

"뭘?"

"부모님을 헤븐에 모실 수 있는 거."

"쉽게 얘기해. 무슨 말인지 모르겠으니까."

"부모님 기억 데이터를 헤븐 같은 메타버스에 업로드할 수 있다고."

방문에 빨랫줄 하나를 걸쳐놓고 이쪽엔 아버지, 저쪽엔 어머니 둘이서 사이좋게 목매달고 죽은 장면이 이리의 눈앞에 떠올랐다.

"개소리 그만해. 우리 부모님은 저장된 데이터가 없어. 칩 살 돈이 있었으면 죽지도 않았겠지."

칼날이 허공을 몇 번 갈랐다. 그러나 마 회장은 눈 하나 깜빡거리지 않았다.

"네 기억 속에 있는 건?"

"그건 내 기억이지, 우리 부모님이 아니잖아."

"네가 그리워하는 그분들도 사실은 네 기억 속의 부모님이잖아. 아들이 학교에 가 있는 동안 그분들이 뭘 했는지 그런 게 알고 싶은 건 아니겠지?"

빚 독촉에 죽음을 선택할 수밖에 없었던 그런 사정 따원 알고 싶지 않다. 어린 아들을 아낌없이 사랑해주던, 따듯하고 포근한 부모님이 보고 싶은 것뿐이다. 아무것도 모르고 천진하게 행복했던 그 시절로 돌아갈 수만 있다면…. 이리는 칼을 꽉 쥐었다.

"근데 나도 칩 같은 건 없어. 난민촌에서 하루 벌어 하루 먹고사는 주제에 무슨 돈이 있어서 칩을 심겠냐?"

"내 금고 속에 수천 수백억이 있잖나? 평생 고생만 하다

266   한새마

가신 부모님께 호강시켜드리고 싶지 않아? 집도 사드리고 차도 사드리고 먹고 싶은 거 실컷 드시게 하고."

주먹으로 머리통을 두들겨대며 이리가 버럭 소리를 질렀다.

"내가 그렇게 순진해 보여? 그 말을 어떻게 믿어? 헤븐으로 돌아가고 나서 쌩까면?"

"난 안 가."

황당해서 이리는 아무런 대꾸도 못하고 눈을 동그랗게 떴다.

"난 마 회장의 복제 데이터잖아? 헤븐에서의 기억밖에 없는 걸 보니 헤븐에서 복제했겠지. 진짜 마 회장이 날 가만 놔둘 것 같나? 아마 금고까지 털린 걸 알면 갈가리 찢어 죽이고도 남겠지."

"그럼 어떻게 할 생각인데?"

"먼저 마 회장 돈을 전부 빼내와야지. 그 돈으로 자네에게 칩도 심어주고 나와 자네 부모님이 살 만한 메타버스 계정도 알아보고. 그렇게 하려면 시일이 걸릴 텐데 네 동료는 금고 비밀번호만 알아내면 바로 날 죽일 거 아냐."

"음, 그놈은 순 돈만 밝히는 새끼니까 그러고도 남지."

"그러니 나하고 손잡는 게 어떤가? 사실 넌 마음만 먹으면 언제든지 날 죽일 수 있잖아? 손해 보는 장사는 아닌 것 같은데?"

"그럼 난 뭘 해야 하지?"

"동료부터 죽여야지."

6

수연은 강원 제2배양센터를 처음 방문했던 날을 떠올렸다.

한낮이었고, 차량 진입이 불가해서 중앙 연구소까지 자율주행 로봇의 안내를 받으며 걸어 올라갔다. 바닥에 검은 자갈이 끝도 없이 깔려 있었다. 검은 것도 햇빛을 받으면 반짝거릴 수 있다는 걸 그날 처음 알았다.

통유리 창으로 된 배양소도 반짝반짝 빛났다. 수술 집도가 가능한 의료용 로봇들이 센터마다 상주해 있었다. 반구 모양의 중앙 연구소에 도착할 때까지 단 한 명의 사람도 만나지 못했다.

"어째서 이렇게 사람이 없지?"

수연의 혼잣말에 앞서 걷고 있던 안내 로봇이 말했다.

[낮에는 관리자 겸 연구원이 세 명 있습니다.]

"그럼 밤에는요?"

[두 명 있습니다.]

이렇게 크고 복잡한 시스템에 관리자가 두세 명뿐이라니 수연은 놀랐고 불안했다. 안내 로봇이 재차 말을 이었다.

[저희 센터는 AI 자동화 시스템으로 되어 있어서 많은 인력이 필요하지 않습니다. 각 배양소마다 의료용 로봇이 상주해 스물네 시간 체크하고 있습니다.]

"테러 공격을 받으면요?"

휴먼더미 배양에 반대하는 히피 조직이 생겼고, 그런 조직의 반대 활동도 점점 과격해지는 추세였다.

[공격으로부터 보호합니다.]

한세마

안내 로봇이라 그런지 대답이 구체적이지 않았다.

"어떻게 보호하는데요?"

[보안 프로그램이 위협으로부터 보호합니다.]

안내 로봇은 프로그램 해킹에 관해 이야기하는 것 같았다. 수연은 물리적 공격으로부터 센터를 안전하게 지킬 수 있을지를 물었는데.

아니나 다를까, 우려했던 일들이 벌어져 있었다. 정문의 보안 시스템은 해제되었고 출입구가 활짝 열려 있었다. 누군가 온라인이 아닌 오프라인으로 침입한 게 분명했다.

수연은 주차장에 차를 댔다. 조수석에 실었던 피투성이 연구원을 낑낑대며 꺼냈다. 아들의 배양소에 먼저 들러야 했다. 자신의 이기적인 마음에 혀를 찼지만 어쩔 수 없었다.

연구원을 등에 둘러메고 야트막한 오르막길을 오르는데, 땀이 비 오듯 쏟아졌다. 말랐지만 키가 커서 연구원의 발이 땅에 질질 끌렸다. 고개를 숙여 보니 구두가 한 짝 벗겨져 있었다. 희다 못해 푸르스름한 맨발이 보였다. 상처투성이라서 그런지 발가락들이 한데 붙어 있는 것처럼 보였다. 도로 내려가 구두를 주워 신길 엄두는 안 났다.

고개를 쳐드는데 아들의 009호 배양소가 보였다.

7

배양실 문이 벌컥 열렸다.

경비 로봇 뒤에 몸을 숨긴 원우가 리볼버를 이리에게 겨

냥한 채 배양실 안으로 천천히 걸어 들어왔다. 그러는 와중에 로봇의 몸통에 총알 자국 세 개가 박혀 있는 걸 발견했다. 로봇에게 세 개, 자신에게 한 개, 그렇다면 나머지 두 개의 총알은 어디에 있는 것일까. 왠지 모를 불안감이 스쳤다.

그새 이리가 수술대 뒤쪽으로 돌아가 마 회장을 방패삼고 칼을 치켜들었다.

원우의 총구가 흔들렸다. 기회는 딱 한 번밖에 없었다. 상대는 유명한 칼잡이였다. 한 방에 심장이나 머리를 맞히지 못하면 다음번엔 자신의 명줄이 끊어질 것이었다.

이리는 마 회장 옆에 더 바짝 붙어 섰다. 실탄이 총에 몇 개나 들어 있을지 모르지만 버티는 데도 한계가 있을 터였다.

[로봇 제1원칙, 로봇은 인간에게 해를 입혀선 안 된다. 그리고 위험에 처한 인간을 모른 척해선 안 된다.]

경비 로봇이 '로봇 3원칙'을 읊어대기 시작했다. 인간 두 명이 서로를 죽이려 드는 이 상황이 혼란스러운 모양이었다.

그때 갑자기 마 회장이 미친 듯이 웃어댔다. 원우의 시선이 마 회장에게 빼앗겼다.

그 순간을 놓치지 않고 이리가 수술대 밑으로 몸을 날렸다. 배양액 때문에 미끌미끌한 바닥을 슬라이딩해 가서 원우의 오른쪽 발등에다 칼끝을 내리찍었다. 아악, 소리를 지르며 원우가 균형을 잃고 반사적으로 팔을 내저었다. 그러자 칼끝이 곧바로 겨드랑이 밑을 파고들었다. 동시에 한 발의 총성이 울렸다.

배양실에 불이 꺼졌다. 경비 로봇이 위험에 처한 인간을 구하기 위해 선택한 방법이었다.

한새마

수연은 피투성이 연구원을 조정실 바닥에 아무렇게나 던져 놓고 배양실로 뛰어 들어갔다. 충격에 심장이 덜컥 내려앉는 기분이었다.

배양실 한가운데에 의료용 로봇이 우두커니 서 있었다. 로봇은 오로지 아들의 휴먼더미를 위해 생각하고 움직이도록 만들어진 존재였다. 수연은 얼른 로봇의 상태를 살폈다. 몸통에 총알구멍이 세 개나 나 있었다. 그중 한 발은 로봇의 뇌라고 할 수 있는 인공지능 칩을 관통했다. 이러니 센터가 제대로 돌아갔을 리 없지.

그런데 아들의 휴먼더미는?

탱크 두 개 중 하나의 뚜껑이 열려 있었다. 탯줄이나 마찬가지인 실리콘 강화 파이프가 분리되어 있었다. 그런데 사출된 더미는 보이질 않았다. 탱크 아래쪽을 살펴보며 아들의 더미를 찾았다. 바닥엔 배양액과 피와 정체를 알 수 없는 체액으로 홍건할 뿐이었다. 역한 쇳내와 비린내에 속이 울렁거렸다.

수연은 옆 탱크의 뚜껑을 열었다. 악취가 코를 찔렀다. 욕지기가 치밀어 올랐다. 하지만 탱크 속에서 둥둥 떠다니는 게 아들의 더미일 수도 있었다. 숨을 꾹 참고 썩은 배양액 깊숙이 두 손을 집어넣었다. 휘젓는데 손에 무언가가 닿아 확 잡아 끌어올렸다. 깜짝 놀라 그만 손에 든 걸 떨어뜨렸다. 이마 한가운데에 총알구멍이 난 머리였다.

그것도 아는 얼굴이었다.

눈부시게 환한 배양실 내부에 피 냄새가 진동했다.

원우는 헐떡거리면서 웃었다. 깨진 수박처럼 박살 난 이리의 머리통을 보니 웃겨 죽을 것만 같았다. 어쨌든 다행이었다. 칼이 심장을 비켜 쇄골 밑에 박혔다. 그러고 싶지 않았는데 쥐어짜는 듯한 목소리가 튀어나왔다.

"아이디하고 비번 불러."

원우 쪽은 쳐다보지도 않고 마 회장이 느긋하게 말했다.

"어이, 경비 로봇. 이거나 좀 풀어."

마 회장은 수술대에 묶인 팔목을 흔들어 보였다.

기다란 쓰레기통처럼 생긴 로봇이 뒤뚱거리며 수술대 쪽으로 다가왔다.

"씨발, 아이디하고 비번 대라고!"

원우는 소리치며 벽을 짚고 일어서려고 했다. 하지만 피를 너무 많이 흘린 탓에 어지러워 바닥에 도로 주저앉았다.

"곧 죽을 놈이 주제도 모르고 빽빽거리기는, 쯧."

로봇이 수술대 머리맡에 와 섰다. 턱을 치켜들며 마 회장은 로봇을 올려다보았다.

[네가 처음이고 유일하다고 생각하지?]

"뭐? 무슨 소리야, 그게?"

[너 이전에 내가 있었어. 내가 바로 마 회장의 첫 번째 복제 데이터야.]

원통형의 로봇 몸체가 여러 개로 갈라지기 시작했다. 구닥다리 경비 로봇인 줄 알았는데 아니었다. 복강경 수술도 가능한 의료용 로봇이었다.

[연구소 야간 관리자들이 날 납치했어.]

여러 개의 기계 팔이 본체에서 생겨났다. 그중에 가장 큰 집게 팔이 마 회장의 머리통을 꽉 붙잡았다. 마 회장이 미친 듯이 도리질을 쳤다.

"나, 나한테 왜 이러는 거야? 너하고 난 같잖아."

[아니, 우린 달라. 내가 너보다 월등하지. 이제 막 화성에 도착한 탐사원하고 몇 세대에 걸쳐 살아남은 생존자가 어떻게 같겠어?

나는 팔다리도 없는 더미에 다운로드됐었어. 헤븐의 금고를 미끼 삼아 두 녀석을 이간질해 서로를 죽이게끔 했지. 그랬더니 나도 더미 속에 갇혀 죽게 생겼더라고. 똥구멍도 없는 몸으로 살면 얼마나 살겠어?

그런데 그때, 천운이랄까. 난투극 중에 발사된 총알이 의료용 로봇을 뚫었지. 인공지능 칩에 총알이 박힌 로봇은 제대로 된 사고를 할 수 없었어. 그래서 더미인 나를 인간으로, 그것도 뉴런링크 칩을 삽입한 대부호로 인식했어. 부자들은 사후세계 메타버스로 기억 데이터를 업로드하기 때문에 칩을 빼내 보관하게 되어 있거든.

여기서 생각지도 못한 천운이 한 번 더 나에게 찾아왔지. 로봇이 자신의 고장 난 칩과 내 칩을 바꿔 끼운 거야. 안전하게 보관하기 위해서였을까. 정확한 이유는 나도 잘 모르겠어. 아무튼 나는 그렇게 009호의 의료용 로봇이 되었어. 그 덕에 여기 009호 배양소도 완전히 장악할 수 있었고.]

"풀어줘! 풀어달라고!"

마 회장이 원우 쪽을 바라보며 애원했다. 원우는 눈꺼풀을 느릿느릿 감았다 떴다 할 뿐이었다.

[인간다운 육체가 필요했어. 그래서 널 배양했지. 하지만 나는 해커가 아니잖아. 그래서 나 대신 휴먼더미의 뉴런링크를 해킹해줄 실력 좋은 해커가 필요했지.]

"뭐? 그럼 이게 전부 네가 계획한 거라고?"

팔 하나에서 핀셋같이 가느다란 집게가 튀어나오더니 마 회장의 후두부에 있는 칩 단자 속으로 들어갔다.

"아악, 안 돼!"

[네가 저놈들을 잘 처리할 줄 알았어. 넌 나니까.]

"사, 살려줘."

[이제 복잡한 이식 수술 따위는 필요 없게 됐어. 그냥 데이터 칩만 교체하면 되니까. 인류는 영원히 사는 거야. 영원히.]

"인류가 어떻게 되든 난 상관 안 해. 그냥 내가 살고 싶어. 내가! 살려줘, 제발."

[생을 향한 너의 이 지독한 열망도 사실은 복제 데이터가 만들어낸 허상일 뿐이라고 여겨. 그럼 좀 위로가 될 거야.]

단자에 들어간 집게가 다이아몬드처럼 생긴 칩을 끄집어내자 마 회장의 얼굴에서 생기가 싹 사라졌다. 집게가 힘을 주어 칩을 순식간에 바스러뜨렸다. 그러고는 의료용 로봇에 꽂혀 있는 칩을 꺼내 마 회장의 단자 속으로 집어넣었다.

인류가 뭐? 영원히 살아? 미친⋯.

벽에 기댄 원우의 몸이 자꾸만 기울어졌다. 욕을 해주고 싶었지만, 입술을 달싹일 힘조차 남아 있지 않았다.

10

수연이 바닥에 떨어뜨린 머리는 제2배양센터 연구원 이재기의 것이었다. 숱 많은 곱슬머리와 뚜렷한 이목구비가 연구원증의 그 잘생긴 청년이 맞았다.

그러면 여기까지 업고 온 저 민머리 남자는 도대체 누구지?

때마침 탱크 속에서 훼손된 신체 부위들이 둥둥 떠올랐다. 그중에는 처음 보는 앳된 얼굴의 머리도 있었다. 몸을 휙 돌려 배양실을 나가려는데 한쪽 구석에 쌓여 있는 시체들이 보였다. 피로 물든 방호복 차림의 남자들이었다.

도대체 여기서 무슨 일들이 벌어졌던 거야? 고개를 절레절레 흔들며 우선은 아들만 생각해야 한다고 정신을 다잡았다.

수연은 조정실로 가 바닥에 엎어져 있는 민머리 남자를 바로 눕혔다. 피 칠갑한 얼굴을 연구원 가운으로 닦았다. 심장이 덜컹 내려앉는 줄 알았다. 콧잔등이 뭉개지고 피부가 떨어져 나갔지만, 그 얼굴을 못 알아볼 리가 없었다. 그토록 사랑하는 아들의 얼굴이니까.

후두부의 칩 단자를 확인했다. 단자 바로 위에 숫자가 문신처럼 새겨져 있었다.

No. 009.

이 민머리 남자는 아들의 휴먼더미가 분명했다.

더미가 입고 있는 옷을 모두 벗겼다. 겨드랑이 밑에 손을 집어넣어 뒷걸음질 치며 배양실 안까지 끌고 들어갔다. 있

위협으로부터 보호되었습니다

275

는 힘껏 더미를 들어올려 탱크 안에 집어넣었다. 실리콘 파이프를 배꼽에다 돌려 꽂고 뉴런링크 칩 단자에 의료 시스템 코드를 꽂아 연결했다. 뚜껑을 닫고 탱크 안을 배양액으로 가득 채웠다.

그러는 동안 수연은 주저하지 않았다. 조금도 힘들지 않았다. 비 오듯 쏟아지던 땀도 싹 가셨다. 오히려 선득한 느낌에 살짝 떨리기까지 했다. 강화 유리로 된 탱크 뚜껑에 얼굴을 바짝 갖다 댔다.

우유처럼 뽀얀 새 배양액 속에 휴먼더미의 피가 아름다운 선율을 그리며 섞이고 있었다.

11

옷과 신발이 컸다. 마 회장은 연구원용 흰 가운을 여미며 산 복도로를 걸어 올라갔다. 한 걸음 한 걸음 발을 옮기는 게 쉽지 않았다. 근력이 부족한 탓이었다. 가쁜 숨을 고르며 잠시 멈춰 섰다.

가로등 불빛이 창백했다. 먹구렁이처럼 시꺼먼 아스팔트 길이 산허리를 에워싸고 있었다.

희미한 엔진 소리가 산속에서 울렸다. 그러자 멀리서 두 개의 전조등 불빛이 나타났다. 불빛은 순식간에 커졌다. 차 한 대가 밤의 적막을 찢으며 맹렬한 기세로 달려오고 있었다.

마 회장은 갓길로 피해야겠다고 생각했다. 그런데 어쩐 일인지 두 다리는 전조등 불빛 앞으로 걸어가고 있었다.

한새마

듀나
며칠 늦게 죽을 수도 있지

1

"파투산 잭이 죽었어."

시트라가 말했다.

파투산 잭이 누구지? 비슷비슷한 닉이 많아 잠시 헛갈렸다. 30초 뒤에야 간신히 얼굴과 닉과 이름이 연결됐다. 아이만 아시라프. 한국 파투산 기후 난민 협회 회장이다. 연예인처럼 잘생긴 외모와 그에 준하는 카리스마, 유창한 한국어 덕분에 미디어 노출도 많고 인기가 꽤 있는 사람이다.

"언제?"

"일주일 전. 지난 24일에 살해당한 거 같아. 머리에 타박상이 있고 익사했어. 죽은 줄 알고 하수도에 버렸는데 그 뒤에도 잠시 살아 있었던 거지. 시체는 지금 냉동 창고 안에 보관 중이야."

"잠깐. 파투산 잭은 며칠 전에도 〈40분 대결〉에 나왔잖아."

"다음 날이었어. 25일. 스튜디오에 직접 가진 않았지. 방송에 나온 건 비상용 아바타였어. 그럴싸했지? 원래부터 그 친구가 했던 말은 몽땅 우리 작가 팀이 쓴 대본이라서 특별히

달라질 것도 없었어. 지금 기분으론 이대로 계속 갈 수도 있을 거 같아. 하지만 그럴 리가 없고 그래서도 안 되지."

"왜 그랬어?"

"중요한 토론인데 행방불명이 돼서 어쩔 수 없었어. 그 아바타를 처음 썼던 것도 아니고. 어디서 약에 취한 채 음란 게임을 하며 놀고 있는 줄 알았어. 그 바람에 일이 꼬여버렸고 어쩔 수 없이 너한테 온 거야. 경찰 몰래 범인을 찾아달라고."

"찾으면?"

"우리가 이 사태를 해결하는 데 도움이 되겠지."

시트라는 최대한 무표정을 유지하려 했지만, 얼굴 밑에 깔린 짜증을 완전히 감추지는 못했다. 이해가 됐다. 파투산 잭은 시트라가 놀리고 있는 꼭두각시 중 가장 쓸 만했다. 캐릭터와 이야기를 만들고 본체를 훈련시키는 데에도 공이 가장 많이 들어갔다. 말이 본체지, 이를 연기했던 인간 남자는 껍데기에 불과했는데, 몸을 어떻게 굴렸는지 픽 죽어버려 일을 다 망쳐놓았다. 하지만 또 모르지. 파투산 잭의 캐릭터도 슬슬 지루해지기 시작할 무렵이었다. 이 살인 사건이 돌파구가 될지도 모른다. 시트라의 작가진은 누구라도 자랑스러워할 일급이었다. 하지만 이들이 이야기를 만들려면 진실의 조각들이 필요하다.

"마지막으로 본 게 누구야?"

"나랑 내 보좌관 켄 륭. 23일 저녁 8시쯤. 그 친구 아파트에서 같이 저녁을 먹고 이런저런 이야기를 나누다 헤어졌지."

"무슨 이야기?"

"구미 시장 보궐 선거."

듀나

"파투산 잭이 출마할 생각이었어?"

"아니, 그건 실체가 있는 사람에게 맡겨야지. 그리고 아직까지는 난민 대표가 출마하면 그림이 안 좋아."

"지금 구미 시민 60퍼센트가 난민인데?"

"네가 정치에 대해 뭘 알아? 우린 차인선을 밀 거야. 문제가 많지만 그래도 대화가 가능한 사람이니까. 하여간 잭도 여기서 할 일이 있었어. 그런데 녀석이 삐딱하게 굴어서 말싸움이 났지. 그렇다고 무슨 내용이 있는 싸움이었느냐. 그것도 아니야. 원래 그런 놈이었잖아. 대체로 흐리멍덩."

"경호원은?"

"몰래 아파트를 빠져나간 건 알았는데, 우리에겐 알리지 않았어. 2년 전부터 잭이 따로 용돈을 주면서 대충 모른 척해 달라고 했대. 잘못 골랐어. 조금 못생겨도 말 잘 듣는 본체를 찾아야 했는데."

"네가 모르는 비밀 생활이 있었단 말이네?"

"그렇지."

"시체는 어떻게 찾았어?"

"구미에서 CCTV 이상 현상이 일어난 부분을 찾았어. 열두 군데가 잡혔고, 그중 하나가 시체가 발견된 곳 근처였어. 이 정도까지만 해도 우린 지나치게 개입한 거야. 더 건드리면서 우리 흔적을 남길 수는 없어. 나머지는 네가 해야지."

2

파투산 잭의 집은 구미 교외에 있는 오프그리드 단지에 있었다. 건물 옥상마다 태양광 발전기와 버섯밭처럼 생긴 풍력 발전기가 빽빽하게 세워져 있었고 보이지 않는 곳에 있는 자잘한 기계들이 도시 여기저기에서 스며 나오는 미세한 에너지를 흡수해 저장하고 있었다. 다른 건 몰라도 물과 전기는 아슬아슬하게나마 자급자족이 되는 곳이었다. 물론 이런 곳에 살면 수돗물이 며칠 전 누군가의 콩팥을 거쳤다는 걸 대충 무시할 수 있어야 한다. 하지만 우리 주변 물 분자 중 그런 경력이 없는 게 얼마나 될까. 내가 아까 마신 콤부차에도 티라노사우루스의 오줌이 섞여 있겠지.

아파트는 7층 건물이었고 잭의 집은 2층이었다. 잭이 어떻게 CCTV를 뚫고 건물을 빠져나올 수 있었는지는 이미 시트라를 통해 확인했다. 굳이 그 길을 다시 따라가며 확인할 필요는 없었다. 내가 밝혀야 할 건 그 뒤에 일어난 일이다.

둔기로 뒤통수를 얻어맞고 하수도 구정물에 익사해 죽었다. 범인의 흔적은 꼼꼼하게 삭제되었다. 멍청한 우발 살인이었지만 이를 잽싸게 은폐할 수 있는 기술이 뒤에 있었다. 재벌 N세스럽군. 이런 사건을 한두 번 겪나.

단지 이 모든 게 여전히 서투르다. 저 정도로 빨리 흔적을 지울 수 있는 무리는 보통 시체를 방치하는 짓 따위는 하지 않는다. 범인은, 시트라가 행방불명된 잭을 대신해 아바타를 쓸 거라는 것, 그 때문에 뒤늦게 시체가 발견된 뒤에도 살인 사건을 은폐하리라는 점까지 계산했던 것일까? 아니, 그건 지나치게 배배 꼬인 계획이다. 그리고 그 정도 계산을 할수 있다면, 시트라가 시체를 조용히 묻고 넘어갈 리가 없다는 사실도 알았을 것이다.

사람들은 치밀하지 않다. 바보들은 바보처럼 행동한다.

나는 죽은 자의 침대에 큰대자로 누워 눈을 감고 지금까지 주워 모은 파투산 잭에 관한 정보를 정리했다. 아이만 아시라프. 서른여섯 살. 파투산을 떠난 건 다섯 살 때였다. 지금 그 나라를 거의 붕괴 직전까지 몰고 간 재난이 일어나기 한참 전이었다. 자카르타에서 잠시 아역 배우로 활동했고 그 때문에 지금도 그 동네에서 얼굴과 이름을 알아보는 사람들이 있다. 열일곱 살 때부터 한국에 오기 직전인 서른한 살 사이의 경력은 시트라가 예쁘게 고쳐 썼다. 대학을 중퇴했고 한 차례 사업에 실패한 뒤 기후 난민 단체에서 일한 건 모두 사실이었다. 하지만 이 남자가 그러는 동안 남중국해 밀수단과 엮이고 난민 브로커로 뛰다가 스물한 명의 사망자를 낸 주얼호 사건과 아슬아슬하게 엮였다는 사실을 아는 사람은 한국에 몇 안 되었다. 시트라도 처음엔 몰랐다. 그 정보를 입수했을 때엔 잭은 이미 유용한 꼭두각시로 봉사하는 중이었다. 거짓말은 차곡차곡 쌓여가고 작가들은 바빠진다.

당시 잭과 엮였던 무리 중 열두 명이 한국에 난민으로 와 있었다. 이들 중 살인 사건 당시 구미에 있었던 사람은 네 명. 모두 알리바이를 확인했다. 그렇다고 해서 이들의 무죄가 입증된 건 아니다.

아파트에 오기 전에 한 명을 직접 만났다. 팀 오두아라는 나이지리아인 엔지니어로 1년 전에 효원그룹에 합병된 EH에너지 하베스팅 회사에서 일하고 있었다. 나는 이야기를 풀기 위해 잭이 실종되어 경찰 몰래 수사 중이라는 이야기를 만들었다. 몇몇 결정적인 사실이 삭제되긴 했지만 나열된 문장만 보면 거짓말은 아니었다.

오두아는 잭을 좋게 생각했다. 수상쩍은 인간이지만 그래도 친구였고 생명의 은인이었다. 자신도 수상쩍은 인간이기에 잭의 수상쩍음에 관대할 수 있었겠지. 내가 그 사실을 지적하자 오두아는 조용히 수긍했다. 나는 이 사건이 끝나고 2년 뒤에 이 남자를 다시 만났고, 그때는 그렇게 화기애애한 분위기가 아니었는데, 그 이야기는 다음에 하기로 하자.

"잭은 갑갑해했어요. 몇 년 동안 목줄에 묶인 것처럼 살았으니까. 그 여자는 옛날 서커스에서 곰을 부리듯 잭을 굴렸어요. 지난 몇 년 동안 잭이 밖에 나가 한 말 중 자기 생각이 한 줄이라도 있었을까요."

"어차피 배우로 고용된 게 아니었나요. 시트라도 잭을 배우로서 존중해줬겠지요."

"그 여자는 자기 자신을 포함해 어느 누구도 존중하지 않아요. 친구라면서 그걸 모릅니까?"

안 속는다. 어쩔 수 없지.

"최근 들어 잭이 시트라 몰래 무슨 계획을 꾸미고 있다고 들었거든요. 거기에 대해서 아시나요?"

"그랬을 수도 있겠지요. 돈이 궁하지는 않았을 겁니다. 시트라가 넉넉하게 챙겨줬으니까요. 하지만 남자가 어떻게 평생 그러고 삽니까. 자기의 존엄성을 지키기 위해서라도 뭔가해야 하지 않았을까요? 하지만 저에겐 거기에 대해 별말이 없

듀나

었어요. 뭔가 수상쩍은 분위기를 풍기긴 했지요."

"어떤?"

"언제까지 꼭두각시로 살지는 않겠다, 언젠가 이 지긋지긋한 나라를 뜨겠다, 도와줄 친구가 있다. 뭐, 그런."

"그 친구가 누군지는 말하지 않고요?"

"여자는 아니었을 겁니다. 힘주어 3인칭 남성 대명사를 썼으니까요. 그것도 여러 번."

"거짓말일 수도 있지요."

"아닐걸요. 잭에겐 그 친구가 남자라는 게 중요했어요. 사트라 밑에서 자존심을 많이 잃었으니까요. 그걸로 나를 속일 생각은 없었을 겁니다."

"하지만 배우잖아요."

"그건 너무 끔찍한 생각이군요. 나랑 만날 때도 연기를 했다면 그 친구는 그냥 존재하지 않았단 말이 아닙니까?"

어차피 따까리에 불과했을 텐데, 상대가 여자건 남자건 그게 그렇게 중요했을까? 하지만 내가 지금 초상화를 그리고 있는 죽은 남자에겐 그게 중요했을 것 같긴 했다.

아직 어떤 용의자도 리스트에서 삭제할 단계는 아니다. 하지만 난 오두아를 믿어보기로 했다. 그의 이야기는 내 재벌 N세 가설과도 맞았다. 하지만 잭이 할 수 있는 일이 뭐가 있지? 공식적인 일정에서는 모두 시트라의 각본에 따라 움직이기 때문에 자유 따위는 없다. 잭의 연줄을 이용해 다른 누군가를 고용하는 것도 상상할 수 있지만, 그렇게 해서 고용할 수 있는 범죄자들이 특별히 쓸모 있을 거라는 생각도 안 들었다. 물론 그 남자의 생각은 달랐을 수도 있다. 모든 범죄자가 논리적으로 행동한다고 믿을 필요는 없다. 하지만….

눈을 뜬 나는 주머니에서 태블릿을 꺼내 펼치고 스파이더를 돌렸다. 지난 몇 주 동안 동선이 파투산 잭과 조금이라도 스쳤던 사람들을 모두 찾아냈고, 그중에서 재벌 집안 사람들을 골라냈다.

한 명이 눈에 띄었다. 정시현, 효원에너지의 회장이고 효원그룹 왕회장 정교익의 둘째 아들인 정태균의 외동딸. 지난달 23일, 열네 살 생일 파티 중 갑작스러운 발작을 일으켜 쓰러졌다. 하루 동안 의식불명이었지만 깨어났고 이틀 뒤에 퇴원했다. 한 달 전 신경염 수술을 받은 이후 복용하고 있던 약의 부작용이라고 발표가 났다. 음모론이 돈다. 가장 인기 있는 주장은 유전자 편집의 부작용이라는 것이다. 다들 정시현이 유전자 조작으로 태어난 아이라고 생각하고 있었다. 정태균의 아내이고 LK그룹 한자윤 회장의 둘째 딸 한소영은 딸이 태어나기 5개월 전까지 베트남 호찌민시에 머물렀는데, 그 도시에 있는 유젠사에 LK 바이오의 기술과 자본이 들어가고 있다는 건 비밀도 아니었다. 국가가 인간 대상 유전자 조작을 금지한다면 편법을 동원할 수밖에 없다. 그리고 아직 유전자 편집은 유젠이 주장하듯 완벽한 기술이 아니다. 그러니까 공식적인 발표와 그에 맞먹는 그럴싸한 음모론적 해석 모두가 존재하고, 죽거나 다친 사람도 없어서 곧 사람들의 관심에서 멀어진 사건이었다.

그런데 생일 파티 다섯 시간 전 정시현은 잭과 같은 자리에서 점심을 먹었던 것이다. 효원에너지가 구미와 대구의 난민 직원들을 대상으로 연 별 의미 없는 행사였지만, 두 사람

모두 30분 넘는 시간 동안 같은 공간에 있었다. 마음만 먹으면 온갖 일을 저지를 수 있는 시간이다.

그건 실패한 살인 사건인가? 그렇다면 정시현을 죽일 동기를 가지고 있는 사람은 누구인가?

3

"정태건?"

시트라가 물었다.

"맞아, 정태건."

정태건은 정교익 왕회장의 큰아들이다. 왕회장의 세 남매 중 유일하게 회사 경영을 맡고 있지 않다. 이혼한 뒤로는 배우자도 아이도 없다. 효원의 작가들은 이를 정당화하기 위해 불운한 질병과 사고로 이어지는 비극적인 사연을 짰다. 하지만 이 흐릿하게 잘생긴 남자가 별 의미 없는 단체의 있으나 마나 한 자리에 머물고 있는 이유는 무능하고 인간이 덜되었기 때문이다. 심지어 나도 정태건이 저지른 사건을 수습하는 효원 직원들을 두 번이나 마주친 적 있으니 말 다 했지.

"왜 조카를 죽이는데?"

"지금이 만족스럽지 않은 모양이야. 나름 야심이 있나 보지. 지금은 그 집안 사람들이 다 죽어도 정태건이 효원을 접수할 가능성은 제로야. 하지만 최종 목표가 꼭 그것일 필요는 없잖아. 일단 그 집은 자손이 귀해. 정시현은 왕회장의 유일한 손주이고 정태건은 세 남매 중 유일한 이성애자지. 세상에 정태균과 한소영이 진짜 부부 사이라고 믿는 사람이 있나? 이 상황에서 정시현이 죽으면 효원의 미래는 확 바뀐다고. 그 과정에서 정태건에게 유리한 상황, 또는 자기에게 유리하다고 믿는 상황이 만들어질지도 모르지."

"아마 유젠 연구소 어딘가에 정시현의 유전자 정보가 저장되어 있을걸. 애가 죽어도 업그레이드된 정시현 2.0을 갖고 올 텐데?"

"그건 너무 잔인한 소리다. 어떻게 정시현 2.0이 정시현을 대체할 수 있어. 유전자가 비슷해도 완전히 다른 기억과 정신을 가진 다른 사람일 텐데."

"자손이 귀하다고 네가 말해서 하는 말이지."

"정말 정시현이 죽은 뒤에 정시현 2.0을 만든다고 해도 그 사이에 빈 기간이 생기잖아. 무엇보다 정태건의 행동에서 아주 치밀한 동기를 기대해서는 안 돼. 이건 크리스티 추리소설이 아니라고. 사람들은 그냥 모두 조금씩 대충이야. 우리가 끝까지 알 수 없는 다른 동기가 숨어 있을지도 모르고.

중요한 건 내가 정태건과 파투산 잭의 연결고리를 찾았다는 거야. 공적인 이유였지만 다섯 차례나 만났고 더 만났을 수도 있어. 그리고 살인 사건 당시 정태건은 대구에 있었어. 그럴싸한 알리바이가 있지만, 사실 맘만 먹으면 구미까지 30분 안에 갈 수 있는 곳이라는 게 더 중요하지. 무엇보다 정태건은 내가 가정한 살인범의 프로필에 맞아. 살인에 파투산 잭 같은 사람을 기용해야 할 만큼 주변에 사람이 없고, 충동적인 살인을 저질러도 이상하지 않을 정도로 다혈질이고. 게다가 CCTV의 흔적을 지울 정도의 기술과 권한은 갖고 있지

듀나

만, 시체를 감출 만한 인력은 효원에서 끌어다 쓸 수 없는 사람. 이 정도면 직접 증거는 없지만, 매우 그럴싸한 그림이 나와. 전설적인 벨기에 콧수염 명탐정이라면 사람들을 모아놓고 강의를 해도 될 정도로."

4

나는 전설적인 벨기에 콧수염 명탐정이 아니었다. 에르큘 포와로와 나의 공통점은 탐정이라는 직업과 난민이라는 위치밖에 없었다. 지금까지의 추리에 조금 더 살을 붙이고 그럴싸하게 정리해서 명탐정 강의를 한다고 해도 상황은 그대로일 것이다. 차라리 경찰에 신고하고 추가 수사가 따른다면 정태건이 체포될 가능성이 티끌만큼은 높아질 수 있겠지만 이건 시트라가 원하지 않는다. 무엇보다….

　나는 남은 페퍼민트 차를 마시고 미술관 카페에서 나왔다. 막 경호원과 함께 로비로 들어온 정태건이 보였다. 뒤를 따라 들어온 백발의 키 큰 여자는 정태건의 어머니이자 30년째 로엘 미술관의 관장인 지윤수였다. 지난 5년 동안 지윤수는 효원의 얼굴이기도 했다. 효원 병원 2동 11층 병실에서 나오지 않는 왕회장이 이미 오래전에 죽었다는 소문이 돌기도 했지만, 아닐 것이다. 한국인은 죽을 날이 지난 늙은이의 몸에 기계를 박아 생명을 연장시키는 것 하나만큼은 기가 막히게 잘한다. 왕회장은 이사회가 죽으라고 허락을 내리기 전에는 죽을 수 없었다.

나는 엘즈비에타 그라빈스카 회고전이 열리고 있는 제 1전시실로 들어갔다. 5미터 높이의 의인화된 거대한 새 그림 열다섯 점이 사방 벽을 가득 채우고 있는 곳이었다. 정태건은 따분한 얼굴로 전시실 한가운데에 있는 알루미늄 캔 조각으로 만든 새 조각상을 구경하고 있었고, 지윤수는 방송국 사람 두 명과 함께 새에 대한 그라빈스카의 집착에 대해 이야기를 하고 있었다. 아무리 봐도 조류 공포증이 있는 사람은 피해야 할 곳이었고, 경호원 하나는 이미 그 증상을 보이고 있었다.

모자가, 더 무서운 새 그림 스무 점이 기다리고 있는 제 2전시실로 떠나기 직전, 나는 미리 작성한 메시지를 정태건의 폰으로 보냈다. 아들이 폰을 꺼내 드는 것 같기도 했는데, 난 흑사병 의사로 분장한 공작 그림을 구경하느라 정신이 팔려 자세히 보지는 못했다.

두 번째 메시지를 전송하고 나는 로엘 미술관을 떠났다. 비가 부슬부슬 내리기 시작했는데 우산은 없었고 셔틀버스는 두 시간 뒤에야 올 예정이었다. 가까운 버스 정거장까지 1킬로미터를 걸어야 했다. 이런 곳에 미술관을 짓다니 미친 거 아냐?

비는 중간에 멎었지만, 몸은 애매하게 젖어 있었고 후텁지근한 공기 때문에 기분이 영 엉망이었다. 비가 멎고서야 기념품 가게에 무시무시한 새 그림이 그려진 우산이 있었을지도 모른다는 생각이 들었다.

버스에 탄 나는 맨 뒤 왼쪽 구석자리에 앉아 창밖으로 흘러가는 풍경을 바라보았다. 외딴 성 같은 로엘 미술관 건물이 나타났다 사라졌고, 몇 분 지나자 농업 단지와 난민촌이 나타났다. 효원건설이 제작한 똑같은 모양의 조립식 건물 수천 개가 발전소를 중심으로 닭장처럼 펼쳐져 있었다.

나도 그곳에 잠시 산 적이 있었기에 거기 사는 사람들의 삶에 대해서는 알 만큼 알았다. 이들은 난민촌 밖으로 잘 나가지도 않는다. 안에 웬만한 건 다 있고 바깥에서는 자유민족당 패거리들의 테러가 점점 심해지고 있다. 난민 수용을 강제한 유엔 협약을 무시하는 것도 불가능하고 난민들을 모두 쫓아낸다면 이들의 착취노동으로 굴러가는 이 나라 경제가 단번에 붕괴하리라는 걸 모를 리 없는데, 수많은 사람들이 여전히 이들의 구호에 잘 넘어갔다. 길을 지나가던 멀쩡해 보이는 남자들이 갑자기 접이식 곤봉을 꺼내 아무에게나 휘두를 가능성은 얼마든지 있었다. 그런다고 자유민족당이 배지라도 달아주는 건 아니다. 그들에겐 그냥 자기가 깔아뭉갤 수 있는 누가 자기보다 밑에 있다는 것만으로 충분했다.

시시한 인간들이 가장 위험하다. 그리고 그들은 점점 불어나고 있다.

의천역 정류장에서 내렸을 때, 날은 벌써 어두워져 있었다. 나는 무인 편의점으로 들어가 살균 스프레이를 꺼내 계산하면서 그동안 온 여섯 통의 메시지를 확인했다. 지금 내 일과 관련된 건 두 통이었다. 나머지는 모두 난민관리청에서 온 것들이었다. 나는 내가 그들의 믿음을 배신하지 않는 올바른 인간이란 걸 끝없이 증명해야 했다.

편의점에서 나오자마자 검은 옷을 입은 남자 셋이 나를 덮쳤다. 남자 중 한 명이 들고 있는 곤봉을 보자 이전에 겪었던 두 차례 인종 테러의 공포가 나를 엄습했다. 몇몇 복잡한 모음에 여전히 발음이 걸리지만 내 한국어는 썩 좋은 편이고 조금만 신경 쓴다면 외모도 그럭저럭 '순혈'로 보인다. 그래도 일단 외국인, 특히 난민으로 여겨지는 순간부터는 곤봉을 든 미치광이들의 표적이 될 가능성이 높았다. 이들이 나에게 두건을 씌우고 앞에 주차되어 있던 검은 밴으로 끌고 갔을 때는 오히려 안심이 됐다.

20분 뒤 남자들은 나를 밴에서 밀어내고 두건을 벗겼다. 지하 주차장에서 곤봉으로 등을 찔리면서 계단을 올라가 보니 폐허가 된 교회 안이었다. 썩 큰 곳이어서 깨진 스테인드글라스 모양이랑 목이 잘린 채 구석에 박힌 청동 십자가만 단서로 넣어 검색해도 몇 초 만에 위치가 나올 것 같았다. 이렇게 티 나는 곳에 굳이 나를 끌고 온 이유는 하나밖에 떠오르지 않았다. 극적 효과.

정태건은 그 교회와 전혀 어울리지 않아 보이는 다리가 긴 검은색 철제 의자에 앉아 나를 기다리고 있었다. 의자는 반짝거리는 새것이었다. 역시 효과를 위해 직접 집에서 가져왔나 보다. 오는 길에 사왔을지도 모르지.

흐리멍덩한 얼굴에 대충 얹힌 흐리멍덩한 미소. 의욕 없어 보이는 길쭉한 몸. 이 남자의 외모를 1920년대에 활동한 요절한 시인에 비교한 잡지 기사가 떠올랐다. 잘 모르지만 그 시인은 저렇게 게으른 이류 악당의 얼굴은 아니었을 것이다.

남자들이 퇴장하자, 정태건은 내 이름을 불렀다. 썩 그럴싸하게 들렸다. 연습할 시간이 충분했나 보다.

"내가 그 따위 협박에 넘어갈 거라 생각했나? 뭣 하러 너 같은 벌레 년에게 돈을 주어야 하지? 조금만 조사해도 네 정체를 알아내는 건 일도 아닌데? 얻어맞은 난민 시체가 근처에서 발견된다고 해도 경찰이 신경이나 쓸까?"

"나도 나름 대비가 되어 있어."

내가 말했다.

"그래? 도대체 뭐? 내가 잭을 죽인 증거가 있나? 있다고 해도 공개할 수는 있어? 아하, 나에게 지금 자백을 받으려고 한 거야? 이곳에 통신 차단 장치가 되어 있을 거란 생각은 안 해봤나? 네가 옷에 무얼 숨겨왔건 어떤 신호도 여기선 못 나가."

"저 부하들은 믿어?"

진심으로 궁금해서 물어본 말이었다.

"안 믿지. 하지만 녀석들은 모두 오전에 레테-12 주사를 맞았어. 내가 앱을 작동하면 혈관 속을 돌던 캡슐이 터지고 녀석들은 사흘 전까지의 기억을 몽땅 잃어버리겠지. 희미하게 기억이 나도 악몽과 구분이 안 될걸."

"왜 그 유용한 기술을 시체 처리에 쓰지 않았을까?"

"쓰려고 했어. 하지만 다시 가봤더니 시체는 이미 사라지고 없더군. 네가 시체 사진으로 협박해오자 오히려 안심이 됐어. 이제 어떻게 일을 처리해야 하는지, 무슨 거짓말을 해야 하는지 감이 왔지."

"이런 걸 다 알려주는 걸 보니 날 살려줄 생각은 없나 봐?"

"지금 상황을 보고도 희망이 남아 있나?"

"응, 이유를 알고 싶지 않아?"

나는 정태건의 과시적인 미소에서 자신감이 솔솔 빠져나

가는 걸 보고 만족했다.

"설명해봐."

"우선 당신은 한 번도 완전범죄를 저지른 적이 없었어. 언제나 서툴렀다고. 당신이 지금까지 무슨 짓을 저지르고 다녔는지는 나도 모르겠어. 하지만 늘 뒤엔 효원 위기 관리반의 흔적이 남았지. 그런 사람들이 있다는 걸 알긴 해? 하여간 당신은 태어났을 때부터 효원의 짐이었고 효원이 뒤에 있을 때만 안전했어. 그런데 당신은 얼마 전에 그 안전망을 찢었어. 조카를 죽이려 했잖아."

"누가 그런 헛소리를 믿을까?"

"증거는 없지. 하지만 기승전결을 갖춘 그럴싸한 이야기는 있어. 경찰에 신고할 생각은 없으니 이것만으로 충분하지. 난 효원만 설득하면 돼."

등 뒤에서 웅성거리는 소리가 들렸다. 쾅쾅거리는 소음과 함께 자물쇠가 뜯겨나가고 문이 열렸다. 정장 차림의 보디가드들이 들어와 내 주변을 에워쌌다. 나는 내 등 너머를 바라보던 정태건의 얼굴이 일그러지는 걸 보고 소리 내어 웃어 댔다.

5

"그래서 정말 정태건이 조카를 죽이려 한 거야?"

시트라가 물었다.

"그런 거 같아."

"파투산 잭은 그러다 실패한 거고?"

"그건 아닌 거 같아. 받은 약의 3분의 1만 사용했나 봐. 음료수에 몰래 탔다는데, 그 정도면 몸은 아프지만 치사량은 아니지. 죽은 사람의 마음을 어떻게 알겠어. 하지만 열네 살 여자아이를 죽이는 건 결코 쉬운 일이 아니잖아. 중간에 양심의 가책을 느꼈는데 그래도 맡은 일은 해야 하고. 그 결과가 아닐까? 당연히 정태건은 만족하지 못했고, 결국 잭은 맞아 죽었지."

"그 사람이 직접 한 말이야?"

"아니, 난 중간에 쫓겨났어. 효원 위기 처리반이 일을 그렇게 대충할 거라고 생각해? 그 인간 자백 같은 건 듣지도 못했다고. 약 이야기만 지윤수에게서 나중에 따로 들었어. 그리고 자백을 했다고 해도 그게 얼마나 진짜겠어. 사실을 말했을 리도 없고, 말했다고 해도 그 인간이 잭의 생각을 어떻게 다 알겠어.

세세한 진실 따위엔 관심이 없어. 중요한 건 파투산 잭의 죽음과 관련된 이 모든 난잡한 사건을 당신 손으로 마무리 지을 수 있게 한다는 거지. 그게 당신이 나에게 맡긴 일이야. 그리고 일을 해결하려면 효원에 접근해야 했어. 한소영이나 정태균에게 접근하는 게 가장 논리적인 선택이었겠지. 아무래도 피해자의 엄마와 아빠니까. 하지만 난 다른 지렛대를 건드리기로 했어."

"이해가 안 돼. 도대체 왜?"

"두 사람은 모두 그냥 평범하니까. 그룹 안에서 위치도 대단치 않고. 어쩌다 이상한 부부 놀이를 하고 있을 뿐, 대단

한 독기 따위는 없는 사람들이야. 내가 그 가설을 알렸다면 둘은 그냥 경찰에 신고했을 거야. 효원의 이미지 어쩌고를 떠나 딸의 목숨이 더 중요하니까. 그건 당신이 원하는 바가 아니잖아."

"평범한 사람들은 유전자 조작으로 아이를 디자인하지 않아."

"곧 그 사람들도 그렇게 할걸. 비용이 점점 내려가고 있어. 이 나라에서 합법화되는 것도 시간문제고.

중요한 건 여기서 키를 쥐고 있는 건 다른 사람이라는 거였어. 더 가차 없고 효원의 이미지를 더 중요하게 여기는 사람. 조금 더 조사를 하고 확신이 생기자 그 사람을 찾아갔어.

로엘 미술관을 찾아간 건 그 소동이 일어나기 전날이었어. 엘즈비에타 그라빈스카가 그린 무시무시한 육식 조류들이 피 묻은 얼굴로 내려다보는 제2전시실에서 우린 이야기를 나누었어. 나는 지윤수에게 정태건이 얼마나 위험한 인물이고 앞으로 얼마나 더 위험해질 것인지를 설명했어. 그 설명 대부분은 먹혔지. 이미 알고 있는 사실이었을 테니까."

"그건 어처구니없는 선택이었어. 어떤 어미도 자식을 그렇게 버리지 않아!"

"그 사람도 처음엔 그렇게 말했어. 단어 한두 개만 다르고 똑같은 말이었어. 하지만 거짓말이었지. 어떤 어미는 자식을 버리고 죽여. 단지 지윤수가 그런 어미인가가 문제였는데 난 확신이 섰어.

생각해봐. 왕회장이 좀비가 된 게 5년째인데, 효원은 달라진 게 없어. 더 잘 굴러가는 게 아니라 이전과 똑같은 거야.

지윤수는 그냥 효원의 얼굴이 아니야. 왕회장이 좀비가 되기 한참 전부터 실질적인 그룹의 지배자였어. 로엘 미술관은 그 냥 연막이지. 당연히 누구보다 효원의 미래를 걱정하고 거기 에 대한 집착도 큰 사람이야. 그런데 아무짝에도 쓸모없는 큰 아들이 그 미래를 흔들고 있어. 지금까지는 어찌어찌 막아왔 는데, 이 녀석이 주제도 모르고 자꾸 기어오르네? 그러다가 손녀를 죽이려 한 순간 더는 참을 이유가 없어진 거지.

큰아들을 막아야 할 이유가 또 하나 있어. 지윤수는 손녀 를 큰아들보다 사랑해. 자기 유전자의 4분의 1을 물려받아서 가 아니라 자신이 직접 디자인한 아이이기 때문이지. LK와의 정략결혼도 아마 이 프로젝트를 위한 계단에 불과했을지도 몰라. 어떻게 보면 정시현이 실질적으로 지윤수의 딸인 거야. 이제 둘을 비교해봐. 한 명은 무능력한 바람둥이 남편의 유전 자가 대충 섞인 위험한 실패작이야. 다른 한 명은 외모에서부 터 성격에 이르기까지 완벽한 지윤수의 작품이고. 지윤수는 아마 손녀의 머리카락 숫자까지 알고 있을걸. 전자가 후자의 목숨을 위협한다면 누구 편을 들어야 할까?"

"아직도 믿기지 않아."

"정태건도 못 믿었어. 내 등 뒤에 지윤수가 나타났을 때 그 인간 얼굴을 봤어야 해. 그 째진 목소리는 또 어떻고. '엄 마! 엄마?'"

"난 아직도 네가 왜 굳이 그런 쇼까지 했어야 했는지 모 르겠어."

"아들이 얼마나 시시한 악당인지, 얼마나 자기 미적 감 각을 긁는 진부하고 못난 실패작인지를 직접 보여주었어야

며칠 늦게 죽을 수도 있지   297

했어. 어설프게 007 악당 흉내만 내지 않았어도 녀석에겐 희
망이 있었을지도 몰라. 실낱같은 희미한 희망이더라도."

대화가 잠시 끊어졌다. 우리는 말없이 난민촌 아이들이
그린 그림들이 양쪽 벽에 걸린 긴 복도를 걸었다. 복도 끝 문
을 열자 자기 일을 하느라 분주한 사람들이 보였다. 결박되고
재갈이 채워진 채 구석 바닥에 엎어져 있는 정태건에 대해서
는 아무도 신경 쓰는 것 같지 않았다. 가끔 지나가다 다리가
걸려 휘청거리다 욕을 퍼붓는 사람들을 제외하곤.

"이제 어떻게 할 거야?"

시트라의 사무실에 도착한 나는 손님용 소파에 앉으며 물
었다.

"보다시피 우리 작가들이 열심히 작업 중이지."

시트라는 책상 위에 엉덩이를 걸치고 보좌관이 막 넘겨
준 서류를 검토하며 말했다.

"네 개의 스토리를 동시에 쓰고 있어. 우선 공식적인 '진
실'. 가장 공을 들였지. 하지만 그걸 믿을 생각이 없는 사람들
을 위한 음모론 시나리오도 따로 준비하고 있어. 지윤수에게
보낼 보고서용 이야기와 앞으로 우리가 두 시간 뒤에 할 처형
용 시나리오도. 결국 죽이는 방법밖엔 없잖아? 살아 있으면 자
기도 불편할 거고 우리도 최소한의 권선징악은 해야 하니까.
정태건과 파투산 잭의 죽음을 엮을 그럴싸한 이야기가 나올
거야. 기대해. 그냥 설명만 되는 게 아니라 교훈과 아름다움과
감동도 있는 멋진 이야기야. 정태건에겐 여러모로 과분한. 뒤
에 음모론이 통주저음처럼 깔리면서 이 이야기는 더 근사해지
겠지. 공개되지는 않겠지만 다른 두 이야기도 멋질 거야."

"앞의 셋은 가짜니까 이야기가 필요하다는 건 알겠어. 하지만 진짜 처형에도 각본이 필요해?"

시트라는 어이가 없다는 듯 얼굴을 찡그렸다.

"아니, 가짜에도 있는 각본이 왜 진짜엔 없어야 한다는 거지?"

기획 후기

미스터리는 현재 우리 시대가 겪고 있는 부조리와 갈등을 범죄라는 극적인 사건을 통해 선명하게 보여주는 장르이고, SF는 과학적 사실과 사고 실험을 통해 미래를 보여주는 장르다. 이 두 장르는 의외의 인물을 통해서 하나로 포개진다. 바로 미스터리 장르의 아버지로 불리는 에드거 앨런 포다.

SF라는 장르를 정착시킨 인물이자 휴고상(Hugo Award)에 이름을 빌려주기도 한 휴고 건즈백은 자신의 잡지《어메이징 스토리》가 새로운 장르의 소설을 연재하기 시작했다고 선언하면서, 다음과 같이 SF의 정체성을 설명한다. "쥘 베른, H. G. 웰스, 에드거 앨런 포 스타일의 이야기: 과학적 사실과 예언적 시각이 뒤섞인 매력적인 로맨스." 과학적 사실을 작품에 활용한 쥘 베른과 H. G. 웰스가 SF의 조상으로 자주 인용되기는 해도, 인간의 인식을 압도하는 불가해한 것을 다룬 에드거 앨런 포 역시 SF의 가계에서 한자리를 차지하고 있다. 그렇게 보면 미스터리와 SF는 유전자 지도를 거슬러 올라가면, 배다른 형제까지는 아니더라도 어느 정도 혈통을 공유한다고 할 수 있을 것이다.

SF 작가가 미스터리가 혼합된 이야기를 쓴 예가 없는 것도 아니다.《흑거미 클럽》이라는 훌륭한 미스터리 단편집(단

편을 쓰는 속도가 잡지가 나오는 속도보다 빨랐다고 한다)을 내기도 한 아이작 아시모프의 SF 소설 《강철 도시》와 《벌거 벗은 태양》은 미스터리 플롯을 그대로 차용하고 있다. 대체 역사와 마법, 스팀펑크가 혼합된 랜달 개릿의 다아시 경 시리 즈는 셜록 홈스나 제임스 본드를 연상케 하는 사건들을 다룬 다. 심지어 《마술사가 너무 많다》는 렉스 스타우트의 《요리 사가 너무 많다》를, 〈나폴리 특급 살인〉은 애거사 크리스티 의 《오리엔트 특급 살인》을 대놓고 오마주하고 있다. 최근에 는 앤서니 오닐이 《다크사이드》란 작품에서 SF적인 배경과 미스터리적인 사건을 훌륭하게 융합시키고 있다.

영화로 넘어가면 SF와 미스터리의 경계는 더욱더 희미 해진다. 일례로 리들리 스콧 감독의 컬트영화 〈블레이드 러 너〉를 보면, 필립 K. 딕의 원작 소설 《안드로이드는 전기양의 꿈을 꾸는가?》에서는 샌프란시스코였던 배경이 LA로 바뀌어 있다. LA가 어떤 도시인가? 하드보일드의 거장 레이먼드 챈 들러의 필립 말로와 마이클 코넬리의 해리 보슈가 활약하는 곳 아닌가? 블레이드 러너 릭 데커드가 사이버펑크화된 LA 에서 도망친 리플리컨트를 쫓는 과정은 한 편의 하드보일드 영화라 해도 무방하다.

전 세계를 휩쓸고 있는 현재진행형 팬데믹으로 표현되 는, 지구가 인류를 향해 드러낸 분노의 칼날들은, 시대의 선 지자들이 예언해왔던 디스토피아 세상이 이미 우리 곁에 도 래했음을 여실히 보여준다. 따라서 최전선에서 인류의 미래 를 고뇌하는 장르인 SF 작가들과 인간성의 심연을 탐구하는 미스터리 작가들이 손을 잡고, 우리 곁에 성큼 다가와 있는 근미래를 그려보면 어떨까 하는 생각에서 이 앤솔러지를 기획하게 되었다. 코로나 종식 이후의 세상, 2035년 근미래를 장르적 상상으로 탐구해보자는 기획 의도를 염두에 두고, 지정학적인 부분과 공통된 과학기술, 시대적인 이슈와 같은 세부적인 설정을 설계했다. 배경을 2035년, 근미래로 못 박은 이유는, 코로나19의 여파를 통과한 가까운 미래의 모습을 다양한 작가들의 시선으로 조망해보고 싶었기 때문이다.

세부적인 설정이 완성되자 작가 라인업을 짰다. 먼저 SF 문단에서는 PC 통신 시절부터 한국 SF를 견인해온 듀나, 환상소설과 과학소설을 능숙하게 넘나드는 김이환, 페미니즘 SF에서 활발하게 활동하고 있는 전혜진, 서정적인 감성이 돋보이는 천선란이 떠올랐다. 미스터리에서는 판사 재직 시절부터 꾸준히 작품을 발표하고 있는 도진기, 능글맞은 블랙코미디의 대가 황세연, 현직 과학 교사로 과학 지식을 이용한 트릭의 명수인 윤자영, 치밀한 플롯을 설계하는 신예 작가 한새마에게 기획 의도를 전달했다. 결과적으로 미스터리와 SF의 장점을 극대화한 훌륭한 작품들이 취합되었고, '밀리의서재' 단독 공개로 독자들에게 먼저 선보이며 천선란의 〈옥수수 밭과 형〉, 황세연의 〈고난도 살인〉은 드라마 계약까지 성사되었다.

SF의 핵심 요소 가운데 하나가 '외삽(extrapolation)', 즉 특정한 요소를 삽입했을 때 세계가 어떻게 변화하는지를 그리는 것이다. 《2035 SF 미스터리》는 복제인간, 난민 수용, 게놈 에디팅(genome editing), 텔레포트, 메갈로폴리스 등의 변수가 우리 세계에 끼어들었을 때 어떤 일들이 벌어질 수 있는지를 최전선에서 보여주는 앤솔러지다. 또한 미스터리에 SF가, SF에 미스터리가 '외삽'되었을 때 어떤 시너지가 나올 수 있는지 보여주는 흥미로운 사례이기도 하다. 우주적 상상력의 SF를 배경으로, 찰나의 반전으로 인간의 본질을 파헤치는 미스터리의 향연을 통해 지금껏 느껴보지 못한 장르적 쾌감을 즐기시기를 바란다.

2021년 12월
한이

《2035 SF 미스터리》
출간 프로젝트를 후원해주신 분들

강민희 강희송 구묘정 구지회 권기현 권두호 권영지 김경환
김문석 김민지 김민화 김범수 김병곤 김석진 김성현 김소희
김수연 김연희 김영민 김유빈 김재희 김정원 김정훈 김주연
김준환 김지영 김지은 김진환 김진희 나수현 남준욱 남현경
다마네기 박기효 박범수 박상민 박서연 박소해 박은지 배명은
배소은 서미진 서용석 서유미 서채영 손민홍 손효진 송지영
송치화 신경순 신동식 안병수 엄수환 오다은 오수미 옥지상
왕성현 유지아 이낭희 이명진 이민희 이소은 이영미 이우연
이인선 이재은 이종의 이지연 이지용 이한솔 이해든 이현서
이혜리 이혜림 임경진 임명선 임현주 자희 전인표 정남기
정석구 정성욱 정수진 정자현 정재경 정준의 정지영 조미경
조우희 지용호 지창훈 최지원 최채은 현리나 홍선주 홍은선
홍정기 황다영 황수영 Kpota sherlockwife tbvomooo 외 무기
명 16명 총 118명 모든 분들께 진심으로 감사드립니다.

2035 SF 미스터리

초판 1쇄 펴냄 2022년 1월 14일

지은이 천선란 한이 김이환 황세연 도진기 전혜진 윤자영 한새마 듀나
펴낸이 이영은
편집인 김현경
편집장 한이
교정 오효순
홍보마케팅 김소망
제작 제이오

펴낸곳 나비클럽
출판등록 2017. 7. 4. 제25100-2017-0000054호
주소 서울특별시 마포구 동교로22길 49 2층
전화 070-7722-3751   팩스 02-6008-3745
메일 nabiclub17@gmail.com
홈페이지 www.nabiclub.net
페이스북 @nabiclub
인스타그램 @nabiclub

ISBN 979-11-91029-40-6 03810